Edgar Wallace
Das Geheimnis der
gelben Narzissen

Alle Edgar Wallace Kriminalromane:

1 Die Abenteuerin.
2 A. S. der Unsichtbare.
3 Die Bande des Schreckens.
4 Der Banknotenfälscher.
5 Bei den drei Eichen.
6 Die blaue Hand.
7 Der Brigant.
8 Der Derbysieger.
9 Der Diamantenfluß.
10 Der Dieb in der Nacht.
11 Der Doppelgänger.
12 Die drei Gerechten.
13 Die drei von Cordova.
14 Der Engel des Schreckens.
15 Feuer im Schloß.
16 Der Frosch mit der Maske.
17 Gangster in London.
18 Das Gasthaus an der Themse.
19 Die gebogene Kerze.
20 Geheimagent Nr. Sechs.
21 Das Geheimnis der gelben Narzissen
22 Das Geheimnis der Stecknadel.
23 Das geheimnisvolle Haus.
24 Die gelbe Schlange.
25 Ein gerissener Kerl.
26 Das Gesetz der Vier.
27 Das Gesicht im Dunkel.
28 Der goldene Hades.
29 Die Gräfin von Ascot.
30 Großfuß.
31 Der grüne Bogenschütze.
32 Der grüne Brand.
33 Gucumatz.
34 Hands up!
35 Der Hexer.
36 Im Banne des Unheimlichen.
37 In den Tod geschickt.
38 Das indische Tuch.
39 John Flack.
40 Der Joker.
41 Das Juwel aus Paris.
42 Kerry kauft London.
43 Der leuchtende Schlüssel.
44 Lotterie des Todes.
45 Louba der Spieler.
46 Der Mann, der alles wußte.
47 Der Mann, der seinen Namen änderte.
48 Der Mann im Hintergrund.
49 Der Mann von Marokko.
50 Die Melodie des Todes.
51 Die Millionengeschichte.
52 Mr. Reeder weiß Bescheid.
53 Nach Norden, Strolch!
54 Neues vom Hexer.
55 Penelope von der »Polyantha«.
56 Der Preller.
57 Der Rächer.
58 Der Redner.
59 Richter Maxells Verbrechen.
60 Der rote Kreis
61 Der Safe mit dem Rätselschloß
62 Die Schuld des Anderen.
63 Der schwarze Abt.
64 Der sechste Sinn des Mr. Reeder.
65 Die seltsame Gräfin.
66 Der sentimentale Mr. Simpson.
67 Das silberne Dreieck.
68 Das Steckenpferd des alten Derrick.
69 Der Teufel von Tidol Basin.
70 Töchter der Nacht.
71 Die toten Augen von London.
72 Die Tür mit den 7 Schlössern.
73 Turfschwindel.
74 Überfallkommando.
75 Der Unheimliche.
76 Die unheimlichen Briefe.
77 Der unheimliche Mönch.
78 Das Verrätertor.
79 Der viereckige Smaragd.
80 Die vier Gerechten.
81 Zimmer 13.
82 Der Zinker.

Edgar Wallace

Das Geheimnis der gelben Narzissen

The Daffodil Mystery

Kriminalroman

Aus dem Englischen von
Ravi Ravendro

GOLDMANN

Umwelthinweis:
Alle bedruckten Materialien dieses Taschenbuches
sind chlorfrei und umweltschonend.

Jubiläumsausgabe
Februar 2000

Copyright © der deutschsprachigen Ausgabe 2000
by Wilhelm Goldmann Verlag, München,
in der Verlagsgruppe Bertelsmann GmbH
Umschlaggestaltung: Design Team München
Druck: Elsnerdruck, Berlin
Krimi: 05301
Herstellung: sc
Made in Germany
ISBN 3-442-05301-3

1

»Ich fürchte, ich verstehe Sie nicht recht, Mr. Lyne«, sagte Odette Rider und sah den jungen Mann düster an, der an dem Schreibtisch lehnte. Ihre zarte Haut war mit Rot übergossen, und in den Tiefen ihrer versonnenen grauen Augen blitzte ein Blick auf, der jeden anderen gewarnt hätte. Aber Mr. Lyne war so von sich selbst, von dem Eindruck seiner Persönlichkeit und von seiner Begabung überzeugt, daß er glaubte, alle Menschen müßten sich seinen Wünschen fügen.

Er schaute nicht in ihr Gesicht. Seine Blicke glitten über ihre herrliche Gestalt und bewunderten ihre tadellose aufrechte Haltung, den schöngeformten Kopf und die zarten feinen Hände.

Er strich sich das lange schwarze Haar aus der Stirn und lächelte. Er gefiel sich darin, zu glauben, daß seine Züge seine geistigen Fähigkeiten verrieten und daß man seine etwas bleiche Gesichtsfarbe vielem Nachdenken zuschreiben müßte.

Er hatte sein Büro in das Halbgeschoß einbauen lassen, und die großen Fenster waren so eingesetzt worden, daß er jederzeit die wichtigste Abteilung seines Geschäftes mit einem Blick kontrollieren konnte.

Ab und zu wandte sich sein Kopf zu seinem Zimmer, und er wußte, daß sich die Aufmerksamkeit all dieser Mädchen auf die kleine Szene konzentrierte, die man vom Erdgeschoß aus gut beobachten konnte.

Auch Odette war sich dieser Tatsache wohl bewußt, und je länger sie bleiben mußte, desto unglücklicher und unbehaglicher fühlte sie sich. Sie machte eine kleine Wendung, als ob sie gehen wollte, aber er hielt sie zurück.

»Sie scheinen mich wirklich nicht richtig verstanden zu haben, Odette«, sagte er mit seiner weichen und melodischen Stimme.

»Haben Sie mein kleines Buch gelesen?« fragte er plötzlich.

»Ja, ich habe – Verschiedenes darin gelesen«, erwiderte sie, und ihre Wangen färbten sich noch röter.

Er lachte.

»Sie finden es sicher sehr interessant, daß ein Mann in meiner Stellung sich damit abgibt, Gedichte zu schreiben. Aber Sie können sich ja denken, daß das meiste geschrieben wurde, bevor ich die Leitung dieses Geschäftes übernahm – bevor ich Kaufmann wurde!«

Sie antwortete nicht, und er sah sie erwartungsvoll an.

»Was halten Sie denn von den Gedichten?« fragte er nach einer kurzen Pause.

Ihre Lippen zitterten, aber wieder verstand er dieses Zeichen falsch.

»Ich halte sie für entsetzlich«, sagte sie leise, »ich finde kein anderes Wort dafür!«

Er runzelte die Stirn.

»Was Sie doch für ein mittelmäßiges und schlechtes Urteil haben, Miss Rider«, entgegnete er ärgerlich. »Diese Verse werden von den besten Kritikern des Landes mit den schönsten Gedichten der alten Hellenen verglichen.«

Sie wollte sprechen, aber sie beherrschte sich und preßte die Lippen zusammen.

Thornton Lyne zuckte die Schultern und ging in dem mit größtem Luxus ausgestatteten Büro auf und ab.

»Natürlich, die große Masse beurteilt Poesie wie Gemüse«, sagte er nach einer Weile. »Sie müssen sich noch etwas Bildung aneignen, besonders in Literatur. Es wird noch eine Zeit kommen, in der Sie mir dankbar sind, daß ich Ihnen eine Gelegenheit gab, schöne Gedanken in schöner Sprache kennenzulernen.«

Sie schaute ihn an.

»Kann ich jetzt gehen, Mr. Lyne?«

»Noch nicht«, erwiderte er kühl. »Sie sagten vorhin, daß Sie mich nicht verstehen könnten. Ich möchte es Ihnen noch einmal etwas deutlicher sagen. Sie sind, wie Sie auch wohl selbst wissen, ein sehr schönes Mädchen. Später werden Sie, wie das in Ihrem Stande so üblich ist, einen Mann mit Durchschnittsverstand und ohne große Bildung heiraten, und Sie werden an seiner Seite ein Leben führen, das in vieler Beziehung dem einer Sklavin ähnelt. Das ist das Schicksal aller Frauen des Mittelstandes, wie

Ihnen bekannt sein wird. Wollen Sie auch dieses Los teilen, nur weil irgendein Mann mit schwarzem Rock und weißem Kragen gewisse Worte zu Ihnen spricht, Worte, die weder Bedeutung noch Schicksalsbestimmung für intelligente Menschen haben? Ich würde Ihnen niemals zumuten, eine solche närrische Zeremonie durchzumachen, aber ich würde alles daransetzen, Sie glücklich zu machen.«

Er ging auf sie zu und legte eine Hand auf ihre Schulter. Sie zuckte zurück, und er lachte.

»Was sagen Sie nun dazu?«

Sie wandte sich plötzlich um, ihre Augen blitzten, aber sie hatte ihre Stimme in der Gewalt.

»Ich bin zufällig eines jener törichten jungen Mädchen aus der Vorstadt, die den Worten bei der Trauung, von denen Sie eben so verächtlich sprachen, großen Wert beilegen. Allerdings bin ich auch großzügig genug, um zu wissen, daß die bloße Trauungszeremonie die Menschen weder glücklicher noch unglücklicher macht. Aber ob es sich nun um Ehe oder irgendeine andere Form von Beziehungen handelt, unter allen Umständen soll der Mann, dem meine Liebe gehört, ein ganzer Mann sein.«

Er sah sie gereizt an.

»Was wollen Sie damit sagen?« Seine Stimme war nicht mehr so weich und einschmeichelnd wie vorher.

Odette kämpfte mit den Tränen, aber sie beherrschte sich noch einmal.

»Mir ist ein so haltloser Mensch zuwider, der entsetzliche Gedanken und Gefühle in nichtssagende Verse bringt. Ich wiederhole Ihnen noch einmal, daß ich nur einen Mann lieben kann.«

Sein Gesicht zuckte.

»Wissen Sie auch, zu wem Sie sprechen?« fragte er mit erhobener Stimme.

Ihr Atem ging schnell.

»Ich sprach zu Thornton Lyne, dem Eigentümer der Firma Lyne, dem Chef Odette Riders, die jede Woche drei Pfund Gehalt von ihm erhält.«

Er war wütend und konnte vor Aufregung kaum sprechen.

»Hüten Sie sich«, rief er.

»Ich spreche zu einem Menschen, dessen ganzes Leben einen Vorwurf für einen wirklichen Mann bedeuten würde!« Sie sprach jetzt schnell und hemmungslos. »Sie sind ein Mensch, der unaufrichtig ist und ein luxuriöses Leben führt, weil sein Vater ein großer Geschäftsmann war, der das Geld mit vollen Händen ausgibt, das bessere Männer durch harte Arbeit für ihn erworben haben. Ich lasse mich nicht von Ihnen einschüchtern«, rief sie zornig, als er auf sie zutrat. »Ich werde meine Stellung aufgeben, und zwar noch heute.«

Thornton Lyne war durch ihre Verachtung aufs tiefste verletzt und gedemütigt. Plötzlich kam ihr das auch zum Bewußtsein, sie bedauerte ihre heftigen Worte und wollte sie bis zu einem gewissen Grade wiedergutmachen.

»Es tut mir leid, daß ich so hart war«, sagte sie freundlich, »aber Sie haben mich herausgefordert, Mr. Lyne.«

Er konnte nicht sprechen und wies nur schweigend mit dem Kopf zur Tür.

Odette Rider verließ das Zimmer, und Mr. Lyne trat an eins der großen Fenster. Er sah ihr nach, wie sie mit gesenktem Blick langsam durch die Reihe des Personals schritt und an der anderen Seite die drei Stufen hinaufstieg, die zu dem Büro der Hauptkasse führten.

»Dafür sollst du noch büßen!« zischte er zwischen den Zähnen hervor.

Er war über alle Maßen beleidigt und gekränkt. Er war der Sohn eines reichen Mannes, der stets behütet und beschützt wurde und nichts von dem harten Kampf ums Dasein erfuhr. Er war nicht in einer öffentlichen Schule unterrichtet worden, wobei er ja mehr mit der Umwelt und anderen Menschen zusammengekommen wäre, sondern er hatte Privatschulen besucht, in denen nur die Söhne der Reichsten aufgenommen wurden. Stets hatte er nur Schmeichler und Leute um sich gehabt, die von seinem Reichtum profitieren wollten. Niemals waren er und seine Handlungen der scharfen Kritik gerechter Lehrer und Erzieher ausgesetzt worden. Nur eine minderwertige Presse hatte seine literarischen Erzeugnisse über alle Maßen gelobt und dementsprechend Nutzen daraus gezogen.

Er biß sich auf die Lippen, ging zu seinem Schreibtisch und klingelte. Gleich darauf trat seine Sekretärin ein, die er vorher fortgeschickt hatte.

»Ist Mr. Tarling gekommen?«

»Ja, Mr. Lyne, er wartet schon seit einer Viertelstunde im Sitzungszimmer.«

Er nickte.

»Danke schön.«

»Soll ich ihn rufen?«

»Nein, ich werde selbst zu ihm gehen«, entgegnete Lyne.

Er nahm eine Zigarette aus seinem goldenen Etui und steckte sie an. Seine Nerven waren durch die letzte Unterredung etwas angegriffen, und seine Hand zitterte, aber der Sturm in seinem Innern legte sich allmählich, denn es kam ihm ein Gedanke. Tarling? Welch eine glänzende Möglichkeit, dieser Mann, dem ein Ruf von Genialität und unheimlicher Klugheit vorausging! Dieses plötzliche Zusammentreffen war einfach großartig.

Mit schnellen Schritten eilte er den Gang entlang, der sein Privatbüro mit dem Sitzungszimmer verband, und trat mit ausgestreckten Händen in den großen Raum.

Der Mann, den er so liebenswürdig begrüßte, konnte ebensogut siebenundzwanzig als auch siebenunddreißig sein. Er war groß, schlank und eher geschmeidig als stark. Sein Gesicht hatte eine dunkelbraune Farbe, und seine blauen Augen, mit denen er Lyne ansah, waren fest und undurchdringlich. Das war der erste Eindruck, den Lyne von ihm hatte.

Tarling drückte Lyne die Hand und war unangenehm berührt, denn sie war so weich wie eine Frauenhand. Nach der Begrüßung entdeckte Lyne noch einen dritten in dem Raum. Er war unter Mittelgröße und saß im Schatten eines Wandpfeilers. Auch er erhob sich und verneigte sich kurz.

»Haben Sie einen Chinesen mitgebracht?« fragte Lyne und betrachtete den Mann neugierig. »Ach, beinahe hätte ich ja vergessen, daß Sie gerade aus China kommen. Aber bitte, nehmen Sie Platz.«

Auch Lyne zog sich einen Stuhl heran und hielt Tarling sein Zigarettenetui hin.

»Den Auftrag, den ich Ihnen geben möchte, will ich später mit Ihnen besprechen«, sagte Lyne. »Ich muß Ihnen offen gestehen, daß ich durch die Zeitungsartikel, die ich über Sie las, sehr von Ihnen eingenommen bin. Sie haben doch neulich die Juwelen der Herzogin von Henley wieder aufgefunden? Auch habe ich schon früher viel von Ihnen gehört, als ich in China war. Soviel ich weiß, sind Sie nicht bei Scotland Yard angestellt?«

»Nein, ich war wohl einer der höheren Polizeibeamten in Schanghai und hatte auch bei meiner Rückkehr nach England die Absicht, bei der hiesigen Polizeidirektion einzutreten. Aber es ereignete sich allerhand, was mich veranlaßte, meine eigene Detektivagentur aufzumachen. Ich hätte in Scotland Yard nicht so viel freie Hand gehabt, wie ich es brauche!«

»In ganz China erzählte man sich damals von den Heldentaten Jack Oliver Tarlings. Die Chinesen nannten Sie ›Lieh Jen‹, den Menschenjäger.«

Lyne beurteilte alle Leute von seinem eigenen Standpunkt aus und sah in dem Mann, der ihm gegenübersaß, schon ein brauchbares Werkzeug und aller Wahrscheinlichkeit nach einen wertvollen Bundesgenossen.

Die Geheimpolizei in Schanghai hatte nach allem, was man von ihr hörte, ihre eigenen Methoden und machte sich keine großen Gewissensbisse darüber, ob ihre Handlungsweise auch genau mit dem Buchstaben des Gesetzes übereinstimmte. Ja, man wollte sogar wissen, daß der Menschenjäger seine Gefangenen gefoltert hatte, wenn er hierdurch Geständnisse erzwingen konnte, um größeren und schwereren Verbrechen auf die Spur zu kommen. Lyne kannte nicht alle Legenden über den Menschenjäger, auch konnte er bei den Geschichten, die über den berühmten Detektiv erzählt wurden, nicht das Wahre vom Falschen unterscheiden.

»Ich weiß wohl, warum Sie nach mir geschickt haben«, meinte Tarling. Er sprach langsam und überlegt. »Sie haben mir in Ihrem Brief die Aufgabe ja schon in großen Umrissen angedeutet. Sie verdächtigen einen Ihrer Leute, der seit Jahren die Firma durch große Unterschlagungen geschädigt hat. Es handelt sich um einen gewissen Mr. Milburgh, Ihren Hauptgeschäftsführer.«

»Ich möchte, daß Sie diese ganze Geschichte erst einmal vergessen, Mr. Tarling«, sagte Lyne leise. »Ich werde Ihnen Milburgh jetzt vorstellen, er kann uns wahrscheinlich bei meinem Plan sehr gut helfen. Ich will nicht behaupten, daß er ein ehrlicher Mensch ist, auch nicht, daß mein Verdacht gegen ihn unbegründet ist, aber im Augenblick beschäftigt mich viel Wichtigeres, und ich wäre Ihnen zu Dank verbunden, wenn Sie die ganze Sache mit Milburgh vorläufig hintenanstellen. Ich werde ihn jetzt holen lassen.«

Er ging zu einem langen Tisch, nahm den Telefonhörer ab und sprach zu der Vermittlung:

»Bestellen Sie Mr. Milburgh, daß er zu mir in das Sitzungszimmer kommen soll.«

Dann ging er zu seinem Besucher zurück.

»Die Sache mit Milburgh kann warten. Ich weiß noch nicht genau, ob ich noch einmal darauf zurückkommen werde. Haben Sie überhaupt schon mit Ihren Nachforschungen begonnen? Wenn das der Fall sein sollte, so sagen Sie mir bitte das Hauptsächlichste, bevor Milburgh kommt.«

Tarling nahm eine kleine weiße Karte aus seiner Tasche und warf einen Blick darauf.

»Welches Gehalt bekommt Milburgh bei Ihnen?«

»Neunhundert Pfund im Jahr«, erwiderte Lyne.

»Er gibt aber etwa fünftausend aus«, entgegnete Tarling. »Wenn ich meine Nachforschungen fortsetze, wird sich diese Summe vielleicht noch vergrößern. Er hat ein Haus oberhalb des Stroms, gibt große Gesellschaften —«

Lyne winkte ungeduldig mit der Hand ab.

»Wir wollen das doch lieber bis später lassen. Ich habe im Augenblick, wie ich schon sagte, eine viel größere Aufgabe für Sie. Milburgh mag ein Dieb sein —«

»Haben Sie nach mir verlangt, Mr. Lyne?«

Lyne wandte sich schnell um. Die Tür hatte sich geräuschlos geöffnet. Auf der Schwelle stand ein Mann, der heuchlerisch lächelte und sich dauernd die Hände rieb, als ob er sie mit unsichtbarer Seife wüsche.

2

»Gestatten Sie – Mr. Milburgh«, stellte Lyne etwas verlegen vor.

Wenn Milburgh die letzten Worte seines Chefs gehört hatte, verriet er doch in keiner seiner Bewegungen etwas davon. Er lächelte nicht nur oberflächlich, sondern man sah vollkommene Zufriedenheit in seinen wenig ausdrucksvollen Zügen. Tarling schaute ihn schnell an und zog seine eigenen Schlüsse. Der Mann war ein geborener Lakai, hatte ein plumpes Gesicht, einen kahlen Kopf und nach vorn gebeugte Schultern, als ob er in jedem Augenblick bereit sei, eine Verbeugung zu machen und demütig Rede und Antwort zu stehen.

»Schließen Sie die Tür, Milburgh, und nehmen Sie Platz. Dies ist Mr. Tarling – ein Detektiv.«

»Sehr interessant, Mr. Lyne.«

Milburgh verneigte sich ehrerbietig vor Tarling. Der Detektiv beobachtete ihn genau, aber Mr. Milburgh errötete weder, noch wurde er blaß, auch seine Gesichtsmuskeln zuckten nicht. Tarling nahm keins der Anzeichen wahr, durch die sich ihm gegenüber Verbrecher schon so oft verraten hatten.

»Ein gefährlicher Mensch«, dachte er.

Er warf einen Blick zu Ling Chu hinüber, um zu erkennen, welchen Eindruck Milburgh auf ihn gemacht hatte. Jeder andere Beobachter hätte nichts Besonderes an dem Gesichtsausdruck und der Haltung des Chinesen entdecken können. Aber Tarling sah, daß seine Lippen fast unmerklich zuckten und seine Nasenflügel sich ein wenig hoben. Das waren untrügliche Anzeichen dafür, daß Ling Chu ein Verbrechen witterte.

»Mr. Tarling ist Detektiv«, wiederholte Lyne. »Ich hörte sehr viel von ihm, als ich in China war. – Sie wissen doch, daß ich mich auf meiner Weltreise drei Monate in diesem Land aufhielt?« fragte er Tarling, der nur kurz nickte.

»Ja, ich weiß es, Sie wohnten im Bund-Hotel und verkehrten damals viel in dem Eingeborenenviertel. Sie machten auch eine unangenehme Erfahrung, als Sie einmal Opium rauchten.«

Lyne wurde rot, dann lachte er.

»Sie wissen ja viel mehr von mir als ich von Ihnen, Tarling!«

Man konnte an seinem Ton hören, daß ihm die letzte Bemerkung unangenehm gewesen war. Er wandte sich wieder an seinen Angestellten.

»Ich habe allen Grund zu der Annahme, daß in meinem Geschäft Gelder entwendet werden, und zwar von einem Angestellten in der Hauptkasse.«

»Das ist ganz unmöglich!« rief Mr. Milburgh entsetzt. »Ganz unmöglich! Wer sollte das getan haben? Aber ich bewundere Ihren Scharfsinn, Mr. Lyne, daß Sie das herausgefunden haben. Ich habe ja schon immer gesagt, daß Sie alles genau beobachten, selbst das, was wir alten Geschäftsleute übersehen, selbst wenn es sich vor unseren Augen abspielt!«

Mr. Lyne lächelte geschmeichelt.

»Es wird Sie interessieren, Mr. Tarling, daß ich hierin selbst einige Kenntnisse, ja ich möchte sogar sagen, daß ich Beziehungen zur Verbrecherwelt habe. Sie wissen vielleicht, daß ich so einen unglücklichen Menschen in gewisser Weise betreue. Ich habe in den letzten vier Jahren alles mögliche versucht, um ihn zu bessern. In einigen Tagen kommt er wieder einmal aus dem Gefängnis. Ich habe diese ganze Mühe auf mich genommen«, sagte er bescheiden, »weil ich fühle, daß es die Pflicht gerade der Leute ist, die sich in glücklicher Vermögenslage befinden, anderen zu helfen, die nicht dieselben günstigen Bedingungen in dem harten Kampf ums Dasein haben.«

Auf Tarling machten diese Worte keinen Eindruck.

»Wissen Sie, wer Sie dauernd bestohlen hat?« fragte er kurz.

»Ich habe allen Grund anzunehmen, daß es ein junges Mädchen ist. Ich war gezwungen, sie heute ohne Kündigung zu entlassen, und ich möchte Sie bitten, sie zu überwachen.«

Der Detektiv nickte.

»Das ist eine verhältnismäßig einfache Sache.« Ein schwaches Lächeln huschte über seine Züge. »Haben Sie denn in Ihrem großen Geschäft nicht einen Privatdetektiv angestellt, der sich dieser Sache widmen könnte? Ich kümmere mich wirklich nicht um so kleine Diebstähle. Als ich hierherkam, dachte ich, daß es sich um eine größere Aufgabe handelte.« Er sprach nicht weiter, da es unmöglich war, in Gegenwart Milburghs mehr zu sagen.

13

»Ihnen mag die Sache klein erscheinen, aber mir ist sie sehr wichtig«, entgegnete Mr. Lyne ernst. »Hier ist ein Mädchen, das in hohem Ansehen bei allen Mitangestellten steht und infolgedessen einen großen Einfluß auf deren moralische Ansichten hat. Sie hat wahrscheinlich dauernd die Bücher gefälscht und die Firma um Geld betrogen und hat dabei immer Wohlwollen und Achtung von allen Seiten genossen. Offenbar ist sie noch viel gefährlicher als irgendein anderer armer Verbrecher, der einer augenblicklichen Versuchung erliegt. Meiner Meinung nach wäre es nötig, mit ihr einmal ein Exempel zu statuieren, aber ich muß Ihnen offen gestehen, Mr. Tarling, daß ich nicht genügend Beweise in der Hand habe, um sie zu überführen. Sonst hätte ich mich nicht an Sie gewandt.«

»Ach, ich soll erst das Material zusammenstellen?« fragte Mr. Tarling neugierig.

»Wer ist denn die Dame, um die es sich handelt?« fragte Milburgh.

»Miss Rider«, antwortete Mr. Lyne düster.

»Miss Rider!« Milburgh machte ein äußerst erstauntes Gesicht.

»Miss Rider – ach nein, das ist doch ganz unmöglich!«

»Warum soll das unmöglich sein?« fragte Lyne scharf.

»Na ja, verzeihen Sie – ich meinte nur«, stammelte der Geschäftsführer. »Das sieht ihr doch gar nicht ähnlich. Sie ist solch ein nettes Mädchen –«

Thornton Lyne sah ihn argwöhnisch von der Seite an.

»Haben Sie irgendeinen besonderen Grund, Miss Rider in Schutz zu nehmen?« fragte er kühl.

»Nein, Mr. Lyne, ganz und gar nicht. Ich bitte Sie, nichts dergleichen anzunehmen«, sagte Mr. Milburgh etwas aufgeregt, »es kommt mir nur so – ungewöhnlich vor.«

»Alles ist ungewöhnlich, was sich nicht mit dem gewohnten Lauf der Dinge vereinigen läßt«, fuhr ihn Lyne an. »Es wäre zum Beispiel nicht sehr merkwürdig, wenn Sie des Diebstahls angeklagt würden, Milburgh. Wäre es nicht sonderbar, wenn wir entdeckten, daß Sie im Jahr fünftausend Pfund ausgeben, während Ihr Gehalt nur neunhundert Pfund beträgt?«

14

Nur eine Sekunde lang verlor Milburgh seine Selbstbeherrschung. Die Hand, mit der er sich über die Stirn fuhr, zitterte. Tarling, der ununterbrochen sein Gesicht beobachtete, sah, welche große Anstrengungen er machte, um seine Haltung nicht zu verlieren.

»Ja, Mr. Lyne, das wäre allerdings sehr merkwürdig«, sagte Milburgh jetzt mit fester Stimme.

Lyne redete sich immer mehr in Wut, und wenn seine scharfen Worte auch an Milburgh gerichtet waren, meinte er in Gedanken doch das stolze, hochfahrende Mädchen mit den zornigen Augen, das ihn in seinem eigenen Büro so verächtlich behandelt hatte.

»Es wäre doch merkwürdig, wenn Sie zu Gefängnis verurteilt würden, weil ich entdeckt hätte, daß Sie die Firma seit Jahren betrügen«, fuhr er erregt fort. »Ich bin überzeugt, daß alle Angestellten dasselbe sagen würden wie Sie – ›sehr merkwürdig‹!«

»Das möchte ich auch sagen«, erklärte Milburgh mit seinem alten gewohnten Lächeln. »Das würde merkwürdig klingen und merkwürdig sein, und niemand wäre mehr überrascht als das unglückliche Opfer.« Dann lachte er aus vollem Halse.

»Vielleicht auch nicht«, sagte Lyne kühl. »Ich möchte hier nur kurz in Ihrer Gegenwart ein paar Worte wiederholen, bitte, passen Sie genau auf. Sie haben sich schon seit einem Monat bei mir darüber beklagt« – Lyne betonte jedes Wort –, »daß kleine Beträge in der Kasse fehlten.«

Es war äußerst kühn, das zu behaupten, es war in gewisser Weise waghalsig. Der Erfolg seines schnell entworfenen Planes hing nicht nur von Milburghs Schuld, sondern ebenso von Milburghs Neigung ab, seine Schuld auch einzugestehen. Wenn sein Geschäftsführer nichts gegen die falsche Behauptung sagte, gab er damit seine eigenen Verfehlungen zu. Tarling, dem die Unterhaltung zuerst unverständlich war, begann jetzt dunkel zu ahnen, worauf Lyne hinauswollte.

»Ich hab' mich bei Ihnen beklagt, daß im letzten Monat Geldbeträge gefehlt haben?« fragte Milburgh erstaunt.

Er lächelte nicht mehr, und sein Gesicht sah plötzlich verstört aus – er war in die Enge getrieben.

15

»Ja, das sagte ich eben«, entgegnete Lyne und beobachtete ihn.

»Entspricht das nicht den Tatsachen?«

Nach einer langen Pause nickte Milburgh.

»Ja, das stimmt«, erwiderte er schwach.

»Und Sie haben mir doch auch mitgeteilt, daß Sie Miss Rider in Verdacht haben, diese Unterschlagungen zu begehen?«

Wieder trat eine Pause ein, und wieder nickte Milburgh.

»Hören Sie es?« fragte Lyne triumphierend.

»Ja«, entgegnete Tarling gelassen. »Was soll ich denn aber bei dieser Sache tun? Das geht doch nur die Polizei an?«

Lyne zog die Augenbrauen zusammen.

»Wir müssen die Anzeige erst vorbereiten. Ich werde Ihnen alle Einzelheiten in die Hand geben: die Adresse der jungen Dame und alle Daten über ihre Person. Dann wird es Ihre Sache sein, uns solche Informationen zu verschaffen, daß wir den Fall Scotland Yard übergeben können.«

»Ich verstehe«, sagte Tarling und lächelte.

Aber dann schüttelte er den Kopf. »Ich kann mich mit dieser Sache nicht befassen, Mr. Lyne.«

»Warum nicht?« fragte Lyne erstaunt.

»Weil ich mich mit derartigen Aufgaben nicht abgebe. Als Sie mir schrieben, hatte ich das Gefühl, daß ich durch Sie einen der größten Fälle erhielte, der jemals in meine Hände kam. Man sieht, wie der erste Eindruck manchmal täuschen kann.« Er griff zu seinem Hut.

»Was wollen Sie damit sagen? Sie geben damit einen wertvollen Kunden auf!«

»Ich weiß nicht, wie wertvoll Sie sind, aber augenblicklich sieht die Sache nicht sehr ermutigend aus. Ich möchte mich nicht mit diesem Fall beschäftigen, Mr. Lyne.«

»Sie glauben, die Sache ist nicht bedeutend genug für Sie?« fragte Lyne unangenehm berührt. »Ich bin bereit, Ihnen fünfhundert Pfund für Ihre Bemühungen zu zahlen –«

»Selbst wenn Sie mir fünftausend – ja fünfzigtausend zahlen, würde ich es doch ablehnen, mit dieser Sache etwas zu tun zu haben«, entgegnete Tarling. Seine Worte klangen entschieden und nachdrücklich.

»Dann darf ich vielleicht fragen, warum Sie sich nicht damit befassen wollen? Sind Sie mit dem Mädchen bekannt?« fragte er unnötig laut.

»Ich habe die junge Dame niemals gesehen und werde sie auch wahrscheinlich niemals sehen. Ich möchte nur feststellen, daß ich nicht mit solchen künstlich aufgebauten Anklagen belästigt sein will.«

»Künstlich aufgebaute Anklagen?«

»Ich glaube, Sie wissen ganz gut, was ich meine, aber ich will es Ihnen noch deutlicher und verständlicher sagen. Aus irgendeinem Grund haben Sie gegen eine Ihrer Angestellten einen Widerwillen. Ich kann Ihren Charakter aus Ihrem Gesicht erkennen, Mr. Lyne. Die Weichheit Ihres runden Kinns und Ihr Mund zeigen mir, daß Sie sich gerade kein Gewissen daraus machen, wie Sie die Damen behandeln, die bei Ihnen tätig sind. Ich weiß es nicht – aber ich vermute, daß Sie von einem anständigen Mädchen einen gehörigen Korb bekommen haben, worüber Sie sich furchtbar geärgert haben, und in Ihrer Rachsucht greifen Sie eine vollständig haltlose Anklage gegen dieses Mädchen aus der Luft. Mr. Milburgh« – er wandte sich an den Geschäftsführer, aus dessen Gesicht das Lächeln wieder verschwand – »hat seine eigenen Gründe, Ihren gemeinen Wünschen entgegenzukommen. Er ist Ihr Angestellter, und außerdem tut die versteckte Drohung ihre Wirkung, daß Sie ihn ins Gefängnis bringen wollen, wenn er sich weigert, mit Ihnen zu gehen.«

Thornton Lynes Gesicht war von Wut entstellt.

»Ich werde dafür Sorge tragen, daß Ihr niederträchtiges Verhalten allgemein bekannt wird! Sie haben mich hier in der schimpflichsten Weise beschuldigt, und ich werde Sie wegen Verleumdung verklagen. Die Sache liegt doch so, daß Sie sich der Aufgabe, die ich Ihnen gegeben habe, nicht gewachsen fühlen und nun einen Grund suchen, sie abzulehnen!«

Tarling biß das Ende eine Zigarre ab, die er aus seiner Tasche nahm.

»Mein Ruf ist zu gut, als daß ich mich mit so schmutzigen Dingen befassen könnte. Ich möchte nicht gern beleidigend werden, und ich gebe nicht gern gute Verdienstmöglichkeiten aus der

Hand, aber ich will mein Geld nicht durch Gemeinheiten verdienen, Mr. Lyne. Und wenn ich Ihnen einen guten Rat geben darf, dann lassen Sie diesen unsinnigen Racheplan fallen, den nur Ihre verletzte Eitelkeit wachgerufen hat. Nebenbei bemerkt ist das die ungeschickteste Art, eine Anklage zu erheben. Gehen Sie hin und bitten Sie die junge Dame um Entschuldigung, die Sie auf das gröbste beleidigt haben, wie ich vermute.«

Er winkte seinem chinesischen Begleiter und verließ langsam den Raum. Lyne beobachtete ihn zitternd vor Zorn. Er war sich seiner Ohnmacht bewußt, aber als die Tür schon halb geschlossen war, sprang er mit einem unterdrückten Schrei auf, riß sie wieder auf und stürzte auf den Detektiv zu.

Tarling griff ihn mit beiden Händen, hob ihn hoch, trug ihn in den Raum zurück und setzte ihn auf seinen Stuhl. Dann sah er ihn gutmütig von oben herab an.

»Mr. Lyne«, sagte er ein wenig sarkastisch. »Sie geben selbst den Verbrechern ein übles Beispiel. Es ist gut, daß Ihr verbrecherischer Freund noch im Gefängnis sitzt!«

Ohne ein weiteres Wort verließ er das Zimmer.

3

Zwei Tage später saß Thornton Lyne in seinem großen Auto, das an der Seite des Fußgängersteiges in der Nähe von Wandsworth Common hielt, und schaute nach dem Tor des Gefängnisses.

Er war Dichter und Schauspieler, eine merkwürdige Mischung für einen Geschäftsmann seines Charakters.

Thornton Lyne war Junggeselle. Er hatte ein Examen auf der Universität gemacht und einen großen wissenschaftlichen Preis erhalten. Er war auch Autor und Herausgeber eines dünnen Gedichtbandes. Die Güte seiner Verse war gerade nicht bedeutend, aber das Buch war zweifellos mit wunderbar schönen Initialen gedruckt und in altertümlicher Art gebunden. Er war Kaufmann, und das war ihm in mancher Beziehung nicht unangenehm. Denn sein Beruf erlaubte ihm, ein luxuriöses Leben zu führen. Er besaß mehrere Autos, einen Landsitz und ein Haus in der Stadt. Die Möblierung und Ausstattung der beiden Wohnungen hatten Summen verschlungen, mit denen er eine große Anzahl kleiner Geschäfte hätte kaufen können.

Joseph Emanuel Lyne hatte die Firma gegründet und das Geschäft in die Höhe gebracht. Er hatte ein Verkaufssystem ausgearbeitet, nach dem jeder Kunde sofort bedient wurde, wenn er den Laden betrat. Diese Methode beruhte auf dem alten Grundsatz, stets genügende Reserven in Bereitschaft zu halten.

Thornton Lyne erhielt die Führung des Geschäftes in dem Augenblick, in dem das Erscheinen seines schmalen Bandes ihn in die Reihe der berühmten Unverstandenen erhob. Bei seinen Gedichten verwendete er eine ungewöhnliche Interpunktion, umgekehrte Kommata, Ausrufungszeichen und Fragezeichen, um seinen Zorn und seine Verachtung gegenüber der Menschheit auszudrücken. Wenngleich der Band auch nur dünn war, gekauft wurde er doch nicht, aber er verschaffte ihm genügend Ansehen bei den Männern und Frauen, die wie er Gedichte und Bücher schrieben, die nicht gelesen wurden.

Nichts in der Welt war diesem berühmten unverstandenen Menschen sicherer, als daß sich höchste Vornehmheit in Verachtung äußerte. Unter anderen Umständen hätte sich Thornton Lyne noch zu weiteren Stufen des Unverstandenseins hinaufarbeiten können – auf eine solche Höhe, wo man erhaben ist über Ehe, Seife, reine Hemden und frische Luft. Nur die Tatsache, daß sein Vater plötzlich starb, war daran schuld, daß er diesen Grad der Vollkommenheit nicht erreichte.

Zuerst hätte er beinahe die ganze Firma verkauft, um sich in eine einsame Villa nach Florenz oder Capri zurückzuziehen. Aber dann lockte ihn das Widerspruchsvolle, ja man möchte sagen, der Humor seiner Lage. Ein gelehrter Mann, ein vornehmer Herr, ein mißverstandener Dichter sollte sich in ein Kaufmannsbüro setzen. Und zum Erstaunen aller Leute nahm er die Arbeit seines Vaters auf, das heißt, er unterschrieb Schecks und profitierte von den Einnahmen. Die eigentliche Leitung der Firma überließ er den Männern, denen der alte Lyne schon vertraut hatte.

Thornton verfaßte einen Aufruf an seine dreitausend Ange-

19

stellten, den er auf antikem Büttenpapier mit wunderschönen Initialen und breiten Rändern drucken ließ. Er zitierte Seneca, Aristoteles, Marc Aurel und fügte auch einige Verse aus der Ilias ein. Dieser Aufruf wurde durch längere und bessere Kritiken von den Zeitungen begutachtet als sein Buch.

Er hatte nun ein neues Interesse am Leben gewonnen – er kam sich selbst sehr interessant vor, denn seine vielen begeisterten Freunde schlugen die Hände über dem Kopf zusammen und fragten erstaunt und verwundert: »Wie können Sie – ein Mann von solcher Begabung, von solchem Charakter . . .!« Das Leben wäre auch weiter für ihn so interessant und schön geblieben, wenn alle Leute, die ihm begegneten, ihn in seiner Gottähnlichkeit gelassen hätten. Aber es gab zum mindesten zwei Menschen, auf die Lynes schöner Charakter und seine Millionen nicht den geringsten Eindruck machten.

In seiner Limousine war es schön warm, denn sie war elektrisch geheizt. Es war ein rauher Aprilmorgen, und draußen war es empfindlich kalt. Die kleine Schar zitternder Frauen, die in einer respektvollen Entfernung vor der Gefängnistür standen, zogen ihre Tücher und Schals dichter um sich, weil einzelne Schneeflocken niederfielen. Bald war die ganze Gegend von einer leichten weißen Decke überzogen, und die ersten Frühlingsblumen schauten in ihrer weißen Umrahmung recht kläglich aus.

Die Gefängnisuhr schlug acht. Eine kleine Tür öffnete sich, und ein Mann trat heraus. Er hatte Jacke und Kragen zugeknöpft und die Mütze tief ins Gesicht gezogen. Lyne ließ die Zeitung sinken, in der er bis jetzt gelesen hatte, öffnete die Wagentür, sprang hinaus und eilte direkt auf den entlassenen Gefangenen zu.

»Nun, Sam«, sagte er liebenswürdig. »Sie haben mich diesmal wohl nicht erwartet?«

Der Mann stand plötzlich still, als ob er vom Blitz getroffen sei, und starrte auf die Gestalt in dem kostbaren Pelz.

»Ach, Mr. Lyne«, erwiderte er mit gebrochener Stimme. »Sie sind es!« Er konnte nicht weitersprechen, die Tränen liefen ihm über die Backen, und er ergriff die ausgestreckte Hand mit seinen beiden Händen.

»Sie haben doch nicht etwa gedacht, daß ich Sie im Stich lasse,

Sam!« Lyne war ganz begeistert von seiner eigenen vornehmen Gesinnung.

»Ich dachte, Sie hätten mich jetzt aufgegeben, Mr. Lyne«, entgegnete Sam Stay heiser. »Sie sind wirklich ein edler Herr und haben einen anständigen Charakter. Ich muß mich vor mir selber schämen!«

»Unsinn, Sam, nicht doch! Kommen Sie schnell in meinen Wagen, mein Junge, setzen Sie sich hierher. Jetzt denken die Leute, Sie sind ein Millionär.«

Der Mann schluckte, grinste verständnislos und stieg ein. Mit einem Seufzer sank er in die weichen Polster, die mit kostbarem, braunem Saffianleder bezogen waren.

»Mein Gott, wenn man denkt, daß es Leute wie Sie in der Welt gibt, dann kann man wirklich noch an Engel und Wunder glauben!«

»Reden Sie doch nicht so dummes Zeug, Sam. Sie kommen jetzt zu mir in meine Wohnung, essen sich einmal tüchtig satt, und dann werde ich Ihnen helfen, wieder etwas Neues anzufangen.«

»Ich will jetzt auch wirklich ein ordentliches Leben führen«, sagte Sam mit einem unterdrückten Schluchzen.

Um der Wahrheit die Ehre zu geben, muß gesagt werden, daß sich Mr. Lyne im Grunde sehr wenig darum kümmerte, ob Sam einen ordentlichen Lebenswandel führte oder nicht. Vielleicht wäre er sogar entsetzt gewesen, wenn Sam ein ordentlicher Mensch geworden wäre. Er hielt sich Sam ungefähr so, wie andere Leute sich seltenes Geflügel oder schöne Hunde halten, und war auf ihn nicht weniger stolz als andere Menschen auf ihre Briefmarken oder ihr chinesisches Porzellan. Sam gehörte zu dem Luxus, den er sich gestatten und mit dem er renommieren konnte. In seinem Klub erzählte er gern von seiner Bekanntschaft mit diesem Verbrecher – Sam war ein bekannter und berüchtigter Geldschrankknacker. Seine Anhänglichkeit war ein ungewöhnlicher Nervenkitzel für Lyne.

Die Verehrung, die dieser Verbrecher Lyne entgegenbrachte, war wirklich ungewöhnlich. Sam hätte ohne zu zögern sein Leben für diesen Mann mit dem blassen Gesicht und dem leichtfertigen Mund gegeben. Er hätte sich für seinen Wohltäter in Stücke reißen lassen, wenn er ihm dadurch irgendwie hätte nützen können, denn für ihn war Lyne ein vom Himmel herabgestiegener Gott. Zweimal war Sam zu kurzen Gefängnisstrafen verurteilt worden, und einmal hatte er auch länger gesessen, und jedesmal hatte Thornton ihn mit nach Hause genommen, großartig bewirtet und ihm eine Menge sehr überflüssige Ratschläge gegeben; dann hatte er ihn mit einem Anfangsgehalt von zehn Pfund wieder auf die Mitwelt losgelassen. Diese Summe genügte Sam gerade, um einen neuen Satz von Einbrecherwerkzeugen zu kaufen.

Aber nie zuvor hatte Sam solche Dankbarkeit gezeigt, und nie vorher hatte Thornton Lyne sich so um ihn bemüht. Zunächst war ein heißes Bad vorgesehen, dann folgte ein warmes, luxuriöses Frühstück. Sam erhielt einen neuen Anzug, und in seiner Brusttasche steckten diesmal nicht nur zwei, sondern vier Fünfpfundnoten.

Nach dem Frühstück hielt Lyne seine übliche Ansprache.

»Ach, Mr. Lyne, das ist alles ganz schön und gut, aber für mich paßt es nicht!« sagte Sam offen und schüttelte den Kopf. »Ich habe alles versucht, um ein ehrliches Leben zu führen, aber es kommt mir immer etwas dazwischen. Als ich das letztemal herauskam, wurde ich doch Chauffeur und fuhr drei Monate lang ein Mietauto. Dann bekam so ein verdammter Detektiv von Scotland Yard heraus, daß ich keinen Führerschein hatte, und da war es mit dem ordentlichen Leben wieder aus. Es hat keinen Zweck, mir eine Stelle in Ihrem Geschäft zu geben, das würde doch nicht lange dauern. Ich bin nun einmal ein Leben in der frischen Luft gewöhnt und muß mein eigener Herr sein. Ich gehöre nun schon einmal zu den –«

»Zu den Abenteurern«, sagte Lyne und lachte leise. »Ja, da haben Sie recht, Sam. Und ich kann Ihnen diesmal eine etwas abenteuerlichere Aufgabe geben, die so recht nach Ihrem Herzen sein wird.«

Dann erzählte er ihm die Geschichte von der gemeinen Undankbarkeit des Mädchens, dem er geholfen, die er direkt vom Hungertod gerettet und die ihn in der niederträchtigsten Art und Weise betrogen hatte. Thornton Lyne war ein Dichter, aber er war ebenso auch ein Lügner. Er konnte genauso leicht die Unwahrheit wie die Wahrheit sagen. Als er nun von der Bosheit Odette Riders sprach, hörte Sam aufgeregt zu und kniff die Augenlider zusammen. Für eine solche Kreatur war keine Strafe zu schwer, sie verdiente nicht das geringste Mitgefühl.

Thornton Lyne hielt einen Augenblick in seiner Erzählung inne, um zu sehen, welchen Eindruck seine Worte auf Sam gemacht hatten.

»Sagen Sie mir doch nur«, flüsterte Sam mit zitternder Stimme, »wie man mit dieser Kanaille abrechnen kann – und ich gehe durch die Hölle, um Sie an dieser Person zu rächen!«

»Das höre ich gerne«, erwiderte Lyne und goß aus einer hohen Flasche einen kräftigen Schluck ein. Es war Sams Lieblingsschnaps. »Nun kann ich Ihnen ja auch sagen, wie ich mir die Sache gedacht habe.«

Sie saßen noch ein paar Stunden zusammen und planten furchtbare Rache an Odette Rider, die Thornton Lynes Eitelkeit so schwer gekränkt und deren aufrechte Haltung den Haß dieses lasterhaften Mannes entflammt hatte.

4

Am Abend desselben Tages, an dem Sam Stay aus dem Gefängnis entlassen wurde, lag Jack Tarling auf seinem harten Bett ausgestreckt. Er hatte eine Zigarette zwischen den Lippen, las ein Buch über chinesische Philosophie und war mit sich und der Welt zufrieden.

Er hatte einen aufregenden Tag hinter sich, denn er hatte den Auftrag erhalten, eine große Unterschlagung bei einer Bank aufzuklären. Diese Sache hätte eigentlich seine ganze Zeit in Anspruch genommen, wenn er nicht noch eine kleine private Nebenbeschäftigung gehabt hätte. Sie brachte ihm zwar nicht das mindeste ein, aber seine Neugierde und sein Interesse waren nun einmal geweckt.

Er legte das Buch flach auf seine Brust, als er hörte, wie sein

Assistent leise die Tür öffnete. Ling Chu trat lautlos ein und setzte ein Tablett auf den niederen Tisch neben dem Bett. Tarling sah, daß der Chinese ein blauseidenes Gewand trug.

»Du willst also heute abend nicht mehr ausgehen, Ling Chu?«

»Nein, Lieh Jen.«

Sie sprachen in der weichen, melodiösen Mundart von Schantung miteinander.

»Warst du bei dem Mann mit dem schlauen Gesicht?«

Als Antwort nahm der Chinese einen Briefumschlag aus seiner inneren Tasche und reichte ihn Tarling, der die Adresse las.

»Dort lebt die junge Dame? Miss Odette Rider. 27, Carrymore Mansions, Edgware Road.«

»Es ist ein Haus, in dem viele Leute wohnen«, sagte Ling Chu. »Ich bin selbst in deinem Auftrag dorthin gegangen und sah, wie die Leute ein und aus gingen, ohne Unterlaß, und niemals habe ich dieselben Menschen zweimal gesehen.«

»Was hat denn aber der Mann mit dem schlauen Gesicht zu meinem Brief gesagt?«

»Herr, er schwieg. Er las ihn immer wieder und machte dann ein Gesicht wie dieses.« Ling Chu ahmte Mr. Milburghs Lächeln nach. »Und dann schrieb er das auf, was du hier siehst.«

Tarling starrte einen Augenblick ins Leere, stützte sich dann auf seinen Ellenbogen und nahm die Teetasse, die Ling Chu gebracht hatte.

»Hast du etwas Neues über den Mann mit dem weichen weißen Gesicht erfahren, Ling? Hast du auch ihn aufgesucht?«

»Jawohl, Herr, ich sah ihn«, antwortete der Chinese ernst. »Er ist ein Mann ohne Himmel.«

Tarling nickte. Denn die Chinesen brauchten das Wort »Himmel« für »Gott«, und er wußte, daß Ling Chu scharf beobachtet hatte und damit sagen wollte, daß Thornton Lyne keine geistigen Fähigkeiten besaß. Er trank den Tee und erhob sich.

»Ling, diese Stadt und dieses Land sind sehr öde und traurig, und ich glaube nicht, daß ich lange hier wohnen werde.«

»Will der Herr wieder nach Schanghai zurückgehen?« fragte der Chinese, ohne auch nur im mindesten über diese Mitteilung erstaunt zu sein.

»Ja, ich denke. Jedenfalls ist dieses Pflaster zu langweilig. Diese paar elenden Fälle von kleinen Gelddiebstählen und Eheaffären – ich mag nichts mehr davon hören.«

»Die sind nur kleine Dinge«, sagte Ling Chu mit philosophischer Ruhe. »Aber der Meister –«, er meinte den großen Philosophen Konfuzius – »hat gesagt, daß alles Große aus kleinen Dingen kommt. Und vielleicht will ein kleiner Mann einem großen den Kopf abschneiden, und dann wird man dich rufen, um den Mörder zu fangen.«

Tarling lachte.

»Du bist ein großer Optimist, Ling. Ich glaube nicht, daß man hier meine Hilfe bei der Entdeckung eines Mörders wünscht. In England werden Privatdetektive dazu nicht zugezogen.«

Ling schüttelte den Kopf.

»Aber mein Herr muß Mörder fangen, oder er wird nicht mehr länger Lieh Jen, der Jäger der Menschen, sein.«

»Du bist blutdürstig«, sagte Tarling plötzlich auf englisch, das Ling nur sehr schlecht verstand, obgleich er lange in hervorragenden Missionsschulen unterrichtet worden war. »Ich werde jetzt ausgehen«, fuhr Tarling wieder auf chinesisch fort, »und werde die kleine Frau besuchen, die das Weißgesicht begehrt.«

»Darf ich dich begleiten, Herr?« fragte Ling.

Tarling zögerte.

»Ja, du kannst mitkommen, aber du mußt hinter mir bleiben und darfst dich nicht sehen lassen.«

Carrymore Mansions ist ein großer Häuserblock, der zwischen zwei vornehmen und noch größeren Gebäuden in der Edgware Road eingeschlossen liegt. Das Erdgeschoß ist an Ladeninhaber vermietet. Wahrscheinlich verbilligen sich dadurch die Mieten der Wohnungen. Trotzdem vermutete Tarling, daß die Mieten doch ziemlich hoch sein müßten, besonders für ein Ladenmädchen, wenn sie nicht etwa bei ihrer Familie wohnte. Aber als er den Portier fragte, erhielt er die Aufklärung. Sie hatte eine kleinere Wohnung im Zwischengeschoß, wo die Räume niedriger waren, und zahlte infolgedessen keine große Miete.

Er stand bald vor einer polierten Mahagonitür und überlegte

sich, welche Entschuldigung er vorbringen könnte, daß er eine junge Dame so spät am Abend noch aufsuchte. Daß er ihr eine Erklärung geben mußte, sah er an ihrem Blick, als sie ihm die Tür öffnete.

»Ja, ich bin Miss Rider«, sagte sie.

»Kann ich Sie einige Minuten sprechen?«

»Es tut mir leid, ich bin allein in der Wohnung und kann Sie nicht hereinbitten.«

Das war ein schlechter Anfang.

»Ist es nicht möglich, daß Sie ein wenig mit mir ausgehen?« fragte er besorgt.

Trotz der merkwürdigen Situation mußte sie lächeln.

»Es ist mir ebenso unmöglich, mit jemand auszugehen, den ich früher nie gesehen habe.«

»Ich sehe die Schwierigkeiten ein. Hier ist meine Karte. Ich fürchte, daß ich hier in England nicht genügend bekannt bin – Sie werden meinen Namen nicht kennen.«

Sie nahm die Karte und las.

»Privatdetektiv?« fragte sie erschrocken. »Wer hat Sie zu mir geschickt? Doch nicht etwa Mr. –«

»Nein, nicht Mr. Lyne.«

Sie zögerte einen Augenblick, dann öffnete sie die Tür etwas weiter.

»Bitte, treten Sie näher – wir können ja hier im Vorraum sprechen. Ich habe Sie doch eben richtig verstanden. Mr. Lyne hat Sie nicht zu mir geschickt?«

»Mr. Lyne wünschte allerdings vorher, daß ich Sie aufsuchen sollte, und ich mißbrauche sein Vertrauen in gewisser Weise. Aber ich glaube nicht, daß er auf meine Verschwiegenheit rechnen darf. Ich weiß eigentlich nicht, warum ich hierhergekommen bin und Sie störe, aber ich möchte Ihnen raten, auf Ihrer Hut zu sein.«

»Wovor?«

»Sie müssen sich vor den Ränken eines Herrn in acht nehmen, den Sie –«, er zögerte einen Augenblick.

»Beleidigt haben«, ergänzte sie.

»Ich weiß ja nicht, was Sie ihm gesagt haben«, meinte er lä-

26

chelnd, »aber ich nehme an, daß Sie Mr. Lyne aus dem einen oder anderen Grund verletzt haben und daß er sich jetzt an Ihnen rächen will. Ich will Sie nicht fragen, was vorgefallen ist, denn ich verstehe, daß Sie es mir nicht sagen möchten. Aber ich muß Ihnen mitteilen, daß Mr. Lyne wahrscheinlich eine Anklage gegen Sie vorbereitet, daß er irgend etwas erfindet, um Sie wegen Diebstahls anzuzeigen.«

»Diebstahl?« rief sie entrüstet. »Er will mich anzeigen? Aber es ist doch unmöglich, daß er so schlecht ist.«

»Oh, es ist gar nicht so unmöglich, daß jemand außerordentlich schlecht ist«, erwiderte Tarling. Sein Gesicht war undurchdringlich, wenn auch ein leichtes Lächeln in seinen Augen lag. »Jedenfalls weiß ich es und habe es mit eigenen Ohren gehört, daß er Mr. Milburgh dazu veranlaßte, einige Aussagen darüber zu machen, daß Gelddiebstähle bei der Hauptgeschäftskasse vorgekommen seien.«

»Das ist doch ganz unmöglich«, sagte sie entsetzt. »Mr. Milburgh würde das nie sagen, das ist ausgeschlossen!«

»Mr. Milburgh wollte es ursprünglich auch nicht tun, das will ich gerne zugeben.« Er erzählte ihr kurz von den Vorgängen im Konferenzzimmer der Firma Lyne, er verschwieg aber alle Verdachtsgründe gegen Mr. Milburgh selbst.

»Sie sehen also«, schloß er, »daß Sie sehr auf Ihrer Hut sein müssen. Ich möchte Ihnen sogar raten, sich mit einem Rechtsanwalt in Verbindung zu setzen und ihm die ganze Sache zu übergeben. Gegen Mr. Lyne selbst brauchen Sie nicht vorzugehen, aber es würde Ihre Lage sehr stärken, wenn Sie die ganze Sache schon einer öffentlich bekannten Persönlichkeit auseinandergesetzt hätten.«

»Ich bin Ihnen zu größtem Dank verpflichtet, Mr. Tarling«, sagte sie warm und schaute ihn an. Dabei war ihr Lächeln so süß, so beredt und so hilflos, daß Tarling sonderbar ergriffen war.

»Und wenn Sie keinen Anwalt nehmen wollen, dann können Sie sich auf mich verlassen. Ich werde Ihnen immer helfen, wenn Sie irgendwie in Gefahr oder Unannehmlichkeiten kommen.«

»Sie wissen nicht, wie dankbar ich Ihnen bin, Mr. Tarling. Und ich habe Sie so wenig liebenswürdig empfangen!«

»Sie wären, wenn ich so sagen darf, recht leichtsinnig gewesen, wenn Sie mich anders behandelt hätten.«

Sie reichte ihm beide Hände, er schloß sie in die seinen und sah Tränen in ihren Augen. Aber dann nahm sie sich zusammen und führte ihn in das kleine Wohnzimmer.

»Ich habe meine Stelle verloren, aber ich habe schon wieder mehrere neue Angebote. Eins davon werde ich annehmen. Aber den Rest dieser Woche will ich noch für mich haben.«

Tarling brachte sie durch einen Wink zum Schweigen. Er hatte ein unendlich feines Gehör.

»Erwarten Sie irgendeinen Besuch?« fragte er leise.

»Nein«, antwortete sie erstaunt.

»Wohnt außer Ihnen noch jemand in diesen Räumen?«

»Meine Aufwartefrau schläft hier, sie ist aber heute abend ausgegangen.«

»Hat sie einen Schlüssel?«

Odette schüttelte den Kopf.

Tarling erhob sich, und sie wunderte sich, wie schnell und gewandt der große Mann sich bewegen konnte. Lautlos eilte er zur Tür, drehte schnell den Handgriff und riß die Tür auf. Draußen stand ein Mann auf der Matte und sprang zurück, als Tarling so unerwartet im Eingang erschien. Der Fremde sah auffallend schlecht aus und trug einen neuen Anzug, der anscheinend nicht nach Maß gearbeitet war. Sein Gesicht hatte jene gelbe Farbe, die man häufig bei entlassenen Sträflingen findet.

»Verzeihung«, stammelte er. »Ist dies nicht Nr. 8?«

Tarling packte ihn im nächsten Augenblick am Kragen und zog ihn in die Wohnung herein.

»Was wollen Sie eigentlich hier? Was haben Sie denn da in der Hand?«

Bei diesen Worten entwand Tarling ihm einen Gegenstand. Es war kein Schlüssel, sondern ein flaches Instrument.

Mit einem Ruck hatte Tarling dem fremden Mann den Rock ausgezogen, trat einige Schritte zurück und deckte mit seinem Rücken die Tür. Geschwind und mit äußerster Geschicklichkeit durchsuchte er das Kleidungsstück. Aus zwei Taschen zog er mindestens ein Dutzend juwelenbesetzte Ringe hervor, an denen die

Auszeichnung der Firma Lyne auf einem kleinen Etikett angebracht war.

»So?« fragte Tarling sarkastisch. »Das sind wohl Geschenke
von Mr. Lyne an Miss Rider, weil er sie so gern hat?«

Der Mann war sprachlos vor Wut.

»Das ist ein ganz dummer Trick!« Tarling schüttelte traurig
den Kopf. »Gehen Sie zu Ihrem Auftraggeber zurück, nämlich
zu Mr. Thornton Lyne, und sagen Sie ihm, daß ich mich schäme,
daß ein so intelligenter Mann so niederträchtige und obendrein
noch so plumpe Methoden anwendet.«

Er öffnete die Tür wieder und stieß Sam Stay in das dunkle
Treppenhaus hinaus.

Odette hatte erschreckt alles beobachtet und sah Tarling nun
fragend an.

»Was hat das alles zu bedeuten? Ich fürchte mich so – was
wollte denn der Mann hier?«

»Sie brauchen sich vor ihm und auch sonst vor niemand zu
fürchten. Es tut mir leid, daß Sie sich Sorgen gemacht haben.«

Es gelang ihm auch, sie zu beruhigen, und als bald darauf die
Aufwartefrau zurückkam, verabschiedete er sich.

»Also denken Sie daran – Sie haben meine Telefonnummer,
und Sie können mich anrufen, wenn Sie irgendwie in Verlegenheit sind, besonders«, setzte er nachdrücklich hinzu, »wenn Sie
morgen irgendwelche Unannehmlichkeiten haben sollten.«

Aber am nächsten Tag ereignete sich nichts Ungewöhnliches.
Trotzdem rief sie ihn nachmittags um drei Uhr an.

»Ich wollte Ihnen noch sagen, daß ich aufs Land fahre«, erklärte sie. »Ich bin gestern abend zu sehr erschrocken.«

»Lassen Sie es mich bitte wissen, wenn Sie wieder zurückkommen«, erwiderte Tarling, dem es schwer geworden war, sie aus
seinen Gedanken zu verbannen. »Ich werde morgen einmal zu
Lyne gehen und ein Wörtchen mit ihm reden. Nebenbei bemerkt
ist der Mensch, der gestern nacht an Ihrer Wohnungstür war, ein
Schützling von Mr. Lyne, er ist ihm mit Leib und Seele ergeben.
Den Kerl müssen wir gut im Auge behalten. Die Sache gibt meinem Leben neuen Reiz!«

Er hörte, wie sie leise lachte.

»Muß ich erst ermordet werden, damit ein Detektiv seine Freude hat?« fragte sie vergnügt, und auch er lächelte.

»Auf alle Fälle werde ich Lyne morgen aufsuchen«, sagte er.

Aber die Unterredung, die Jack Tarling plante, sollte niemals stattfinden.

Am nächsten Morgen ging ein Arbeiter frühzeitig durch den Hydepark, um schneller zu seiner Arbeitsstelle zu kommen. Auf seinem Weg sah er an der Seite eines Fahrweges einen Mann im Gras liegen. Er war angekleidet, nur fehlten Rock und Weste. Ein seidenes Damennachthemd war um seine Brust gewunden. Es war ganz mit Blut befleckt. Die Hände des Mannes waren über der Brust gefaltet, und ein Strauß gelber Narzissen lag zwischen seinen Händen.

Um elf Uhr morgens brachten die Zeitungen ausführliche Berichte, daß die Leiche, die im Hydepark gefunden wurde, identifiziert war. Es war niemand anders als Thornton Lyne, und der tödliche Schuß war mitten durch das Herz gegangen.

5

»Die Londoner Polizeibehörden stehen einem sonderbaren Mord gegenüber, den so merkwürdige Nebenumstände begleiten, daß es nicht übertrieben wäre, dieses Verbrechen als das Geheimnis dieses Jahrhunderts zu bezeichnen. Eine bekannte Erscheinung der Londoner Gesellschaft, Mr. Thornton Lyne, der Chef eines großen Warenhauses, ein nicht unbedeutender Dichter, ein Millionär, der wegen seiner menschenfreundlichen Bestrebungen allgemein bekannt ist, wurde heute in den frühen Morgenstunden in einer Lage aufgefunden, die nicht den geringsten Zweifel darüber läßt, daß er ermordet wurde.

Heute morgen um halb sechs kam Thomas Savage, ein Maurer, auf seinem Weg durch den Hydepark und sah eine Gestalt in der Nähe des Fahrweges liegen. Er eilte hin und entdeckte, daß der Mann schon mehrere Stunden tot sein mußte. Der Tote hatte weder Rock noch Weste an, aber um seine Brust war ein seidenes Kleidungsstück geschlungen, offenbar um die stark blutende Wunde in der linken Seite zu stillen. Die Hände waren auf der Brust gekreuzt.

Am merkwürdigsten ist aber, daß der Mörder die Leiche in dieser besonderen Stellung hingelegt haben muß. Auf der Brust des Toten fand sich auch noch ein Strauß gelber Narzissen. Die Polizei war bald zur Stelle, und nachdem die nötigen Feststellungen gemacht waren, wurde die Leiche entfernt. Die Beamten sind der Ansicht, daß der Mord nicht im Hydepark begangen wurde, sondern daß der Unglückliche an einem anderen Ort getötet und in seinem eigenen Auto in den Park gebracht wurde, denn sein Wagen stand verlassen etwa hundert Meter von dem Fundort. Wie wir hörten, ist die Polizei auf einer sehr wichtigen Spur, und eine Verhaftung steht unmittelbar bevor.«

Mr. J. O. Tarling, früher Mitglied der Geheimpolizei in Schanghai, las diesen kurzen Bericht und wurde sehr nachdenklich.

Lyne war ermordet worden! Es war ein ungewöhnlicher Zufall, daß er gerade vor einigen Tagen mit diesem jungen Mann in Berührung gekommen war.

Tarling selbst wußte eigentlich nichts von Lynes Privatleben. Er vermutete nur nach dem, was er von dessen kurzem Aufenthalt in Schanghai erfahren hatte, daß manche seiner Erlebnisse dunkel waren. Er erinnerte sich jetzt schwach an eine Skandalgeschichte, die mit Lynes Namen verknüpft war, und suchte sich nun wieder alle Einzelheiten ins Gedächtnis zurückzurufen. Er legte die Zeitung nieder. Es tat ihm in diesem Augenblick leid, daß er nicht Beamter von Scotland Yard war. Das wäre ein wunderbarer Fall für ihn gewesen. Hier war ein Geheimnis, für das sich die Öffentlichkeit in hohem Maße interessieren würde und das aufzuklären sich sicher lohnte!

Seine Gedanken wanderten zu Odette Rider. Was würde sie dazu sagen? Gewiß würden sie Entsetzen und Schrecken über diese Untat packen. Es war ihm sehr peinlich, als er daran dachte, daß man sie, wenn auch nur indirekt und entfernt, mit dieser öffentlichen Skandalgeschichte in Verbindung bringen könnte. Wahrscheinlich würden die Zeitungen ihren Namen erwähnen und die Tatsache berichten, daß sie mit dem Toten einen Streit gehabt hatte.

»Ganz unmöglich«, sagte er halblaut vor sich hin. Er ging schnell zur Tür und rief Ling Chu.

Der Chinese kam sofort schweigend herein.

»Höre, der Mann mit dem weißen Gesicht ist tot.«

Ling Chu sah seinen Herrn ruhig an.

»Alle Menschen sterben einmal!« sagte er mit gelassener Stimme. »Dieser Mann starb schnell, das ist besser als langsam sterben.«

»Woher weißt du, daß er schnell gestorben ist?«

»Man spricht über diese Dinge«, sagte Ling Chu, ohne zu zögern.

»Aber die Leute sprechen hier nicht chinesisch«, erwiderte Tarling, »und du sprichst doch nicht englisch.«

»Ich spreche doch ein wenig, Herr«, entgegnete Ling Chu, »und ich habe gehört, wie sich die Leute auf der Straße darüber unterhielten.«

»Ling Chu«, sagte Tarling nach einer Pause, »dieser Mann kam nach Schanghai, während wir dort waren, und damals gab es einen großen Skandal. Einmal wurde er doch aus Wing Fus Teehaus hinausgeworfen, wo er Opium geraucht hatte. Es gab eine Aufregung seinetwegen – erinnerst du dich daran?«

Der Chinese sah ihm gerade in die Augen.

»Ich habe es vergessen«, antwortete er. »Dieser Mann war ein schlechter Mensch. Ich freue mich, daß er tot ist!«

»Hm!« sagte Tarling und entließ Ling Chu mit einem kurzen Nicken.

Dieser Chinese war der schlaueste aller seiner Spürhunde. Wenn er erst einmal auf eine Fährte gesetzt war, folgte er unweigerlich jedem Verbrecher. Dabei war er einer der anhänglichsten und treuesten von Tarlings Dienern. Aber noch niemals hatte der Detektiv Ling Chus Gedanken so weit ergründet, daß er den Schleier hätte lüften können, mit dem die Eingeborenen ihre eigenen Gefühle und Gedanken verhüllen. Selbst einheimische Verbrecher waren erstaunt über Ling Chus Fähigkeiten, und mancher Mann war sich auf seinem Weg zum Schafott nicht klar darüber, wie es Ling Chu gelungen war, sein Verbrechen aufzudekken.

Tarling ging zum Tisch zurück und nahm die Zeitung auf,

32

aber kaum hatte er wieder zu lesen begonnen, als das Telefon läutete. Er nahm den Hörer ab und erkannte zu seinem Erstaunen die Stimme Cresswells, des Polizeioberinspektors, auf dessen Rat hin er nach England gekommen war.

»Würden Sie so liebenswürdig sein und mich gleich in der Direktion aufsuchen? Ich möchte mit Ihnen über die Ermordung Lynes sprechen.«

»Ich bin in einigen Minuten bei Ihnen«, erwiderte Tarling.

Als er kurz darauf nach Scotland Yard kam, wurde er sofort in das Büro Cresswells geführt. Der weißhaarige Herr erhob sich und ging ihm mit einem befriedigten Lächeln entgegen.

»Ich werde Sie mit der Aufklärung der Sache betrauen lassen, Tarling«, sagte er. »Es sind verschiedene Begleitumstände mit diesem Mord verbunden, die unsere hiesige Polizei nicht versteht, und es ist ja schließlich nicht ungewöhnlich, daß Scotland Yard auswärtige Hilfe zu Rate zieht, besonders wenn es sich um ein Verbrechen wie das vorliegende handelt. Die Tatsachen sind Ihnen ja bekannt.« Er öffnete eine dünne Aktenmappe.

»Hier sind alle dienstlichen Berichte, Sie können sie durchlesen. Thornton Lyne war, um es gelinde auszudrücken, etwas exzentrisch veranlagt. Er hatte manche unliebsame Bekanntschaften, darunter auch einen ausgesprochenen Verbrecher, einen Sträfling, der erst vor einigen Tagen aus dem Gefängnis entlassen wurde.«

»Das ist ja merkwürdig«, erwiderte Tarling und zog die Augenbrauen hoch. »Was hatte er mit diesem Mann zu tun?«

Cresswell zuckte die Schultern.

»Meiner Ansicht nach wollte er nur mit ihm renommieren. Er hatte es gern, wenn man über diesen außergewöhnlichen Fall sprach. Es gab ihm ein besonderes Ansehen bei seinen Freunden.«

»Wer ist dieser Sträfling?«

»Sam Stay, ein Dieb und Einbrecher, ein viel gefährlicherer Bursche, als die Polizeibehörde im allgemeinen annimmt.«

»Glauben Sie denn, daß er –«, begann Tarling.

»Wir können ihn sicher ruhig von der Liste der Leute streichen, die im Verdacht stehen, diesen Mord begangen zu haben. Sam Stay hat zwar wenig Eigenschaften, durch die er sich zu seinem Vorteil vor anderen auszeichnet, aber zweifellos war er Lyne sehr ergeben. Als der Detektiv, der die ersten Erkundigungen einzog, nach Lambeth ging, ihn zu verhören, fand er ihn der Länge nach auf seinem Bett liegen, neben sich eine Zeitung, mit dem Bericht über den Mord. Er war ganz außer sich vor Schmerz und drohte mit wilden Flüchen, daß er den Täter fassen würde. Lyne war in seinen Augen mehr als ein gewöhnlicher Mensch, und ich kann mir vorstellen, daß die einzige edle Regung in seinem Leben die Zuneigung zu diesem Mann war, der ihn gut behandelt hatte. Es mag dahingestellt sein, ob das die richtige und empfehlenswerte Art der Fürsorge für andere Menschen ist. Ich will Ihnen nun ein paar Tatsachen erzählen.«

Cresswell lehnte sich in seinen Stuhl zurück

»Sie wissen doch, daß um Lynes Brust ein seidenes Nachthemd geschlungen war?«

Tarling nickte.

»Aber darunter fanden sich noch zwei zusammengebauschte Taschentücher, die offenbar das Blut stillen sollten. Der Größe nach waren es Damentaschentücher. Wir müssen also annehmen, daß eine Frau in die Sache verwickelt ist.«

Tarling nickte nachdenklich.

»Nun noch eine andere merkwürdige Tatsache, die glücklicherweise der Aufmerksamkeit derer entgangen ist, die die Leiche zuerst fanden und den Zeitungsberichterstattern die ersten Nachrichten übermittelten. Lyne trug, obgleich er vollkommen bekleidet war, ein Paar dicke Filzpantoffeln. Wir haben festgestellt, daß er sie sich gestern abend aus seinem Geschäft kommen ließ. Einer seiner Angestellten mußte sie ihm bringen. Lynes Schuhe wurden in seinem Auto gefunden, das in einiger Entfernung vom Fundort stand. – Viertens möchte ich Ihnen mitteilen – und das ist auch der Grund, warum ich Sie zu der Aufklärung des Falles zugezogen habe –, daß Rock und Weste ebenfalls in blutbeflecktem Zustand in seinem Wagen entdeckt wurden. In der rechten Westentasche fand man dies.« Cresswell hatte die letzten Worte langsam und nachdrücklich gesprochen und nahm jetzt aus seiner Schublade ein kleines quadratisches rotes Papier und überreichte es dem Detektiv.

Tarling nahm es in die Hand und starrte darauf. In dicken schwarzen Strichen standen vier chinesische Schriftzeichen darauf. ›tzu chao fan nao‹ – ›Er hat es sich selbst zuzuschreiben.‹

6

Die beiden sahen sich schweigend an.

»Nun?« fragte Cresswell schließlich.

Tarling schüttelte verwundert den Kopf.

»Das ist sonderbar.« Er schaute wieder auf das kleine Papier, das er in der Hand hielt.

»Sie verstehen jetzt, warum ich Sie zugezogen habe. Wenn die Sache irgendwie mit China zu tun hat, so weiß niemand besser Bescheid damit als Sie. Ich habe mir die Schrift übersetzen lassen. Sie heißt: Er hat es sich selbst zuzuschreiben.«

»Aber Sie haben vielleicht etwas übersehen. Wenn Sie das Papier genauer betrachten, werden Sie erkennen, daß es nicht beschrieben, sondern bedruckt ist.«

Er reichte das kleine Blatt zurück, und Cresswell besichtigte es eingehend.

»Sie haben recht«, sagte er erstaunt, »das habe ich ganz übersehen. Haben Sie denn früher schon solche Papiere in der Hand gehabt?«

»Vor einigen Jahren, als wir eine Unmenge von Verbrechen in Schanghai hatten. Die meisten wurden von einer Bande ausgeführt, die unter der Führung eines bekannten Verbrechers stand. Ich konnte ihn abfassen, und er wurde auf Grund meiner Angaben hingerichtet. Die Verbrecherbande führte den Namen ›die freudigen Herzen‹. Sie wissen vielleicht, daß die chinesischen Räuberbanden meistens phantastische Namen führen. Sie hatten die Angewohnheit, auf dem Schauplatz ihrer Tätigkeit stets ihr Zeichen, ich möchte fast sagen ihre Visitenkarte, zurückzulassen. Es waren ebensolche roten Papiere wie dieses. Nur waren die Buchstaben mit der Hand geschrieben. Diese Papierzettel wurden als Kuriositäten gekauft, und manche Leute haben hohe Preise dafür bezahlt, bis ein unternehmender

Chinese sie schließlich drucken ließ, so daß man sie, ebenso wie Ansichtskarten, in jedem Papierladen in Schanghai kaufen konnte. Ich habe selbst seinerzeit einige davon erstanden.«

»Ich verstehe«, sagte Cresswell. »Das ist auch ein solches Papier?«

»Ja, aber wie es hierhergekommen ist, mag der Himmel wissen. Es ist jedenfalls eine ganz bedeutsame Entdeckung.«

Cresswell ging zu einem Schrank, schloß ihn auf und nahm einen kleinen Koffer heraus, den er auf den Tisch setzte und öffnete.

»Nun sehen Sie sich dies noch an, Tarling.«

Er zeigte ihm ein blutbeflecktes Kleidungsstück. Tarling sah sofort, daß es ein Nachthemd war. Er nahm es in die Hand und betrachtete es sorgfältig. Das weißseidene Gewand trug mit Ausnahme zweier kleiner Vergißmeinnichtzweige keinerlei Spitzen oder Verzierungen.

»Es war, wie Sie wissen, um seine Brust geschlungen. Hier sind auch die beiden Taschentücher.« Er deutete auf zwei kleine Tücher, die so mit Blut befleckt waren, daß man sie kaum als solche erkennen konnte.

Tarling hob das dünne Gewand auf und nahm es näher zum Fenster.

»Hat man die Zeichen einer Waschanstalt darin gefunden?«

»Nein.«

»Auch nicht an den Taschentüchern?«

»Nein.«

»Die Stücke gehören also einer jungen Dame, die allein lebt«, sagte Tarling. »Sie besitzt zwar keine großen Geldmittel, aber sie hat einen guten Geschmack und liebt Wäsche von besonderer Qualität, jedoch nicht übertrieben luxuriös.«

»Woher wissen Sie denn das alles?« fragte der Polizeibeamte erstaunt.

Tarling lachte.

»Aus der Tatsache, daß keinerlei Zeichen von Waschanstalten vorhanden sind, kann man schließen, daß sie ihre seidene Wäsche zu Hause behandelt, vermutlich auch ihre Taschentücher. Hieraus geht für mich hervor, daß sie mit den Glücksgütern dieser

Welt nicht sehr gesegnet ist. Da sie aber seidene Nachthemden und Taschentücher aus feinstem Leinen besitzt, haben wir es vermutlich mit einer Dame zu tun, die guten Geschmack und Sinn für Qualität hat. Haben Sie noch andere Entdeckungen gemacht, aus denen man Schlußfolgerungen ziehen könnte?«

»Wir haben nur herausgebracht, daß Mr. Lyne ein ernstes Zerwürfnis mit einer Angestellten, einer Miss Odette Rider, hatte –«

Tarling holte tief Atem. Er mußte über sich selbst lächeln, daß er sich so sehr für diese Dame interessierte, die er nicht länger als eine Viertelstunde gesprochen hatte und die ihm noch vor einer Woche vollständig unbekannt war. Aber irgendwie hatte das Mädchen doch einen tieferen Eindruck auf ihn gemacht, als er zugab. Dieser Mann, dessen Lebenszweck es war, Verbrecher und Verbrechen aufzuspüren, hatte wenig Zeit gefunden, sich mit Frauen zu beschäftigen. Aber Odette Rider hatte ihm sofort gefallen.

»Zufällig weiß ich auch von diesem Streit, ich kenne sogar seine Ursache.« Tarling erzählte dem Beamten kurz, unter welchen Umständen er Thornton Lyne vor einigen Tagen gesehen hatte. »Was haben Sie gegen sie?«

Er gab sich den Anschein einer Gleichgültigkeit, die er in keiner Weise fühlte.

»Ich habe nichts Bestimmtes gegen sie«, erwiderte Cresswell. »Sie wird nur von Sam Stay schwer belastet. Und wenn er sie auch nicht direkt des Mordes beschuldigt, deutete er doch an, daß sie in gewisser Weise dafür verantwortlich zu machen wäre. Aber er hat nichts Genaueres angegeben. Zuerst war ich sehr überrascht, daß er überhaupt etwas von dem Mädchen wußte, aber ich möchte jetzt fast annehmen, daß Thornton Lyne diesen Mann ins Vertrauen zog.«

»Was halten Sie denn von Sam Stay selbst?« fragte Tarling. »Kann er denn nachweisen, wo er sich letzte Nacht und heute morgen aufgehalten hat?«

»Er hat ausgesagt, daß er Mr. Lyne um neun Uhr in seiner Wohnung aufsuchte und daß ihm dieser in Gegenwart seines Hausmeisters fünf Pfund gab. Dann hat er die Wohnung ver-

37

lassen und ist zu seinem eigenen Quartier in Lambeth gegangen, wo er sich sehr bald zu Bett legte. Alle unsere Nachforschungen haben bisher seine Aussagen bestätigt. Wir haben Lynes Hausmeister verhört, und dessen Angaben stimmen mit Stays überein. Stay ging fünf Minuten nach neun von Lynes Wohnung fort, und genau eine halbe Stunde später verließ Lyne selbst das Haus. Er fuhr allein in seinem kleinen Zweisitzer und sagte dem Hausmeister, daß er zum Klub fahren wollte.«

»Wie war er denn gekleidet?«

»Ja, das ist sehr wichtig. Bis neun Uhr war er im Gesellschaftsanzug. Nachdem Stay gegangen war, zog er sich plötzlich den Anzug an, in dem man ihn tot auffand. Daraus lassen sich recht interessante Schlüsse ziehen.«

Tarling kniff die Lippen ein.

»Man sollte eigentlich nicht meinen, daß er seinen Smoking gegen einen Straßenanzug tauschte, wenn er die Absicht hatte, in den Klub zu gehen.«

Kurz darauf verließ Tarling das Polizeipräsidium. Alle diese Nachrichten hatten ihn etwas verwirrt. Sein erster Gang war zur Edgware Road, wo Odette Rider wohnte. Er traf sie nicht zu Hause an, und der Portier erzählte ihm, daß sie schon seit dem Nachmittag des vorigen Tages nicht mehr zu Hause gewesen sei. Sie hatte ihm den Auftrag gegeben, ihre Briefe nach Hertford nachzusenden und hatte ihm ihre dortige Adresse gegeben. ›Hillington Grove, Hertford.‹

Tarling war beunruhigt. Es war eigentlich kein Grund dazu vorhanden, wie er sich selbst sagte, aber er konnte sich doch davon nicht freimachen. Obendrein war er auch ein wenig befriedigt. Er fühlte, daß er das junge Mädchen nach einer kurzen Aussprache sofort von dem Verdacht hätte befreien können, in den sie durch die Umstände gekommen war. Sie war also nicht zu Hause. Daß sie gerade an dem Abend verschwunden war, an dem Lyne ermordet wurde, genügte, wie er sehr wohl wußte, um die Polizei auf ihre Spur zu hetzen.

»Können Sie mir vielleicht sagen, ob Miss Rider Verwandte oder Freunde in Hertford hat?« fragte er den Portier.

»Jawohl, Sir, ihre Mutter wohnt dort.«

Tarling wollte schon gehen, als der Mann noch eine Bemerkung machte, die ihm wieder den Mord mit all seinen grausigen Einzelheiten zum Bewußtsein brachte und ihn aufs neue heftig beunruhigte.

»Ich bin froh, daß Miss Rider vorige Nacht nicht zu Hause war – die Nachbarn haben sich sehr beklagt.«

»Worüber denn?« fragte Tarling, aber der Mann zögerte mit der Antwort.

»Sind Sie ein Freund der jungen Dame?«

Tarling nickte.

»Daraus sieht man wieder einmal«, sagte der Portier vertraulich zu ihm, »wie oft Leute wegen irgendwelcher Sachen beschuldigt werden, mit denen sie gar nichts zu tun haben. Der Mieter in der anliegenden Wohnung ist ein wenig wunderlich. Er ist Musiker und beinahe taub. Wenn das nicht so wäre, hätte er nicht behauptet, daß er ihretwegen mitten in der Nacht aufwachte. Aller Wahrscheinlichkeit nach war draußen auf der Straße Lärm.«

»Was will er denn gehört haben?« fragte Tarling schnell, aber der Portier lachte.

»Denken Sie, einen Schuß! Außerdem einen Schrei wie von einer Frau – davon wachte er auf. Man könnte meinen, er hätte das alles nur geträumt, aber ein anderer Herr, der auch im Zwischengeschoß wohnt, hat dieselben Wahrnehmungen gemacht. Und das merkwürdigste ist, daß beide der Meinung sind, daß die Geräusche aus der Wohnung von Miss Rider kamen.«

»Um welche Zeit war denn das?«

»Die Leute behaupten, daß es ungefähr um Mitternacht war, aber das ist doch unmöglich, denn Miss Rider war ja gar nicht zu Hause und ihre Wohnung ist unbenutzt.«

Tarling mußte über diese bestürzende neue Nachricht nachdenken, als er mit der Eisenbahn nach Hertford fuhr. Er war fest entschlossen, Odette zu warnen. Zwar war er sich darüber klar, daß es nicht seine Pflicht war, jemand noch besonders zu warnen, der eines Verbrechens verdächtigt wurde. Sein Verhalten war ungewöhnlich und widersprach jeder Gewohnheit, aber das kümmerte ihn wenig.

Er hatte seine Fahrkarte gelöst und ging gerade über den Bahnsteig, als er einen Bekannten aus dem Zug, der eben eingefahren war, eilen sah. Offenbar hatte der Betreffende ihn schon vorher erkannt, denn er wandte sich plötzlich zur Seite und wäre im Gedränge verschwunden, wenn ihn nicht der Detektiv zur rechten Zeit eingeholt hätte.

»Hallo, Mr. Milburgh, Sie sind es doch, wenn ich nicht irre?«

Der Geschäftsführer wandte sich um, rieb sich die Hände und lächelte wie gewöhnlich.

»Das ist ja Mr. Tarling, der Detektiv. Eine schreckliche Katastrophe! Wie furchtbar für alle, die davon betroffen werden.«

»Das traurige Ereignis hat sicher das ganze Warenhaus in Aufruhr gebracht.«

»Ach ja«, sagte Milburgh mit gebrochener Stimme. »Wir halten das Geschäft heute geschlossen. Es ist entsetzlich – es ist der grauenhafteste Vorfall, auf den ich mich besinnen kann. Hat man denn schon irgendeinen Verdacht, wer der Täter sein könnte?«

Tarling schüttelte den Kopf.

»Es ist eine ganz geheimnisvolle Sache, Mr. Milburgh. Hat Lyne eigentlich für den Fall seines Todes bestimmt, wer dann die Geschäfte führen sollte?«

Milburgh zögerte und schien nur ungern zu antworten.

»Ich führe die Geschäfte natürlich«, sagte er dann, »genau wie damals, als Mr. Lyne seine Weltreise machte. Ich habe auch schon von Mr. Lynes Rechtsanwälten eine Vollmacht erhalten, die Geschäfte weiterzuführen, bis das Gericht einen Treuhänder ernennt.«

Tarling sah ihn scharf an.

»Welchen Einfluß hat denn Lynes Tod auf Ihre persönlichen Verhältnisse?« fragte er schroff. »Verbessert oder verschlechtert sich dadurch Ihre Stellung?«

»Leider verbessert sie sich, denn ich habe größere Machtvollkommenheit und natürlich auch größere Pflichten. Ich wünschte, ich wäre nie in diese Lage gekommen, Mr. Tarling.«

»Ich bin davon überzeugt«, erwiderte der Detektiv und erinnerte sich an Lynes Zweifel an der Ehrlichkeit dieses Mannes.

Nach ein paar allgemeinen Bemerkungen verabschiedeten sie sich.

40

Auf der Fahrt nach Hertford mußte Tarling dauernd über diesen Mann nachdenken. Milburgh war in mancher Beziehung zweifelhaft, und es fehlten ihm gewisse Eigenschaften, die ein ehrlicher Geschäftsmann unter allen Umständen besitzen muß.

In Hertford stieg Tarling in ein Auto und nannte dem Chauffeur seine Adresse.

»Hillington Grove? Das sind über zwei Meilen«, meinte der Fahrer. »Sie wollen sicher zu Mrs. Rider?«

Tarling nickte.

»Sind Sie nicht mit der jungen Dame gekommen, die auch zu Besuch erwartet wird?"

»Nein«, antwortete Tarling erstaunt.

»Mir ist nämlich gesagt worden, ich sollte am Bahnhof nach ihr Umschau halten«, erklärte der Chauffeur.

Noch eine weitere Überraschung erwartete den Detektiv. Er hatte sich Hillington Grove trotz des großartigen Namens als ein kleines Häuschen vorgestellt und war sehr erstaunt, als der Chauffeur in ein großes, hohes Parktor einbog, einen breiten langen Fahrweg entlangfuhr und dann auf einem mit Schotter bestreuten Platz vor einem großen schönen Gebäude hielt. Er hatte nicht vermuten können, daß die Eltern einer Angestellten der Firma Lyne so vornehm wohnten. Sein Erstaunen wuchs noch mehr, als die Haustür von einem livrierten Diener geöffnet wurde.

Tarling wurde in ein Wohnzimmer geführt, das geschmackvoll und künstlerisch ausgestattet war. Er war fest davon überzeugt, daß ein Irrtum vorliegen müßte, und dachte sich eben eine Entschuldigung aus, als sich die Tür öffnete und eine Dame eintrat.

Sie mochte Ende der Dreißig sein, aber sie war noch sehr schön und hatte das Auftreten einer Dame der Gesellschaft. Sie war äußerst liebenswürdig zu Tarling, aber er glaubte doch, eine gewisse Ängstlichkeit in ihrem Gesichtsausdruck wahrzunehmen.

»Ich fürchte, mir ist ein Irrtum unterlaufen«, begann er. »Ich wollte nämlich Miss Odette Rider sprechen —«

Zu seinem größten Erstaunen nickte die Dame. »Sie ist meine

41

Tochter. Haben Sie irgendwelche Nachrichten von ihr? Ich bin sehr besorgt um sie.«

»Sie sind besorgt um sie?« fragte Tarling schnell. »Ist irgend etwas geschehen? Ist sie denn nicht hier?«

»Nein, sie ist nicht hier, sie ist nicht gekommen.«

»Aber war sie denn vorher nicht hier? Ist sie nicht schon gestern abend hier angekommen?«

Mrs. Rider schüttelte den Kopf.

»Nein, sie war nicht hier. Sie hatte mir versprochen, einige Tage bei mir zu verbringen, aber gestern abend erhielt ich ein Telegramm – warten Sie einen Augenblick, ich will es Ihnen gleich holen.«

Sie blieb nur kurze Zeit fort und kam mit einem braungelben Formular zurück, das sie dem Detektiv übergab. Er las:

Ich habe meinen Besuch aufgegeben, schreibe nicht an meine Wohnung. Ich werde dir Nachricht zukommen lassen, sobald ich meinen Bestimmungsort erreicht habe. Odette

Das Telegramm war auf der Hauptpost in London aufgegeben und trug den Aufgabestempel von neun Uhr abends – also drei Stunden früher, als nach allgemeiner Ansicht der Mord begangen wurde.

7

»Kann ich dieses Telegramm behalten?« fragte Tarling.

Die Dame nickte. Er sah, daß sie nervös und aufgeregt war.

»Ich kann gar nicht verstehen, warum Odette nicht kommt«, entgegnete sie. »Wissen Sie vielleicht den näheren Grund?«

»Ich kann Ihnen leider auch keine Erklärungen geben. Aber bitte sorgen Sie sich nicht deshalb, Mrs. Rider. Sie hat wahrscheinlich noch im letzten Augenblick ihre Meinung geändert und wohnt bei Freunden in der Stadt.«

»Haben Sie denn Odette nicht gesehen?« fragte Mrs. Rider ängstlich.

»Ich habe sie seit mehreren Tagen nicht mehr gesprochen.«

»Ist vielleicht irgend etwas passiert?« Ihre Stimme zitterte, und sie unterdrückte mit Mühe ein Schluchzen. »Sehen Sie, ich bin seit zwei oder drei Tagen hier im Haus und habe weder Odette gesehen noch – sonst jemand«, fügte sie schnell hinzu und machte bei diesen Worten einen schwachen Versuch zu lächeln.

Wen mochte sie wohl erwarten? Und warum machte sie eben' diese Pause beim Sprechen? War es möglich, daß sie nichts von der Ermordung Lynes gehört hatte? Er beschloß, das sofort festzustellen.

»Es wäre ja möglich, daß Ihre Tochter durch den Tod von Mr. Lyne in der Stadt zurückgehalten wurde«, sagte er und beobachtete sie scharf.

Sie starrte ihn an und wurde bleich.

»Mr. Lyne ist tot?« stammelte sie. »Mußte dieser junge Mann schon so früh sterben?«

»Er wurde gestern morgen im Hydepark ermordet aufgefunden.«

Mrs. Rider schwankte und sank in einen Stuhl.

»Ermordet! – Ermordet –«, flüsterte sie, »o mein Gott, nicht das! Nicht das!«

Ihr Gesicht war aschfahl, sie zitterte am ganzen Körper, diese stattliche Frau, die vorhin noch mit einer so vornehmen Ruhe in das Zimmer getreten war.

Plötzlich bedeckte sie ihr Gesicht mit den Händen und begann leise zu weinen.

»Haben Sie Mr. Lyne gekannt?« fragte er nach einer Weile.

Sie schüttelte den Kopf.

»Haben Sie etwas über Mr. Lyne gehört?«

Sie schaute auf.

»Nein«, sagte sie ruhig, »nur daß er – nicht angenehm im Umgang war.«

»Verzeihen Sie, aber Sie scheinen sehr interessiert« – er unterbrach sich, als sie den Kopf hob und ihn ansah.

Er wußte nicht, wie er diesen Satz beenden sollte. Er war erstaunt, daß die Tochter dieser Frau, die anscheinend in glänzenden Vermögensverhältnissen lebte, als Angestellte in einem

Warenhaus tätig war. Er hätte auch gern erfahren, ob sie von Odettes Entlassung wußte und sich deswegen Sorge machte. Die Unterhaltung mit Odette Rider hatte ihm nicht den Eindruck gemacht, als ob sie auf eine Stellung hätte verzichten können. Im Gegenteil, sie hatte davon gesprochen, daß sie sich einen neuen Posten suchen wollte, und das klang nicht so, als ob ihre Mutter in einer günstigen Lage sei.

»Hat Ihre Tochter es eigentlich nötig, sich ihren Lebensunterhalt selbst zu verdienen?« fragte er plötzlich.

»Es ist ihr eigener Wunsch«, erwiderte sie leise. »Sie kann sich hier zu Hause nicht recht mit den Leuten stellen«, fügte sie hastig hinzu.

Ein kurzes Schweigen folgte, dann erhob er sich und reichte ihr die Hand zum Abschied.

»Ich hoffe, daß ich Sie mit meinen Fragen nicht zu sehr beunruhigt habe. Sie werden sich wundern, warum ich überhaupt hierhergekommen bin. Ich will Ihnen ganz offen sagen, daß ich damit betraut bin, diesen Mord aufzuklären, und ich hoffte, von Ihrer Tochter, ebenso wie von anderen Leuten, die in Beziehungen zu Mr. Lyne standen, etwas zu erfahren, das mir irgendwelche Aufschlüsse gibt, die dann zu weiteren wichtigen Entdeckungen führen könnten.«

»Dann sind Sie also Detektiv?« fragte sie, und er hätte schwören können, daß ihr Blick angsterfüllt war.

»Eine Art Detektiv«, sagte er lächelnd, »aber keiner von Scotland Yard, Mrs. Rider.«

Sie begleitete ihn bis zur Tür und sah ihm nach, als er den Fahrweg hinunterging. Dann schritt sie langsam in den Raum zurück, lehnte sich an den Marmorkamin, legte den Kopf in die Hände und weinte bitterlich.

Tarling verließ Hertford verwirrter, als er gekommen war. Er hatte dem Chauffeur Anweisung gegeben, am Tor auf ihn zu warten, wo er wieder einstieg.

Er nahm sich vor, den Mann auszufragen, und erfuhr dadurch, daß Mrs. Rider schon seit vier Jahren in Hertford lebte und in großem Ansehen stand. Er erkundigte sich auch nach Odette.

»O ja, die junge Dame habe ich öfters gesehen, aber in letzter Zeit kommt sie selten hierher. Nach allem, was man hört, scheint sie sich mit dem Vater nicht recht zu vertragen.«

»Ihr Vater? Ich wußte gar nicht, daß sie noch einen Vater hat«, erwiderte Tarling erstaunt.

Ja, der Vater lebt noch. Er kam unregelmäßig zu Besuch. Gewöhnlich traf er mit dem letzten Zug von London ein und wurde von seinem eigenen Auto am Bahnhof abgeholt. Der Chauffeur hatte ihn noch nicht gesehen, aber er erzählte, daß die wenigen Leute, die mit ihm in Berührung gekommen waren, ihn als einen sehr umgänglichen und netten Mann schilderten, der in der City wohlbekannt war.

Tarling hatte an seinen Assistenten telegrafiert, den ihm Scotland Yard zur Verfügung gestellt hatte, und Polizeiinspektor Whiteside erwartete ihn schon auf der Station.

»Haben Sie neue Nachrichten?« fragte Tarling.

»O ja, wir haben etwas Wichtiges herausgebracht«, sagte der Polizeibeamte. »Draußen steht das Dienstauto, wir können die Sache auf dem Weg zur Direktion besprechen.«

»Was ist es denn?"

»Wir haben eine Auskunft von Mr. Lynes Hausmeister erhalten. Es scheint, daß er auf eine Aufforderung der Polizeidirektion hin alle Briefschaften Mr. Lynes durchsucht hat. Dabei fand er in einer Schreibtischecke ein Telegramm. Ich will es Ihnen zeigen,' wenn wir angekommen sind. Es ist sehr wichtig zur Aufklärung des ganzen Falles, und ich glaube, daß es uns auf die richtige Spur des Mörders führen wird.«

Bei dem Wort ›Telegramm‹ fühlte Tarling mechanisch in seine Tasche, wo er das Formular aufbewahrte, das Mrs. Rider von ihrer Tochter erhalten hatte. Er zog es heraus und las es wieder durch.

»Das ist doch zu merkwürdig«, sagte Polizeiinspektor Whiteside, der das Telegramm auch überflogen hatte.

»Was meinen Sie?« fragte Tarling erstaunt.

»Ich habe die Unterschrift gesehen – Odette.«

»Ja, ist an diesem Namen etwas Ungewöhnliches?«

»Es ist ein sonderbares Zusammentreffen. Das Telegramm,

das auf Mr. Lynes Schreibtisch gefunden wurde und ihn in eine bestimmte Wohnung in der Edgware Road bestellte, war auch mit ›Odette‹ unterzeichnet.« Er beugte sich nach vorn und schaute auf das Telegramm, das der erstaunte Tarling noch in der Hand hielt. »Und sehen Sie einmal«, sagte er dann triumphierend, »es wurde zur selben Zeit, um neun Uhr abends, aufgegeben!«

Als sie nach Scotland Yard kamen, wurden beide Telegramme geprüft, und es zeigte sich, daß Whiteside sich nicht geirrt hatte. Man sandte einen Eilboten zum Hauptpostamt, und zwei Stunden später lagen die Originalformulare vor. Beide waren in der gleichen Handschrift geschrieben. Das erste war an Odettes Mutter adressiert und besagte, daß sie nicht kommen konnte. Das zweite Telegramm, an Lyne, lautete so:

Würden Sie mich heute abend um elf Uhr in meiner Wohnung aufsuchen? Odette Rider

Diese neue, unerwartete Tatsache brachte ihn ganz außer Fassung. Er sagte sich immer wieder, daß es unmöglich sei, daß dieses Mädchen Lyne getötet haben könnte. Aber wenn sie es nun doch getan hatte? Wo war es geschehen? War sie in seinen Wagen eingestiegen und hatte ihn während einer Rundfahrt durch den Hydepark erschossen? Aber warum trug er dann dicke Filzschuhe? Und warum hatte er keinen Rock an? Und wie kam es, daß dieses seidene Nachthemd um seine Brust geschlungen war?

Er beschäftigte sich in Gedanken mit allen erdenklichen Möglichkeiten. Aber je mehr er sich in die Sache vertiefte, desto rätselhafter schien sie ihm. Niedergeschlagen ging er am Abend zur Polizeidirektion und besorgte sich einen Befehl zur Durchsuchung der Wohnung.

Dann begab er sich in Whitesides Begleitung zu Odettes Wohnung in der Edgware Road, wies seine Vollmacht vor und erhielt von dem Portier einen Nachschlüssel zu der Wohnung. Tarling erinnerte sich an den Besuch, den er Odette kürzlich gemacht hatte. Er fühlte sich unendlich elend und hatte großes Mitleid mit dem Mädchen, als er die Tür aufschloß, in den kleinen Vorraum trat und das Licht andrehte.

Hier war nichts Außergewöhnliches zu bemerken. Es schlug ihnen nur der dumpfe Geruch einer Wohnung entgegen, die einige Tage lang nicht gelüftet worden war.

Aber als sie kurze Zeit in dem Raum waren, rochen sie noch etwas anderes, das an verbranntes Schießpulver erinnerte.

Sie traten in das kleine Wohnzimmer. Hier war alles sehr sauber und aufgeräumt, und jedes Ding stand an der richtigen Stelle.

»Das ist aber sehr merkwürdig!« sagte Whiteside und zeigte auf einen kleinen Tisch.

Tarling folgte seinem Blick und sah dort eine Blumenvase, die halb mit gelben Narzissen gefüllt war. Zwei oder drei Blumen waren herausgefallen oder herausgezogen worden und lagen vertrocknet auf der polierten Tischplatte.

Tarling wandte sich schweigend um, ging wieder in den Vorraum und öffnete eine andere Tür, die nur angelehnt war. Wieder drehte er das Licht an. Er stand im Schlafzimmer des jungen Mädchens und blieb einen Augenblick starr und unbeweglich stehen, als er den Raum überschaut hatte. Die Kommode war vollständig in Unordnung, alle Schubladen waren herausgezogen, Kleidungsstücke und Toilettengegenstände lagen durcheinander auf dem Fußboden. Alles zeugte von einem hastigen und übereilten Aufbruch. Dann entdeckten sie eine kleine Handtasche auf dem Bett, die halb gepackt im Stich gelassen worden war.

Tarling ging in die Mitte des Raumes, und selbst wenn er halb blind gewesen wäre, hätte er die belastendste Tatsache nicht übersehen können, denn auf dem sandfarbenen Teppich, mit dem der ganze Raum ausgelegt war, zeigte sich vor dem Kamin ein großer dunkelroter, unregelmäßiger Fleck.

Tarlings Züge verdüsterten sich.

»An dieser Stelle ist Lyne erschossen worden«, sagte er.

»Und sehen Sie einmal dort«, rief Whiteside erregt und zeigte auf eine Schublade der Kommode.

Tarling zog schnell ein Kleidungsstück heraus, das über dem Rand des Fachs hing. Es war ein seidenes Nachthemd – und auf den Ärmeln waren Vergißmeinnichtzweige eingestickt. Es war von derselben Art wie jenes, das um Lynes Brust geschlungen war, als man ihn fand. Das Herausnehmen des Kleidungsstücks aus der Schublade brachte eine neue Entdeckung.

Auf der weißemaillierten Außenseite des Möbels fanden sie einen blutigen Daumenabdruck! Tarling sah seinen Assistenten an. Seine Gesichtszüge wurden hart und verschlossen.

»Whiteside«, sagte er ruhig, »lassen Sie einen Haftbefehl für Odette Rider ausstellen wegen dringenden Verdachtes, vorsätzlichen Mord begangen zu haben. Telegrafieren Sie an alle Polizeistationen, das Mädchen anzuhalten, und melden Sie mir den Erfolg!«

Ohne ein weiteres Wort verließ er das Haus und kehrte in seine Wohnung zurück.

8

Sam Stay hielt sich in London auf. Die Polizei kannte seine Wohnung und ließ ihn Tag und Nacht scharf bewachen. Ihm selbst war es keine Neuigkeit, stets einen harmlos dreinschauenden Detektiv hinter sich zu wissen, aber zum erstenmal in seinem Leben beunruhigte ihn diese Tatsache nicht im mindesten. Seine Gedanken waren viel zu sehr mit dem für ihn furchtbaren Ereignis beschäftigt.

Der Tod Thornton Lynes war der schwerste Schlag, der ihn jemals getroffen hatte. Und selbst wenn sie ihn hinter Schloß und Riegel gesetzt hätten, wäre es ihm vollständig gleichgültig gewesen. Denn dieser unverbesserliche Verbrecher mit dem langen, melancholischen, von vielen Furchen durchzogenen Gesicht, das ihm das Aussehen eines alten Mannes gab, hatte Thornton Lyne über alle Maßen geliebt und verehrt. Lyne war für ihn eine Erscheinung mit übermenschlichen Gaben und Fähigkeiten gewesen, die sonst niemand entdeckt hatte. In Sams Augen konnte Lyne nichts Unrechtes getan haben, er war der Inbegriff alles Guten und Schönen, alles Hohen und Erhabenen.

Thornton Lyne war tot! Nie wieder würde er zum Leben erwachen! Tot!

Jeder Schritt schien ein Echo dieses schrecklichen Wortes zu sein. Sam Stay war vollständig abgestumpft, alle seine anderen Sorgen und Kümmernisse waren gegenüber dieser einen fürchterlichen Erkenntnis verstummt.

Und wer war an allem schuld? Durch wessen Verrat war das Leben dieses wunderbaren Menschen so schnell zu einem furchtbaren Ende gekommen? Er biß die Zähne wütend aufeinander bei diesem Gedanken. Niemand anders als – Odette Rider! Dieser Name stand in Flammenschrift vor ihm. Alle Beleidigungen, die sie seinem Wohltäter zugefügt hatte, rief er sich ins Gedächtnis zurück, er erinnerte sich an jedes Wort der langen Unterhaltung mit Lyne an dem Morgen seiner Entlassung, an alle Pläne, die sie zusammen ausgedacht hatten.

Er konnte ja nicht wissen, daß sein abgöttisch verehrter Held ihm nicht die Wahrheit gesagt, sondern in seinem Zorn und in seiner beleidigten Eitelkeit Anschuldigungen aus der Luft gegriffen und Beleidigungen von Odette Rider erdichtet hatte, die niemals vorgekommen waren. Er wußte nur, daß Thornton Lyne dieses Mädchen haßte, und von seinem Standpunkt aus war dieser Haß vollkommen gerechtfertigt. Sie allein war an dem Tod dieses großen Mannes schuld.

Ziellos wanderte er nach Westen und kümmerte sich nicht im mindesten um den Polizeibeamten, der ihm folgte. Als er das Ende von Piccadilly erreicht hatte, fühlte er, daß jemand höflich seinen Arm berührte. Er wandte sich um und sah mürrisch in das Gesicht eines alten Bekannten.

»Sie brauchen nichts zu fürchten, Sam«, sagte der Detektiv mit einem Lachen. »Es liegt nichts gegen Sie vor. Ich möchte nur ein paar Fragen an Sie stellen.«

»Die Polizei hat mich schon so ausgefragt, Tag und Nacht, nachdem das – das Schreckliche passiert ist.«

Trotzdem ließ er sich beruhigen und ging mit dem anderen.

»Ich spreche ganz offen mit Ihnen, Sam. Wir haben gar nichts gegen Sie, sondern wir sind davon überzeugt, daß Sie uns viel helfen können. Sie kannten Mr. Lyne sehr gut, er war Ihnen gegenüber immer hilfreich und liebenswürdig.«

»Hören Sie davon auf!« rief Sam wild. »Ich will nicht mehr

darüber sprechen! Ich darf auch nicht mehr daran denken! Hören Sie, können Sie denn das nicht verstehen? Der größte Mensch, der jemals lebte, war Mr. Lyne. Ach mein Gott, mein Gott!« jammerte er, und zum größten Erstaunen des Beamten verbarg dieser harte Verbrecher sein Gesicht in den Händen und schluchzte.

»Ich verstehe Ihren Schmerz vollkommen, Sam. Ich weiß, wie gut er gegen Sie war. Hat er denn keine Feinde gehabt? – Vielleicht hat er mit Ihnen darüber gesprochen und hat Ihnen Dinge anvertraut, die er nicht einmal seinen Freunden mitteilte.«

Sam schaute ihn mit rotgeweinten Augen mißtrauisch an.

»Wird mir auch nachher kein Strick daraus gedreht, wenn ich Ihnen jetzt etwas sage?«

»Durchaus nicht, Sam«, entgegnete der Polizist schnell. »Seien Sie doch vernünftig, und helfen Sie uns, soviel Sie können. Vielleicht drücken wir auch einmal ein Auge zu, wenn Sie wieder was ausgefressen haben. Sie verstehen doch, worauf es uns ankommt? Wissen Sie jemand, der mit ihm verfeindet war, der ihn gehaßt hat?«

Sam nickte.

»War es eine Frau?« fragte der Detektiv scheinbar gleichgültig.

»Ja, die war es!« rief Sam fluchend. »Zum Henker noch mal, sie war es! Mr. Lyne hat sie gut behandelt, sie war vollständig heruntergekommen, halb verhungert hat er sie aus dem Schmutz aufgelesen und hat ihr eine gute Stellung gegeben. Und sie hat ihn zum Dank dafür beschuldigt, verleumdet, die schlimmsten Anklagen gegen ihn vorgebracht!« Sams Zorn und Wut gegen das Mädchen ergossen sich in einem Strom wüster Beschimpfungen und Schmähungen, wie sie der Detektiv noch nie gehört hatte.

»Solch ein gemeines Subjekt war sie, Slade«, fuhr er fort. Er redete den Beamten nur mit seinem Namen an, wie das alte Verbrecher gewöhnlich zu tun pflegen. »Sie verdiente überhaupt nicht zu leben –«

Seine Stimme überschlug sich, und er schluchzte wieder.

»Wollen Sie mir denn nicht ihren Namen sagen?«

Wieder sah Sam ihn argwöhnisch von der Seite an.

»Slade, hören Sie einmal. Überlassen Sie mir doch die ganze Sache mit ihr. Die soll von mir schon ihre Keile kriegen, darauf können Sie sich verlassen!«

»Aber Sam, das bringt Sie doch nur wieder in neue Schwierigkeiten. Sagen Sie uns doch den Namen. Fängt er nicht mit R an?«

»Woher soll ich das wissen?« brummte Sam. »Ich kann nicht mehr buchstabieren. Sie hieß Odette.«

»Rider?«

»Ja, so heißt sie. Sie war früher Kassiererin in Lynes Warenhaus.«

»Also nun beruhigen Sie sich einmal und erzählen Sie mir alles vernünftig hintereinander, was Ihnen Lyne über sie mitgeteilt hat.«

Sam Stay starrte ihn an, und plötzlich zuckte ein listiges Blitzen in seinen Augen auf.

»Wenn sie es war!« sagte er atemlos. »Wenn ich sie nur dafür bestrafen könnte!«

Nichts konnte die Geistesverfassung dieses Mannes besser kundtun als die Tatsache, daß er noch nie daran gedacht hatte, Odette Rider durch die Polizei fangen zu lassen. Das war ja ein ganz großartiger Gedanke. Wieder schaute er den Detektiv merkwürdig lächelnd an.

»Ich werde euch helfen«, sagte er schließlich. »Aber ich will es einem höheren Beamten sagen, nicht Ihnen!«

»Das ist auch ganz in Ordnung, Sam«, erwiderte der Detektiv freundlich. »Sie können es Mr. Tarling oder Mr. Whiteside berichten, die wissen auch besser Bescheid damit.«

Der Beamte rief einen Wagen an, und sie fuhren zusammen nicht nach Scotland Yard, sondern zu Tarlings kleinem Büro in der Bond Street. Tarling wartete hier mit Whiteside auf die Rückkehr des Beamten, den er ausgeschickt hatte, um Sam Stay zu holen.

Sam trat langsam in das Zimmer, schaute bedrückt vom einen zum andern, nickte dann beiden zu und lehnte den Stuhl ab, den man ihm anbot. Sein Kopf schmerzte, und seine Gedanken waren verwirrt, noch nie in seinem Leben hatte er sich so elend gefühlt. Er hörte merkwürdige Geräusche und ein Summen in den Ohren, das er nie wahrgenommen hatte, bevor er in diesen ruhigen stillen Raum kam und Tarlings klaren, durchdringenden Blick auf sich fühlte. Er erinnerte sich nicht mehr, diesen Mann früher schon gesehen zu haben.

»Nun, Stay«, begann Whiteside, der den Verbrecher von früher her gut kannte, »wir möchten gern von Ihnen hören, was Sie von diesem Mord wissen.«

Stay preßte die Lippen aufeinander und antwortete nicht.

»Setzen Sie sich doch«, sagte Tarling freundlich, und diesmal gehorchte Stay. »Nun, mein Lieber, ich habe erfahren, daß Sie ein Freund von Mr. Lyne waren.« Tarling konnte, wenn er jemand überreden wollte, so sanft und freundlich sprechen, wie man es ihm nie zugetraut hätte.

Sam nickte.

»Er war gegen Sie immer sehr gut, nicht wahr?«

»Sie sagen nur gut?« Sam atmete schwer und tief. »Ich hätte meinen letzten Tropfen Blut für ihn gegeben, um ihn vor Schmerz zu bewahren. Alles hätte ich für ihn getan! Wenn ich lüge, will ich gleich tot umsinken! Er war ein Engel in Menschengestalt. Mein Gott, wenn ich jemals dieses Mädchen erwische, drehe ich ihr das Genick um! Ich will ihr das Lebenslicht ausblasen! Ich werde nicht eher ruhen, bis ich sie in Stücke gerissen habe!«

Seine Stimme wurde immer lauter, Schaum stand vor seinem Mund, und sein ganzes Gesicht war von Haß verzerrt.

»Sie hat ihn bestohlen! Er hat sich um sie gesorgt, hat sie geschützt, und sie hat ihn belogen und in eine Falle gelockt!«

Er schrie auf und erhob sich, als ob er zu dem Schreibtisch gehen wollte. Seine beiden Fäuste waren geballt, und die Finger waren so krampfhaft ineinander verschlungen, daß seine Knöchel weiß wurden. Tarling sprang auf, denn er kannte diese Symptome. Aber bevor er noch ein Wort sprechen konnte, sank Sam in sich zusammen und fiel wie tot zu Boden.

Tarling war sofort neben dem Bewußtlosen und legte ihn auf den Rücken. Er hob ein Augenlid und betrachtete die Pupille.

»Ein epileptischer Anfall oder noch etwas Schlimmeres«, sagte er. »Es war zuviel für den armen Kerl – Whiteside, telefonieren Sie bitte nach einem Krankenwagen.«

»Soll ich ihm etwas Wasser geben?«

»Nein, er wird stundenlang nicht mehr zum Bewußtsein kommen, wenn er diesen Anfall überhaupt überlebt. Wenn Sam Stay etwas Belastendes über Odette Rider weiß, so wird er sein Wissen vielleicht ins Grab mitnehmen.«

Und im Innersten seines Herzens fühlte Tarling eine gewisse Genugtuung, daß der Mund dieses Mannes nicht anklagen konnte.

9

Wo war Odette Rider? Diese Frage mußte unter allen Umständen geklärt werden. Sie war verschwunden, als ob die Erde sie verschlungen hätte. Alle Polizeistationen des Landes fahndeten nach ihr. Alle Schiffe, die von englischen Häfen ausfuhren, wurden überwacht, überall, wo man sie hätte finden können, wurden unauffällig Nachforschungen angestellt. Das Haus ihrer Mutter wurde ununterbrochen beobachtet.

Tarling hatte eine Vertagung der Leichenschau durchgesetzt. Welche Gefühle er auch gegen Odette Rider hegen mochte, er war objektiv und wollte zuerst seiner Pflicht gegen den Staat genügen. Es war vor allen Dingen notwendig, daß kein neugieriger Richter den Fall und alle Nebenumstände, die zu Thornton Lynes Tod geführt hatten, zu gründlich prüfte, bevor die Untersuchung nicht weitere Fortschritte gemacht hatte. Bei der jetzigen Lage der Dinge wäre der Verbrecher durch die Aufrollung der ganzen Angelegenheit nur unnötig gewarnt worden.

In Begleitung des Inspektors Whiteside durchsuchte er aufs neue eingehend Odettes Wohnung, die durch den großen Blutfleck auf dem Teppich zweifellos als Tatort anzusprechen war. Der blutige Daumenabdruck an der weißen Schublade war fotografiert worden und sollte mit einem Daumenabdruck Odette Riders verglichen werden, sobald man ihrer habhaft war.

Carrymore Mansions, wo Odette Rider wohnte, war ein großes Haus mit vielen vornehmen Wohnungen. Im Erdgeschoß lagen Läden, und die Eingänge zu den Privatwohnungen befanden sich jedesmal zwischen zwei Schaufenstern. Treppen führten zu dem etwas erhöhten Kellergeschoß. Hier lagen sechs Wohnungen, deren Fenster auf den engen Hof hinausgingen.

Die Mitte dieses Kellergeschosses bestand aus einem großen betonierten Lagerraum. Um diesen herum sah man kleine, quadratische Kellerräume, in denen die Mieter Möbel und Gepäckstücke, die nicht gebraucht wurden, abstellen konnten. Tarling entdeckte, daß es möglich war, von dem Gang des Kellergeschosses in den Vorratsraum und von hier aus durch eine kleine Tür auf der Rückseite zu dem hinteren Hof zu kommen. Ein verhältnismäßig großes Tor vermittelte den Zugang zur Straße. Es war hier angebracht worden, damit die Bewohner auf bequeme Weise mit Kohlen, Brennmaterial und anderen Vorräten beliefert werden konnten. In der kleinen Straße, die hinter dem Haus vorbeiführte, lagen etwa ein Dutzend Ställe, die alle an eine Taxigesellschaft verpachtet waren und ständig als Garagen benützt wurden.

Wenn der Mord in der Wohnung geschehen war, mußte die Leiche auf diesem Weg in die hintere Straße gebracht worden sein. Hier hätte ja auch ein wartender Wagen wenig Aufsehen erregt. Tarling stellte Nachforschungen bei den Angestellten der Autofirma an, von denen einige in den Räumen über den Garagen wohnten, und konnte feststellen, daß der Wagen von verschiedenen Leuten in der betreffenden Nacht beobachtet worden war. Diese Tatsache war bei der ersten polizeilichen Untersuchung vollständig übersehen worden.

Lynes Wagen war ein Zweisitzer von auffallend gelber Farbe, der schwer mit einem anderen Auto hätte verwechselt werden können. Man hatte ihn ja auch in der Nähe der Leiche verlassen aufgefunden. Er war in der Mordnacht zwischen zehn und elf Uhr beobachtet worden. Aber obgleich Tarling sich die allergrößte Mühe gab und viele Verhöre anstellte, fand sich doch niemand, der Lyne persönlich gesehen hätte, auch hatte niemand bemerkt, wie der Wagen ankam oder wie er abfuhr.

Der Portier wurde verhört und gab die eindeutige Auskunft, daß zwischen zehn und halb elf niemand durch den Haupteingang des Gebäudes gekommen war. Zwischen halb und dreiviertel elf mochte jemand gekommen sein, denn um diese Zeit war er in seinen Raum gegangen und hatte sich umgezogen, bevor er nach Hause ging. Sein Zimmer lag unter der ansteigenden Treppe, so daß er von dort niemand sehen konnte. Gewöhnlich schloß er die Haustür um elf Uhr. Was später geschah, konnte er natürlich nicht mehr beobachten. Er gab allerdings zu, daß er an jenem Abend vielleicht kurz vor elf gegangen war, aber er wußte auch das nicht mehr genau.

»Seine Aussage kann uns nicht viel helfen«, bemerkte Whiteside. »Gerade in der Zeit, als der Mörder das Haus betreten haben kann, nämlich zwischen halb und dreiviertel elf, war er nicht auf seinem Posten.«

Tarling nickte. Er hatte eine genaue Untersuchung aller Keller, der Gänge und des hinteren Hofes vorgenommen, aber nirgends hatte er eine Blutspur entdeckt. Er hatte das allerdings auch nicht erwartet, denn es war ganz klar, daß das seidene Gewand Blutspuren beim Transport der Leiche verhinderte.

»Eines steht meiner Meinung nach fest. Odette Rider muß einen Helfer gehabt haben, wenn sie überhaupt den Mord beging. Es ist unmöglich, daß sie diesen verhältnismäßig schweren Mann allein ins Freie trug. Auch hätte sie ihn weder allein in den Wagen heben noch ihn dann wieder herausziehen und auf den Rasen tragen können.«

»Ich weiß immer noch nicht, was eigentlich die gelben Narzissen auf seiner Brust zu bedeuten haben. Und wenn er hier ermordet wurde, warum machte sie sich dann die Mühe, die Blumen auf die Brust zu legen?«

Tarling schüttelte den Kopf. Er war der Lösung dieses Rätsels näher, als der andere ahnte.

Als sie die Wohnung durchsucht hatten, fuhren sie zusammen nach Hydepark, und Whiteside zeigte ihm die Fundstelle in der Nähe eines Fahrweges. Er erklärte ihm auch die Lage der Leiche. Tarling schaute sich um und stieß plötzlich einen unterdrückten Schrei aus.

»Sehen Sie einmal dorthin!« Er zeigte auf ein Blumenbeet. Whitesides Blick folgte seiner ausgestreckten Hand, und er begann zu lachen.

»Es ist doch merkwürdig! Wir scheinen bei diesem Mord nichts anderes als gelbe Narzissen zu sehen!«

Tarling ging zu dem großen Blumenbeet, das ganz mit gelben Narzissen bedeckt war, deren zierliche Kelche in der leichten Frühlingsbrise hin und her schwankten.

»Hm«, sagte Tarling. »Wissen Sie mit gelben Narzissen Bescheid, Whiteside? Kennen Sie die verschiedenen Arten?«

Whiteside schüttelte lachend den Kopf.

»Für mich sind alle Narzissen gleich. Gibt es dabei überhaupt Unterschiede?«

Tarling nickte. »Diese Sorte heißt Goldsporen«, erklärte er fachmännisch.

»Es ist eine Sorte, die man in England sehr häufig findet. Die Blumen in Miss Riders Wohnung dagegen heißen Kaisernarzissen.«

»Nun? Welchen Schluß ziehen Sie daraus?«

»Die Narzissen, die auf Lynes Brust gefunden wurden, waren Goldsporen.«

Er kniete neben dem Beet nieder, bog die Stauden auseinander und betrachtete die Pflanzen genau.

»Sehen Sie hier.« Er zeigte auf mehrere abgebrochene Stengel.

»Hier sind die Narzissen gepflückt worden, darauf möchte ich einen Eid leisten. Sie sind alle mit einem Griff abgerissen worden.«

»Es können aber auch unnütze Buben hier Blumen abgerupft haben.«

Whiteside sah ihn zweifelnd an.

»Blumendiebe pflegen nur einzelne Blüten abzubrechen«, entgegnete Tarling. »Die meisten Leute, die das tun, vermeiden es sorgfältig, an einer Stelle zu viele abzupflücken, damit es den Parkwächtern nicht auffällt.«

»Dann vermuten Sie also —«

»Ich vermute, daß der Täter — mag es nun ein Mann oder eine Frau sein — aus irgendeinem Grund, den wir vorläufig noch nicht kennen, die Leiche mit Blumen schmückte. Und er nahm die Blumen von diesem Beet.«

»Nicht aus der Wohnung von Odette Rider?«

»Nein«, erwiderte Tarling nachdenklich. »Mir war das schon klar, als Sie mir die Blumen in Scotland Yard zeigten.«

Whiteside fuhr sich mit der Hand über die Stirn.

»Je weiter wir mit der Aufklärung dieses Falles kommen, desto rätselhafter wird mir die Sache. Also haben wir hier einen reichen Mann, der offensichtlich keine Todfeinde hatte. Er wird eines Morgens im Hydepark aufgefunden, das Nachthemd einer Dame ist um seine Brust geschlungen, er hat Filzschuhe an, in seiner Tasche findet man einen Zettel mit einer chinesischen Inschrift – und obendrein ist ein Strauß gelber Narzissen auf seine Brust gelegt. So etwas kann nur eine Frau getan haben«, fügte er plötzlich hinzu.

Tarling sah ihn groß an.

»Warum meinen Sie das?«

»Nur eine Frau konnte dem Toten Blumen auf die Brust legen«, sagte Whiteside ruhig. »Diese gelben Narzissen sprechen von Mitgefühl und Mitleid – vielleicht auch von Reue.«

Tarling lächelte unmerklich.

»Mein lieber Whiteside, nun werden Sie sentimental.« Er blickte auf. »Sehen Sie einmal, wie von diesem Platz angezogen, taucht wieder der Herr auf, den ich überall treffen muß – Mr. Milburgh.«

Milburgh war plötzlich stehengeblieben, als er die beiden Detektive bemerkte. Man konnte ihm ansehen, daß er am liebsten unbemerkt verschwunden wäre. Aber Tarling hatte ihn bereits entdeckt, und so kam er nun in einem merkwürdig schleichenden Gang näher. Obwohl er seine Verlegenheit unter einem Lächeln zu verbergen suchte, erkannte Tarling doch den ängstlichen, unsicheren Blick wieder, den er schon früher einmal an ihm beobachtet hatte.

»Guten Morgen, meine Herren«, sagte Milburgh und grüßte die beiden, indem er den Hut abnahm. »Etwas Neues ist wohl noch nicht entdeckt worden?«

»Auf jeden Fall hatte ich nicht erwartet, Sie heute morgen

hier zu entdecken!« erwiderte Tarling mit einem spöttischen Lächeln. »Ich dachte, Sie hätten im Geschäft genug zu tun.«

Milburgh fühlte sich unbehaglich.

»Dieser Ort übt eine gewisse Anziehungskraft auf mich aus«, sagte er dann heiser. »Immer wieder treibt es mich, hierher zu kommen.«

Als Tarling ihn scharf ansah, senkte er verlegen den Blick.

»Haben Sie irgendwelche neuen Nachrichten über den Täter?« fragte er wieder.

»Das möchte ich Sie fragen«, entgegnete Tarling ruhig.

Milburgh sah ihn nervös an.

»Sie meinen doch nicht etwa Miss Rider?« fragte er. »Nein, Mr. Tarling, es hat sich nichts gefunden, was gegen sie spräche. Ich kann aber ihren gegenwärtigen Aufenthalt nicht feststellen, obgleich ich mir die größte Mühe gegeben habe. Es ist wirklich beunruhigend.«

Tarling bemerkte eine Änderung in seinem Verhalten. Er konnte sich noch sehr gut darauf besinnen, wie Milburgh Lyne gegenüber zuerst entschieden in Abrede stellte, daß Odette gestohlen haben könne. Aber jetzt war er ihr irgendwie feindlich gesinnt, der Unterton in seiner Stimme sagte Tarling genug.

»Glauben Sie denn, daß Miss Rider Grund hatte zu fliehen?«

Milburgh zuckte die Schultern.

»In dieser Welt«, meinte er salbungsvoll, »wird man immer von denen am meisten getäuscht, denen man das größte Vertrauen geschenkt hat.«

»Sie wollen also damit sagen, daß Sie Miss Rider im Verdacht haben, daß sie die Firma beraubt hat?«

Aber sogleich erhob Milburgh abwehrend seine großen Hände.

»Nein, das will ich nicht behaupten. Ich möchte eine junge Dame nicht anklagen, daß sie ihre Vorgesetzten in einer solchen Weise betrogen hat, und ich lehne es ausdrücklich ab, irgendwelche Anschuldigungen zu erheben, bevor die Bücherrevisoren nicht ihre Arbeit beendet haben. Zweifellos«, fügte er hinzu, »hat Miss Rider große Summen in der Hand gehabt und war zuerst von allen Damen an der Kasse in der Lage, irgendwelche Unterschlagungen zu machen, ohne daß ich oder Mr. Lyne es gleich hätten merken können. Aber dieses teile ich Ihnen nur im Vertrauen mit.«

»Haben Sie keine Ahnung, wo sie sein könnte?«

Milburgh schüttelte den Kopf.

»Das einzige, was ich –«, er zögerte und sah Tarling unsicher an.

»Nun, was wollten Sie sagen?« fragte der Detektiv ungeduldig.

»Es ist allerdings nur eine Vermutung von mir, daß sie vielleicht außer Landes gegangen ist. Ich möchte unter keinen Umständen diese Behauptung aufstellen, ich weiß nur, daß sie sehr gut französisch sprach und auch schon früher auf dem Festland war.«

Tarling schaute ihn nachdenklich an.

»Nun, in diesem Fall muß ich eben den Kontinent absuchen lassen. Denn ich bin fest entschlossen, Odette Rider aufzufinden.«

Er winkte seinem Assistenten und drehte sich kurz um. Mr. Milburgh schaute betroffen hinter ihm her.

10

Tarling kam am Nachmittag in niedergeschlagener Stimmung heim. Dieser Fall gab ihm so viele Rätsel auf, daß er sich im Augenblick nicht zu helfen wußte. Ling Chu kannte von früher her solche Depressionen bei seinem Herrn. Aber diesmal entdeckte er etwas Neues in dessen Verhalten. Er erschien ihm unnötig erregt, und er glaubte eine Ängstlichkeit an ihm wahrzunehmen, die diesem Jäger der Menschen bisher vollständig fremd gewesen war.

Der Chinese bereitete lautlos den Tee für seinen Herrn und hütete sich, etwas über den Fall oder Einzelheiten der Untersuchung zu erwähnen. Er rückte den Tisch an die Seite des Bettes und wollte eben geräuschlos wie eine Katze aus dem Raum verschwinden, als Tarling ihn anhielt.

»Ling Chu«, sagte er auf chinesisch, »du besinnst dich doch

59

darauf, daß die ›Freudigen Herzen‹ in Schanghai immer ihren ›hong‹ zurückließen, wenn sie ein Verbrechen begangen hatten.«

»Ja, Herr, ich erinnere mich sehr gut daran. Es standen bestimmte Worte auf dem Papier. Später konnte man sie in den Läden kaufen. Denn die Leute wollten diese merkwürdigen Zettel haben, um sie ihren Freunden zu zeigen.«

»Viele Leute trugen damals diese Papiere«, erwiderte Tarling langsam. »Und ein Papier mit dem Zeichen der ›Freudigen Herzen‹ wurde auch in der Tasche des Ermordeten gefunden.«

Ling Chu sah ihn mit unerschütterlicher Ruhe an.

»Herr«, sagte er dann, »ist es nicht möglich, daß der Mann mit dem weißen Gesicht, der jetzt tot ist, solche Dinge von Schanghai mitgebracht hat? Er war doch ein Tourist. Und solche Leute heben doch immer törichte Andenken auf.«

Tarling nickte. »Das wäre möglich. Ich habe auch schon daran gedacht. Aber warum trug er ausgerechnet in der Nacht, in der er ermordet wurde, ein solches Papier in seiner Tasche?«

»Herr«, fragte der Chinese, »warum ist er wohl ermordet worden?«

Tarling mußte über diese Gegenfrage seines Dieners lächeln.

»Du willst wohl damit sagen, daß eine Frage so schwer zu beantworten ist wie die andere. Nun, es ist gut.«

Ling Chu verließ das Zimmer.

Tarling war im Augenblick nicht so sehr besorgt um die Lösung dieser Frage. Jetzt galt es vor allen Dingen, den Aufenthaltsort von Odette Rider zu ermitteln. Immer wieder überlegte er sich dieses Problem. Er war verwirrt durch die sonderbaren Tatsachen, die er entdeckt hatte. Warum hatte Odette Rider überhaupt eine so untergeordnete Stellung in Lynes Geschäft angenommen, wenn ihre Mutter ein luxuriöses Leben in Hertford führte? Wer mochte ihr Vater sein – dieser geheimnisvolle Mann, der in Hertford erschien und wieder verschwand? Welche Rolle mochte er bei dem Verbrechen gespielt haben? Und wenn sie unschuldig war, warum war sie dann spurlos verschwunden, unter Umständen, die allen Verdacht auf sie lenken mußten? Was wußte Sam Stay wirklich von dem Mord? Daß er Odette Rider haßte, war nur zu offensichtlich. Als er nur Odettes Namen erwähnt hatte, war es, als ob sich ein überschäumender Giftbrunnen in Sam Stay aufgetan hätte. Aber Sam hatte keine vernünftigen, zusammenhängenden Aussagen gemacht, seine vielen Redereien bekundeten nur seinen abgrundtiefen Haß gegen das Mädchen und seine grenzenlose Verehrung für den Toten.

Tarling drehte sich unruhig auf die andere Seite und langte gerade nach der Teetasse, als er draußen leise Schritte hörte und Ling Chu in den Raum schlüpfte.

»Der strahlende Mann ist wieder hier«, sagte er. Er meinte damit Whiteside, der etwas von seiner frischen Art in das Zimmer brachte, die Ling Chu veranlaßt hatte, ihm diesen Namen zu geben.

»Mr. Tarling«, begann der Polizeiinspektor und zog ein kleines Notizbuch aus der Tasche, »ich habe leider nicht viel über den Aufenthaltsort von Miss Rider erfahren können. Ich war auf der Charing-Cross-Station und habe dort an einem Fahrkartenschalter nachgefragt. In den letzten paar Tagen sind verschiedene junge Damen ohne Begleitung nach dem Festland abgereist.«

»Paßte denn eine der Beschreibungen auf Miss Rider?« fragte Tarling enttäuscht.

Der Detektiv schüttelte den Kopf. Aber trotz des geringen Erfolges seiner Nachforschungen mußte er doch anscheinend eine wichtige Entdeckung gemacht haben, denn er sah zuversichtlich aus.

»Sie haben etwas herausgebracht?« fragte Tarling schnell.

»Ja, durch reinen Zufall bin ich hinter eine merkwürdige Geschichte gekommen. Ich sprach mit verschiedenen Fahrkartenkontrolleuren, um vielleicht einen zu finden, der das Mädchen gesehen hätte. Ich habe nämlich eine Fotografie von ihr gefunden, eine Vergrößerung aus einem Gruppenbild der Angestellten des Warenhauses. Die war mir bei meinen Nachforschungen sehr nützlich.«

Tarling nickte.

»Während ich nun mit einem der Leute an der Sperre sprach«, fuhr Whiteside fort, »kam ein Kontrolleur, der die Züge begleitete, durch und erzählte eine merkwürdige Geschichte von Ashford. An dem Abend, als der Mord geschah, hatte der Expreß nach dem Kontinent einen Unglücksfall.«

»Ich besinne mich, daß ich etwas darüber in der Zeitung gelesen hatte, aber ich war zu sehr von der anderen Sache in Anspruch genommen. Was ist denn dort passiert?«

»Ein großer Koffer, der auf der Plattform hinten stand, fiel während der Fahrt zwischen zwei Wagen, und der eine Wagen sprang aus den Schienen. Es wurde allerdings nur eine Dame verletzt, eine gewisse Miss Stevens. Offensichtlich hat sie nur eine geringe Gehirnerschütterung davongetragen. Der Zug hielt natürlich sofort – und man brachte sie in das Cottage-Hospital, wo sie jetzt noch liegt. Die Tochter des Fahrkartenkontrolleurs, dem ich jetzt die Sache erzählte, ist Krankenschwester in dem Hospital und hat ihrem Vater berichtet, daß diese Miss Stevens, bevor sie das Bewußtsein wiedererlangte, phantasierte und dabei mehrmals einen Mr. Lyne und einen Mr. Milburgh erwähnte!«

Tarling hatte sich vollständig aufgerichtet und sah Whiteside durch zusammengekniffene Augenlider an.

»Erzählen Sie weiter.«

»Ich konnte von dem Beamten nur noch erfahren, daß seine Tochter den Eindruck hatte, als ob die Dame mit Mr. Lyne und Mr. Milburgh heftige Auseinandersetzungen gehabt hatte.«

Tarling hatte sich erhoben und seinen Schlafrock abgelegt. Er schlug mit den Fingerknöcheln auf einen Gong. Ling Chu erschien, und Tarling gab ihm in chinesisch einen Auftrag, den Whiteside nicht verstehen konnte.

»Sie fahren nach Ashford? Das dachte ich mir. Darf ich Sie begleiten?« fragte Whiteside.

»Nein, ich danke Ihnen«, erwiderte Tarling. »Ich werde allein fahren. Ich habe den bestimmten Eindruck, daß Miss Stevens durch ihre Aussagen den Fall Lyne aufklären kann, und das wird vielleicht mehr Licht in die verworrenen Ereignisse bringen können als alle Aussagen, die wir bisher zu Protokoll genommen haben.«

In Ashford konnte er nur schwer einen Wagen bekommen,

denn es regnete heftig. Unvorsichtigerweise hatte er weder einen Regenmantel noch einen Schirm mitgenommen.

Als er an dem Cottage-Hospital ankam, wurde er von der Oberin sofort über den wichtigsten Punkt aufgeklärt.

»O ja, Miss Stevens ist noch hier«, sagte sie. Er seufzte erleichtert auf. Es wäre auch möglich gewesen, daß sie schon entlassen worden war.

Die ältere Dame zeigte ihm den Weg durch lange Korridore bis zu einem kleinen Vorplatz. Kurz vorher öffnete sie eine kleine Tür zur rechten Hand.

»Wir haben sie hier in dieses Privatzimmer gelegt, weil wir zuerst dachten, sie müßte operiert werden.«

Tarling trat ein. Er konnte von der Tür aus das Bett sehen. Das Mädchen wandte den Kopf, und ihre Blicke trafen sich . . .

›Miss Stevens‹ war Odette Rider!

11

Zuerst sprach keiner von beiden. Tarling ging langsam auf sie zu, nahm einen Stuhl, stellte ihn an die Seite des Bettes und setzte sich. Er wandte keinen Blick von dem Mädchen.

Odette Rider, nach der die Polizei von ganz England suchte, gegen die ein Verhaftungsbefehl ergangen war, weil sie im Verdacht des vorsätzlichen Mordes stand, lag hier in diesem kleinen Hospital. Einen Augenblick lang war Tarling im Zweifel. Wäre er nicht an dem Fall interessiert gewesen, hätte er ihn als unbeteiligter Zuschauer beobachtet, wäre ihm dieses Mädchen nicht so wertvoll gewesen, so hätte er sich sofort gesagt, daß sie sich hier versteckt hielt und dieses kleine Hospital als sicheren Zufluchtsort gewählt hatte. Der falsche Name, unter dem sie sich hier aufhielt, war schon verdächtig genug.

Odettes Augen hingen an seinem Gesicht. Er las darin Schrekken und Entsetzen und war äußerst bestürzt. Jetzt erst wurde ihm klar, daß der Hauptantrieb für ihn bei der Aufklärung des Mordes an Thornton Lyne nicht darin bestand, den Mörder zu fangen, sondern die Unschuld dieses Mädchens zu beweisen.

»Mr. Tarling«, sagte sie leise und mit gebrochener Stimme, »ich hatte nicht erwartet, Sie hier zu sehen.«

Es war eine überflüssige Bemerkung, die nicht im geringsten dazu beitrug, die Situation zu klären. Besonders ihr schienen diese Worte sehr verfehlt, da sie sich doch alles zurechtgelegt hatte, was sie ihm bei dieser Gelegenheit sagen wollte. Denn ihre Gedanken waren, seit sie das Bewußtsein wiedererlangt hatte, bei dem Mann mit den kühn geschnittenen Gesichtszügen. Was mochte er von ihr denken, was würde er sagen und was unter gewissen Umständen tun?

»Das glaube ich auch«, erwiderte Tarling höflich. »Es tut mir leid, daß Sie diesen Unglücksfall hatten, Miss Rider.«

Sie nickte, und ein schwaches Lächeln spielte um ihre Mundwinkel.

»Ach, es war nicht schlimm. Zuerst bin ich allerdings erschrokken, aber – warum sind Sie gekommen?«

Die letzten Worte hatte sie schnell hervorgestoßen, sie wollte und konnte den Schein einer höflichen Unterhaltung nicht länger aufrechterhalten.

Tarling antwortete nicht gleich.

»Ich habe Sie gesucht«, sagte er dann langsam, und wieder las er Angst und Furcht in ihren Zügen.

»Nun gut«, sagte sie zögernd, »Sie haben mich gefunden!«

Tarling nickte.

»Und da Sie mich also gefunden haben«, fuhr sie schnell und hastig fort, »was wollen Sie von mir?«

Sie stützte sich auf ihren Ellenbogen und sah ihn an. Ihre Haltung verriet aufs deutlichste ihre Erregung.

»Ich möchte einige Fragen an Sie stellen«, sagte Tarling und nahm ein kleines Notizbuch aus der Tasche, das er auf sein Knie legte.

Er war betroffen, als sie den Kopf schüttelte.

»Ich glaube nicht, daß ich Ihre Fragen beantworten kann«, erwiderte sie etwas ruhiger, »aber es liegt ja kein Grund vor, warum Sie diese Fragen nicht an mich stellen sollten.«

Ein solches Verhalten hatte Tarling nicht vorausgesehen. Er hätte es verstanden, wenn sie vollständig verwirrt vor Furcht

64

gewesen wäre, wenn sie geschluchzt hätte, wenn sie so erschrokken wäre, daß sie nicht zusammenhängend hätte antworten können. Wäre sie entrüstet oder beschämt gewesen, hätte sie ein Benehmen gezeigt, das mit beleidigter Unschuld oder mit Schuldbewußtsein übereinstimmte!

»Zunächst muß ich Sie um Auskunft bitten: warum halten Sie sich hier unter dem angenommenen Namen ›Miss Stevens‹ auf?« fragte er etwas schroff.

Sie zögerte und dachte einen Augenblick nach, dann schüttelte sie wieder entschieden den Kopf.

»Das ist eine Frage, die ich Ihnen nicht beantworten möchte«, erwiderte sie ruhig.

»Ich möchte im Augenblick nicht weiter in Sie dringen, da diese Antwort mit gewissen anderen außergewöhnlichen Handlungen in engem Zusammenhang steht, Miss Rider.«

Sie errötete und senkte den Blick.

»Warum haben Sie London heimlich verlassen, ohne Ihren Freunden oder Ihrer Mutter etwas über Ihre Absichten zu sagen?«

Sie sah ihn scharf an.

»Haben Sie meine Mutter gesehen?« fragte sie schnell.

»Ja, ich habe Ihre Mutter aufgesucht. Ich habe auch das Telegramm gelesen, das Sie ihr geschickt haben. Miss Rider, wollen Sie sich denn nicht von mir helfen lassen? Glauben Sie, es hängt von Ihren Antworten viel mehr ab, als Sie zu ahnen scheinen. Ich frage nicht, um meine Neugierde zu befriedigen. Denken Sie doch daran, wie ernst Ihre Lage ist.«

Er sah, wie sie die Lippen zusammenpreßte.

»Ich kann nichts dazu sagen.« Sie atmete schwer. »Wenn – wenn – Sie der Meinung sind, daß ich –«

Sie hörte plötzlich auf zu sprechen.

»Beenden Sie Ihren Satz«, sagte Tarling fest. »Wollten Sie nicht sagen, wenn ich der Ansicht wäre, daß Sie dies Verbrechen begangen haben?«

Sie nickte.

Er steckte das Notizbuch ein, bevor er weiter mit ihr sprach, lehnte sich über den Bettrand und nahm ihre Hand.

»Miss Rider, ich möchte Ihnen helfen«, sagte er eindringlich. »Und ich kann Ihnen am besten helfen, wenn Sie mir gegenüber ganz offen sind. Ich glaube nicht, daß Sie diese Tat begangen haben. Und obgleich alle Umstände auf Ihre Schuld hinweisen, habe ich doch das feste Vertrauen, daß Sie die Anklagen, die gegen Sie erhoben worden sind, durch Ihre Antworten entkräften können.«

Tränen traten in ihre Augen, aber sie unterdrückte diese Gefühlsaufwallung und schaute ihm frei in die Augen.

»Es ist so gut und lieb von Ihnen, Mr. Tarling, und ich weiß Ihre Güte sehr zu schätzen. Aber ich kann Ihnen nichts sagen – ich kann es nicht!« Sie packte ihn in ihrer Aufregung so heftig am Handgelenk, daß er dachte, sie würde zusammenbrechen. Aber mit der größten Willensanstrengung riß sie sich wieder zusammen. Ihre Selbstbeherrschung nötigte ihm Bewunderung ab.

»Sie werden sehr schlecht von mir denken, Mr. Tarling. Das tut mir mehr leid, als Sie ahnen können. Bitte, glauben Sie an meine Unschuld, aber ich kann nichts unternehmen, um sie zu beweisen.«

»Das ist Wahnsinn!« unterbrach er sie rauh. »Vollkommener Wahnsinn! Sie müssen etwas tun. Hören Sie mich? Sie müssen unter allen Umständen etwas tun, um sich zu entlasten.«

Sie schüttelte den Kopf, und ihre kleine Hand, die auf der seinen ruhte, schloß sich um zwei seiner Finger.

»Es ist mir unmöglich«, sagte sie einfach. »Ich kann es nicht.«

Tarling rückte vor Aufregung seinen Stuhl zurück. Dieser Fall war hoffnungslos! Wenn sie ihm doch nur die geringste Andeutung gemacht hätte, die ihm einen weiteren Aufschluß ermöglichte. Wenn sie nur gegen alles protestiert, ihre Unschuld beteuert hätte! Er verlor den Mut und sah sie nur hilflos und traurig an.

»Nehmen wir einmal an«, sagte er heiser, »daß nun eine Anklage gegen Sie erhoben wird wegen dieses – Verbrechens. Wollen Sie mir sagen, daß Sie sich dann nicht verteidigen, nicht Ihre Unschuld beweisen, nichts vorbringen wollen, was Sie entlasten könnte?«

»Ja, das wollte ich damit ausdrücken.«

»Mein Gott, Sie wissen nicht, was Sie sagen!« rief er und sprang auf. »Sie sind nicht bei Sinnen, Odette, Sie sind wahnsinnig!«

Ein schwaches Lächeln huschte über ihre Züge, als ihr bewußt wurde, daß er sie mit ihrem Vornamen angeredet hatte.

»Nein, Mr. Tarling, ich bin nicht wahnsinnig, ich bin bei vollständig klarem Verstand.«

Sie sah ihn nachdenklich an, aber plötzlich schien sie ihre feste Haltung zu verlieren und wurde bleich.

»Sie – Sie – haben einen Haftbefehl für mich!« sagte sie leise. Er nickte.

»Wollen Sie mich verhaften?«

Er schüttelte den Kopf.

»Nein«, sagte er kurz. »Das muß ich anderen überlassen. Ich bin ganz elend von dieser Geschichte, ich will mich zurückziehen.«

»Er hat Sie hierhergeschickt?« fragte sie langsam.

»Er?«

»Ich besinne mich darauf. Sie waren doch für ihn tätig, oder er wollte Sie für sich engagieren.«

»Von wem sprechen Sie denn?« fragte Tarling schnell.

»Von Thornton Lyne.«

Tarling starrte sie an.

»Sie sprechen von Thornton Lyne? Ja, wissen Sie denn nicht –«

»Was sollte ich wissen?« fragte sie stirnrunzelnd.

»Daß Thornton Lyne tot ist! Und daß der Haftbefehl gegen Sie wegen seiner Ermordung erlassen wurde?«

Sie starrte ihn einen Augenblick mit weit aufgerissenen Augen an.

»Tot!« rief sie atemlos. »Tot! Thornton Lyne ist tot! Das ist doch nicht Ihr Ernst?« Sie klammerte sich an seinen Arm. »Sagen Sie mir, daß es nicht wahr ist! Thornton Lyne ist nicht ermordet!«

Sie schwankte und fiel nach vorn über. Tarling kniete schnell neben ihrem Bett nieder und fing sie auf, als sie ohnmächtig wurde.

12

Während die Krankenschwester sich um Odette bemühte, suchte Tarling den Chefarzt des Hospitals auf.

»Ich glaube nicht, daß der Zustand von Miss Stevens irgendwie bedenklich ist. Ich hätte sie schon gestern entlassen können und habe sie nur auf ihre Bitte hin hiergelassen. Stimmt es übrigens, daß sie in Verbindung mit dem ›Narzissenmord‹ gesucht wird?«

»Ja, wir brauchen sie als Zeugin«, erwiderte Tarling ausweichend. Es war ihm aber klar, daß seine Antwort nicht recht glaubwürdig klang, denn die Tatsache, daß ein Haftbefehl gegen Odette Rider erlassen worden war, mußte allgemein bekannt sein. Ihre Personenbeschreibung und alle näheren Umstände waren den Direktionen der Hospitäler und der öffentlichen Anstalten ohne Verzug zugesandt worden. Die nächsten Worte des Arztes bestätigten auch seine Annahme.

»Als Zeugin?« fragte er trocken. »Nun, ich möchte nicht in Ihre und noch weniger in die Geheimnisse von Scotland Yard eindringen, aber vielleicht dient Ihnen, wenn ich erkläre, daß sie imstande ist, das Krankenhaus sofort zu verlassen.«

Es klopfte an die Tür, und die Oberin trat in das Büro des Arztes ein.

»Miss Stevens möchte Sie sprechen«, sagte sie zu Tarling. Der Detektiv nahm seinen Hut und ging in das kleine Krankenzimmer zurück.

Sie war aufgestanden und saß in ihrem Morgenrock in einem Armsessel. Mit einer Handbewegung lud sie Tarling ein, an ihrer Seite Platz zu nehmen. Aber erst als die Krankenschwester gegangen war, begann sie zu sprechen.

»Es war unverzeihlich von mir, schwach zu werden, Mr. Tarling. Aber die Nachricht war so schrecklich und kam mir so unerwartet. Würden Sie nicht so gut sein, mir alle näheren Umstände mitzuteilen? Ich habe seit meiner Einlieferung ins Krankenhaus keine Zeitung mehr gelesen. Ich hörte, wie eine der Krankenpflegerinnen von dem ›Narzissenmord‹ sprach – ist das etwa –?«

Sie zögerte, und Tarling nickte. Es war ihm jetzt viel leichter ums Herz, und er war beinahe froh. Er zweifelte nicht im mindesten daran, daß sie unschuldig war. Das ganze Leben erschien ihm wieder freundlicher.

»Thornton Lyne wurde in der Nacht vom 14. zum 15. ermordet. Er wurde zuletzt lebend von seinem Diener gesehen, etwa um halb zehn abends. In der Frühe des nächsten Morgens wurde er tot im Hydepark aufgefunden. Er war erschossen worden, und man hatte den Versuch gemacht, das Blut der Wunde zu stillen, indem man ein seidenes Damennachthemd um seine Brust band. Ein Strauß gelber Narzissen lag auf der Brust des Toten.«

»Gelbe Narzissen?« wiederholte sie erstaunt. »Aber wie –?«

»Sein Wagen wurde etwa hundert Meter vom Fundort entfernt entdeckt«, fuhr Tarling fort. »Es ist ganz klar, daß er an einer anderen Stelle ermordet wurde, daß man ihn später in den Park brachte, und zwar in seinem eigenen Wagen. Er hatte keinen Rock und keine Weste an, aber weiche Filzschuhe an den Füßen.«

»Ich kann das alles nicht verstehen«, sagte sie verwirrt. »Ich kann die Zusammenhänge nicht erkennen. Wer hat –« Plötzlich hielt sie inne und bedeckte ihr Gesicht mit den Händen, als ob ihr etwas einfiele.

»Oh, das ist entsetzlich – ganz entsetzlich! Daran hätte ich selbst im Traum nicht gedacht! Es ist einfach furchtbar!«

Tarling legte freundlich seine Hand auf ihre Schulter.

»Miss Rider, Sie haben jemand im Verdacht, der das Verbrechen begangen haben muß. Würden Sie mir nicht den Namen sagen?«

Sie schüttelte den Kopf, ohne aufzusehen.

»Ich darf es nicht.«

»Aber sehen Sie denn nicht, daß aller Verdacht auf Sie fällt? Auf Lynes Schreibtisch wurde ein Telegramm gefunden, in dem er gebeten wurde, an dem verhängnisvollen Abend in Ihre Wohnung zu kommen.«

Sie schaute schnell auf. »Wie? Ein Telegramm von mir? – Ich habe ihm kein Telegramm geschickt!«

»Gott sei Dank!«

»Ich kann immer noch nicht verstehen. Wurde tatsächlich ein Telegramm an Mr. Lyne geschickt, das ihn aufforderte, in meine Wohnung zu kommen? Ist er denn dort gewesen?«

»Allem Anschein nach ja«, sagte er ernst. »Denn der Mord wurde in Ihrer Wohnung begangen.«

»Mein Gott!« stieß sie hervor. »Das wollen Sie doch nicht etwa behaupten? Aber nein, das ist doch ganz unmöglich!«

Er teilte ihr nun alle Entdeckungen mit, die er gemacht hatte. Er wußte, daß sein Verhalten vom Standpunkt der Polizei aus vollkommen verfehlt und unrichtig war. Er sagte ihr alles und gab ihr dadurch die Möglichkeit, sich zu verteidigen und Ausflüchte zu ersinnen. Er erzählte ihr von dem großen Blutflecken auf dem Teppich, er beschrieb ihr das Nachthemd, das um Thornton Lynes Körper geschlungen war.

»Es gehört mir«, sagte sie einfach und ohne im mindesten zu zögern. »Aber, bitte, erzählen Sie mir noch mehr, Mr. Tarling.«

Er berichtete ihr von dem blutigen Daumenabdruck auf der Schublade der Kommode.

»Auf Ihrem Bett«, fuhr er fort, »fand ich Ihre kleine Reisetasche halb gepackt.«

Sie schwankte wieder und streckte die Hände abwehrend aus.

»O wie schlecht von ihm! Wie gemein! Das konnte er tun!«

»Wer?« fragte Tarling schnell. Er faßte sie am Arm. »Wer hat das getan? Sie müssen es mir sagen – Ihr Leben hängt davon ab! Verstehen Sie denn nicht, Odette, daß ich Ihnen helfen will? Sie haben doch eine bestimmte Person im Verdacht, und Sie müssen mir den Namen nennen!«

»Ich kann es Ihnen nicht sagen«, erwiderte sie mit schwacher Stimme, »und ich kann auch weiter nichts sagen. Ich wußte nichts von dem Mord, bis Sie mir davon erzählten. Ich hatte nicht die geringste Ahnung davon . . . Ich haßte Thornton Lyne, ja, ich haßte ihn, aber ich hätte ihm niemals das geringste zuleide getan . . . Es ist schrecklich!«

Plötzlich wurde sie ruhiger.

»Ich muß sofort nach London zurück – würden Sie mich mitnehmen?«

Sie sah seine Bestürzung und verstand plötzlich den Zusammenhang.

»Sie haben – Sie haben ja den Haftbefehl!«

Er nickte stumm.

»Weil ich Lyne ermordet haben soll?«

Er nickte wieder.

Sie sah ihn eine Weile schweigend an.

»Ich bin in einer halben Stunde fertig.«

Tarling verließ ohne ein weiteres Wort das Krankenzimmer.

Er ging in das Büro des Arztes zurück, der schon ungeduldig auf ihn wartete.

»Das ist doch alles Unsinn, daß die junge Dame als Zeugin vernommen werden soll. Ich zweifelte gleich daran und habe daraufhin noch einmal die Mitteilung von Scotland Yard durchgelesen, die ich schon vorgestern erhielt. Nach der Beschreibung ist es ganz klar, daß die junge Dame Odette Rider ist. Man will sie verhaften, weil sie des Mordes verdächtig ist.«

Tarling ließ sich schwer in einen Sessel fallen.

»Haben Sie etwas dagegen, wenn ich rauche?«

»Nein, durchaus nicht«, sagte der Doktor liebenswürdig. »Vermutlich nehmen Sie die Dame gleich mit?«

Tarling nickte.

»Ich kann mir kaum denken, daß so ein Mädchen einen solchen Mord begangen hat«, meinte Dr. Saunders. »Sie verfügt nicht über die notwendigen Kräfte, um all das auszuführen, was der Mörder tat. Ich habe alle Einzelheiten im ›Morning Globe‹ gelesen. Thornton Lyne ist doch hundert Meter weit von seinem Wagen fortgeschleppt worden. Aber dieses junge Mädchen könnte ja kaum ein schweres Kind heben.«

Tarling nickte zustimmend.

»Außerdem hat sie auch nicht das Aussehen einer Mörderin. Ich will nicht sagen, daß sie die Tat nicht ausführen konnte, weil sie so schön ist. Aber ich habe schon viele Menschen gesehen und kenne mich ein wenig aus. Ihr Typ ist von einer inneren, vergeistigten Schönheit. Ich halte es für ausgeschlossen, daß sie einen Mord begehen könnte.«

»Ich bin ganz Ihrer Ansicht«, entgegnete Tarling. »Ich bin

fest davon überzeugt, daß sie unschuldig ist, obwohl alle Anzeichen gegen sie sprechen.«

Das Telefon läutete in diesem Augenblick. Der Doktor ging an den Apparat und sprach einige Worte.

»Ein Gespräch von außerhalb.« Er reichte dem Detektiv den Hörer über den Tisch. »Für Sie, ich glaube, man spricht von Scotland Yard aus.«

»Hier ist Whiteside«, hörte Tarling eine Stimme. »Sind Sie dort, Mr. Tarling? Wir haben den Revolver gefunden.«

»Wo?« fragte Tarling schnell.

»In der Wohnung von Miss Rider.«

Entsetzen zeigte sich in Tarlings Gesicht, aber schließlich war diese Entdeckung ja zu erwarten. Für ihn unterlag es keinem Zweifel, daß Thornton Lyne in Odettes Wohnung ermordet worden war, und wenn das stimmte, war es nur natürlich, daß man auch die Waffe am Tatort fand.

»Wo haben Sie denn die Pistole gefunden?«

»Sie lag in dem Nähkorb, ganz unten auf dem Boden, und war mit Wollknäueln, Flicken und Bandstücken bedeckt.«

»Was war es denn für ein Revolver?« fragte Tarling.

»Eine Browning-Pistole. Es waren noch sechs Patronen im Rahmen und eine im Lauf. Offensichtlich war sie abgefeuert worden, denn der Lauf war innen ganz mit Pulverschleim überzogen. Wir haben auch das Geschoß im Kamin gefunden. Haben Sie Miss Stevens dort getroffen?«

»Jawohl«, sagte Tarling ruhig. »Miss Stevens ist identisch mit Odette Rider.«

Er hörte den andern am Telefon pfeifen.

»Haben Sie sie verhaftet?«

»Noch nicht«, entgegnete Tarling. »Kommen Sie, bitte, und holen Sie mich vom Zug ab. Ich werde in einer halben Stunde von hier abfahren.«

Er hängte ein und wandte sich zu dem Arzt.

»Ich vermute, man hat eine Pistole gefunden?« fragte der Doktor interessiert.

»Ja.«

»Hm«, sagte der Doktor und schaute nachdenklich auf Tar-

72

ling. »Das ist eine böse Sache. Was war denn eigentlich dieser Thornton Lyne für ein Mensch?«

Tarling zuckte die Schultern.

»Er war gerade nicht der Beste. Aber selbst der schlechteste Mensch hat ein Anrecht auf den Schutz des Gesetzes, und der Mörder wird unter allen Umständen bestraft werden –«

»Sie meinen die Mörderin?« fragte der Doktor lächelnd.

»Nein, der Mörder«, sagte Tarling kurz. »Die Strafe wird nicht davon beeinflußt, ob der Tote einen guten oder einen schlechten Charakter hatte.«

Dr. Saunders blies dichte Rauchwolken von sich.

»Es ist ganz verfehlt, ein Mädchen wie Miss Rider mit einem solchen Mord zu belasten.«

Es klopfte an die Tür, und die Oberin trat herein.

»Miss Stevens ist fertig«, sagte sie.

Tarling erhob sich. Auch Dr. Saunders stand auf, trat an sein Pult, nahm das große Krankenbuch herunter, legte es auf den Tisch, schlug es auf und griff zur Feder.

»Ich muß nur noch kurz die Entlassung eintragen«, sagte er und blätterte verschiedene Seiten um. »Hier. Miss Stevens, leichte Gehirnerschütterung und Quetschung.«

Plötzlich schaute er den Detektiv an.

»Wann wurde der Mord begangen?«

»Am Abend des 14.«

»Am 14.«, wiederholte der Doktor in Gedanken. »Um wieviel Uhr?«

»Der Zeitpunkt liegt nicht ganz fest«, entgegnete Tarling ungeduldig. Er hätte am liebsten die Unterhaltung abgebrochen, der geschwätzige Arzt fiel ihm auf die Nerven. »Wahrscheinlich kurz nach elf.«

»War es bestimmt nach elf? Wäre es nicht möglich, daß die Tat früher begangen wurde – wann hat man denn Mr. Lyne das letzte Mal gesehen?«

»Um halb zehn«, antwortete Tarling etwas ironisch. »Wollen Sie denn auch Detektiv werden, Doktor?«

»Nein, das nicht«, sagte Saunders lächelnd, »aber ich freue mich, daß ich die Unschuld des Mädchens beweisen kann.«

»Ihre Unschuld beweisen? Wie meinen Sie das?«

»Der Mord konnte also nicht vor elf Uhr geschehen. Der Ermordete wurde das letzte Mal um halb zehn gesehen.«

»Nun, und?«

»Um neun Uhr hat der Zug, mit dem Miss Rider von Charing Cross abfuhr, die Station verlassen, und um halb zehn wurde sie mit einer Gehirnerschütterung ins Krankenhaus eingeliefert.«

Einen Augenblick lang war Tarling ganz ruhig. Dann ging er auf Doktor Saunders zu, ergriff die Hand des erstaunten Mannes und drückte sie kräftig.

»Das ist die beste Nachricht, die ich je in meinem Leben hörte«, sagte er heiser.

13

Die Rückreise nach London blieb Tarling für immer mit fast fotografischer Treue in Erinnerung. Odette sprach wenig, und er selbst war damit zufrieden, alle die merkwürdigen Umstände überdenken zu können, die Odettes Flucht betrafen.

Und wenn die beiden auch nicht sprachen, so waren sie doch glücklich, nebeneinander zu sitzen. In diesem Schweigen lagen eine unausgesprochene Kameradschaft und ein Verständnis für einander, das schwer zu erklären war. Hatte er sich in sie verliebt? Ihm war der Gedanke noch ganz unfaßbar, daß er in dieses Stadium gekommen sein könnte. Er hatte sich in seinem Leben noch niemals verliebt. Nie war ihm auch nur der leiseste Gedanke gekommen, daß selbst er einmal in diesen Zustand geraten könnte.

Schon der bloße Gedanke, sich vielleicht in Odette verliebt zu haben, verwirrte ihn, denn es fehlte ihm noch jedes Selbstvertrauen in diesen Dingen, und er fürchtete, daß seine Zuneigung zu ihr vollständig hoffnungslos sei. Er konnte sich nicht denken, daß ihn überhaupt eine Frau lieben könnte. Und nun beruhigte ihn ihre Gegenwart und ihre süße Nähe, beruhigte und erregte ihn zugleich. Er versuchte sich seine Lage klarzumachen. Er war ein Detektiv, der gegen eine Frau vorgehen sollte, die unter dem

Verdacht des Mordes stand, aber er hatte Angst, seine Aufgabe auszuführen. Er hatte den Haftbefehl in der Tasche, aber er war froh, daß er ihn nicht auszuführen brauchte. Die Fahrt erschien ihm viel zu kurz, und erst als der Zug durch die dünnen Nebelbänke fuhr, die London bedeckten, erwähnte er den Mord wieder, und auch dann kostete es ihn große Überwindung.

»Ich werde Sie in ein Hotel bringen, in dem Sie übernachten können«, sagte er, »und morgen begleite ich Sie dann nach Scotland Yard, wo Sie mit einem der höheren Beamten sprechen müssen.«

»Dann bin ich also nicht verhaftet?« fragte sie lächelnd.

»Nein, Sie sind nicht verhaftet«, sagte er lächelnd. »Aber ich fürchte, daß viele Fragen an Sie gestellt werden, die Ihnen sehr unangenehm sind. Miss Rider, Sie müssen doch verstehen, daß Sie sich durch Ihre Handlungsweise sehr verdächtig gemacht haben. Sie sind unter falschem Namen nach Frankreich abgereist. Und bedenken Sie, daß der Mord in Ihrer Wohnung begangen wurde.«

Sie zitterte.

»Bitte, sprechen Sie nicht mehr darüber«, bat sie leise.

Er fühlte, wie sie das quälte. Aber er wußte, daß sie sich auf ein Verhör vorbereiten mußte, das wenig Rücksicht auf ihre Gefühle nahm.

»Ich wünschte nur, Sie würden mir Ihr Vertrauen schenken. Ich bin fest davon überzeugt, daß ich Ihnen viel Unannehmlichkeiten ersparen und alle Verdachtsgründe gegen Sie entkräften könnte.«

»Mr. Lyne hat mich gehaßt. Ich glaube, ich habe ihn an seiner empfindlichsten Stelle getroffen, ich habe seine Eitelkeit aufs schwerste verletzt. Sie wissen doch selbst, daß er diesen Verbrecher zu meiner Wohnung schickte, um Beweismaterial gegen mich zu schaffen.«

Er nickte.

»Haben Sie Sam Stay früher schon gesehen?«

»Nein, ich habe nur von ihm gehört. Ich wußte, daß Mr. Lyne sich für einen Verbrecher interessierte und daß dieser ihn sehr verehrte. Einmal nahm ihn Mr. Lyne sogar ins Geschäft mit, um ihn dort anzustellen. Aber Sam Stay wollte nicht. Mr. Lyne hat mir auch einmal gesagt, daß dieser Mann alles, was in Menschenkräften stände, für ihn tun würde.«

»Stay ist der Überzeugung, daß Sie den Mord begangen haben«, sagte Tarling düster. »Lyne hat ihm anscheinend allerhand Geschichten von Ihrem Haß gegen ihn erzählt. Meiner Meinung nach ist er viel gefährlicher für Sie als die Polizei. Glücklicherweise hat dieser arme Kerl den Verstand verloren.«

Sie schaute ihn erstaunt an.

»Ist er verrückt?« fragte sie. »Hat dieses Unglück ihn so mitgenommen?«

Tarling nickte.

»Er wurde heute morgen in die Landesirrenanstalt eingeliefert. In meinem Büro hatte er einen Zusammenbruch, und als er dann später in einem Krankenhaus wieder zu sich kam, stellte man fest, daß er anscheinend den Verstand vollkommen verloren hat. Miss Rider, wollen Sie mir nicht Ihr Vertrauen schenken und mir alles erzählen?«

Sie schaute ihn wieder an und lächelte traurig.

»Ich fürchte, daß ich Ihnen nicht mehr mitteilen kann, als ich bisher tat. Wenn Sie in mich dringen, Ihnen zu sagen, warum ich mich als Miss Stevens ausgab oder warum ich London verließ, so kann ich Ihnen keine Antwort geben. Ich hatte einen guten Grund dafür – und ich hätte vielleicht noch mehr Grund, fortzulaufen . . .«

Er wartete vergeblich darauf, daß sie weitersprach und legte seine Hand auf die ihre.

»Als ich Ihnen von dem Mord erzählte«, sagte er ernst, »erkannte ich sofort an Ihrem Erstaunen und an Ihrer Aufregung, daß Sie unschuldig waren. Später war der Doktor in der Lage, Ihr Alibi zu beweisen, und dieser Beweis ist einwandfrei und unumstößlich. Aber Sie haben in Ihrem Erstaunen verschiedenes gesagt, das darauf schließen läßt, daß Sie den Täter kennen. Sie haben von einem Mann gesprochen, und ich möchte Sie dringend bitten, mir seinen Namen zu nennen.«

»Den kann ich Ihnen nie sagen.«

»Aber ist Ihnen denn nicht klar, daß man Sie der Mittäterschaft vor oder nach dem Verbrechen anklagen kann? Sehen Sie denn nicht ein, was das für Sie und Ihre Mutter bedeutet?«

Als er ihre Mutter erwähnte, schloß sie die Augen.

»Bitte, sprechen Sie nicht darüber«, flüsterte sie. »Tun Sie, was Sie tun müssen. Lassen Sie mich durch die Polizei verhaften oder mich vor Gericht stellen oder mich hängen – aber fragen Sie mich nicht weiter. Denn ich will und kann Ihnen nicht antworten!«

Tarling erkannte seine Machtlosigkeit und sprach nicht mehr.

Whiteside erwartete sie am Zug, und in seiner Begleitung befanden sich zwei Männer, denen man schon auf weite Entfernung ansah, daß es Polizisten von Scotland Yard waren. Tarling nahm ihn beiseite und erklärte ihm die Lage in ein paar Worten.

»Unter diesen Umständen werde ich die Verhaftung nicht vornehmen«, sagte er.

Whiteside war auch seiner Meinung.

»Es ist ja ganz unmöglich, daß sie den Mord begangen hat.«

»Ihr Alibi kann in keiner Weise widerlegt werden. Obendrein werden die Angaben des Arztes noch durch die Aussagen des Stationsvorstehers in Ashford bestätigt, der die genaue Zeit des Unfalles in seinem Diensttagebuch festgelegt hat und selbst dabei half, als das Mädchen aus dem Zug getragen wurde.«

»Warum hat sie sich denn aber Miss Stevens genannt?« fragte Whiteside, »und warum hat sie London so eilig verlassen?«

Tarling zuckte die Schultern.

»Das wollte ich auch gern herausbringen, aber ich hatte nicht den geringsten Erfolg, denn Miss Rider verweigerte jede Aussage hierüber. Ich werde sie jetzt zu einem Hotel bringen. Morgen soll sie dann nach Scotland Yard kommen, aber ich zweifle, daß der Chef irgendwelchen Einfluß auf sie haben wird und sie ihm gegenüber mehr aussagt.«

»War sie erstaunt, als Sie von dem Mord erzählten? Hat sie irgendwelche Namen im Zusammenhang damit genannt?« fragte Whiteside.

Tarling zögerte; dann log er, was selten vorkam.

»Nein. Sie war sehr aufgebracht, aber sie hat niemand erwähnt.«

Er brachte Odette in einem Taxi in ein ruhiges, kleines Hotel, und er war glücklich, wieder allein mit ihr in dem Wagen zu sein.

»Ich kann Ihnen nicht dankbar genug sein, Mr. Tarling, daß Sie so gütig zu mir sind«, sagte sie beim Abschied, »und wenn ich Ihnen Ihre Aufgabe irgendwie erleichtern könnte, würde ich es gerne tun.«

Er sah einen schmerzlichen Ausdruck in ihrem Gesicht.

»Ich kann es noch nicht fassen, es kommt mir alles wie ein böser Traum vor.« Sie sprach halb zu sich selbst. »Aber es ist auch nicht nötig, daß ich es verstehe. Ich möchte es vergessen, alles vergessen!«

»Was wollen Sie vergessen?«

»Ach, bitte, fragen Sie mich nicht!«

In düsteren Gedanken und Sorgen stieg er die Treppe wieder hinunter. Er hatte das Taxi vor der Tür warten lassen, aber zu seinem größten Erstaunen war der Wagen nicht mehr da. Er wandte sich an den Portier.

»Was ist denn aus meinem Auto geworden?«

»Ich bemerkte Ihren Wagen gar nicht, Sir. Aber ich werde mich danach erkundigen.«

Der Hausdiener, der vor der Tür gestanden hatte, erzählte eine ganz merkwürdige Geschichte. Ein unbekannter Herr sei plötzlich aus der Dunkelheit aufgetaucht und habe das Auto bezahlt, das daraufhin abfuhr. Er hatte aber das Gesicht des Herrn nicht sehen können. Der unbekannte, geheimnisvolle Wohltäter sei dann in der entgegengesetzten Richtung davongegangen und wieder im Dunkel verschwunden.

Tarling runzelte die Stirn.

»Das ist sehr sonderbar. Holen Sie mir ein anderes Auto.«

»Ich fürchte, das wird augenblicklich sehr schwierig sein.« Der Portier schüttelte den Kopf. »Sie sehen, wie dicht der Nebel ist – in unserer Gegend ist er immer am dichtesten –, es ist eigentlich sehr spät für dieses Jahr, sonst haben wir um diese Zeit keinen Nebel mehr –«

Tarling unterbrach ihn kurz in seinen Betrachtungen über das Wetter, knöpfte seinen Mantel bis unter das Kinn zu und machte sich auf den Weg zur nächsten Untergrundstation.

Das Hotel, zu dem er das junge Mädchen gebracht hatte, lag in einer ruhigen Wohngegend, und um diese Abendstunde waren die Straßen gänzlich verlassen. Das neblige Wetter lockte niemand ins Freie.

Tarling war noch nicht besonders gut mit dem Stadtplan Londons vertraut, aber er wußte ungefähr, in welcher Richtung er gehen mußte. Er konnte die Straßenbeleuchtung verschwommen erkennen, und er befand sich gerade in der Mitte zwischen zwei Laternen, als er leise Schritte hinter sich vernahm.

Das Geräusch war nur schwach, aber er drehte sich sofort um, als er es hörte. Instinktiv trat er zur Seite und hielt die Hände zur Abwehr vor.

Ein schwerer Gegenstand flog an seinem Kopf vorbei und schlug hart auf dem Gehsteig auf.

Tarling sprang sofort auf seinen Angreifer zu, der sich ihm durch schnelle Flucht zu entziehen suchte. Als er ihn faßte, erscholl eine betäubende Explosion, und seine Füße waren von glühendem Kordit bedeckt. Einen Augenblick ließ er seinen Gegner los, den er schon an der Kehle gepackt hatte.

Er fühlte mehr als er sah, daß der andere die Pistole wieder gegen ihn erhoben hatte und griff schnell zu einer Kriegslist, die er von den Japanern beim Jiu-Jitsu gelernt hatte. Er warf sich auf die Erde und rollte sich auf dem Boden, als der Revolver zum zweitenmal krachte. Er wollte seinem Gegner mit voller Wucht vor die Kniescheibe treten. Es war ein schlauer und gewandter Trick, aber der geheimnisvolle Fremde war zu schnell, und als Tarling wieder aufsprang, war er allein.

Aber er hatte das Gesicht des andern gesehen – ein großes weißes, von Rachedurst verzerrtes Gesicht. Es war nur einen Augenblick sichtbar gewesen, aber er kannte nun seinen Gegner. Er eilte in der Richtung weiter, in der der andere vermutlich verschwunden war. Doch der Nebel war zu dicht, und er verfehlte ihn. Plötzlich hörte er jemand die Straße entlangkommen, ging auf ihn zu und traf einen Polizisten, der durch die Schüsse herbeigelockt worden war.

Der Beamte hatte niemand gesehen.

»Dann muß er in der anderen Richtung geflohen sein«, sagte

Tarling und eilte so schnell er konnte dorthin, um den Attentäter zu verfolgen. Aber auch diesmal hatte er keinen Erfolg.

Langsam ging er zu der Stelle zurück, wo der Angriff auf ihn verübt worden war. Der Polizist hatte inzwischen das Pflaster mit seiner Taschenlampe nach irgendwelchen Anhaltspunkten über die Person des Attentäters abgesucht.

»Es ist nichts zu entdecken. Ich habe nur dieses kleine rote Papier gefunden.«

Tarling nahm es in die Hand und betrachtete es im Licht der Straßenlaterne. Es war ein viereckiger roter Zettel, auf den vier schwarze chinesische Schriftzeichen geschrieben waren: ›Er hat es sich selbst zuzuschreiben.‹

Es war dieselbe Inschrift, die auf dem Stückchen Papier stand, das Thornton Lyne in der Tasche hatte, als er an jenem Morgen tot und steif im Hydepark gefunden wurde.

14

Mr. Milburgh bewohnte ein nicht allzu großes Haus in einer der Fabrikstraßen von Camden Town. Die Straße wurde fast in ihrer ganzen Länge von glatten Mauern begrenzt, die von Zeit zu Zeit durch große eisenvergitterte Tore unterbrochen wurden, durch die man einen Ausblick auf Fabriken und verräucherte Fabrikschornsteine hatte.

Mr. Milburghs Haus war das einzige Wohnhaus hier, wenn man die kleinen Diensthäuser der Wachleute und Beamten nicht mitzählte. Allgemein nahm man an, daß Mr. Milburgh einen guten Hauswirt hatte, denn das Grundstück war sehr gepflegt.

Das Haus war weitläufig auf einem etwa einen Morgen großen Grundstück errichtet. Es war nur ein Stockwerk hoch, und da alle Räume nebeneinander angeordnet waren, hatte es fast den Umfang einer kleinen Fabrik. Die Firmen zur Rechten und Linken hatten schon große Geldsummen für das Grundstück geboten, aber der Besitzer hatte alle Anerbieten abgelehnt. Einige Leute nahmen auch an, daß Mr. Milburgh selbst der Hauswirt war. Aber wie sollte das möglich sein? Sein Jahresgehalt betrug kaum neunhundert Pfund Sterling, und das Grundstück, auf dem das Haus stand, war mindestens sechstausend Pfund wert.

Das Gebäude stand etwas von der Straße zurück. Davor lag ein großer Rasenplatz, es war jedoch kein Blumenbeet zu sehen. Der Rasen selbst wurde durch hohe, schöne, eiserne Gitter eingefaßt, die Mr. Milburghs Hauswirt unter großen Kosten hatte errichten lassen. Um den Eingang des Hauses zu erreichen, mußte man durch ein großes eisernes Tor gehen und einen verhältnismäßig langen, mit glatten Steinen belegten Weg zurücklegen.

An dem Abend, an dem Mr. Tarling fast das Opfer dieses mörderischen Anschlages geworden war, kam Mr. Milburgh nach Hause zurück, schloß das große eiserne Tor auf, trat ein und verschloß es wieder mit großer Sorgfalt. Er war allein und pfiff wie gewöhnlich eine kleine traurige Melodie vor sich hin, die weder Anfang noch Ende zu haben schien. Er schritt langsam den Weg entlang, öffnete die Haustür, zögerte noch einen Augenblick und schaute noch einmal in den dichten Nebel zurück, bevor er hineinging, die Tür von innen sorgfältig verriegelte und das elektrische Licht andrehte.

Er stand nun in einem kleinen, einfach, aber sehr geschmackvoll möblierten Vorraum. An der Wand hingen verschiedene Radierungen von Zorn. Mr. Milburgh betrachtete sie wohlgefällig, dann hängte er Hut und Mantel an den Garderobenständer, zog die Gummischuhe aus, die er wegen des feuchten Wetters getragen hatte, und trat ins Wohnzimmer. Auch hier herrschte in der Einrichtung und Ausstattung dieselbe vornehme Einfachheit wie in der Halle. Die Möbel waren von schlichter Form, aber aus bestem Material hergestellt. Ein prachtvoller weicher Teppich bedeckte den Boden. Milburgh drehte einen anderen Schalter an, und der elektrische Ofen im Kamin glühte auf. Dann setzte er sich an den großen Tisch, der von allen Möbeln am meisten in die Augen fiel, denn er war ganz mit kleinen Stößen von Papieren und Akten bedeckt. Sie waren sorgfältig in Abteilungen gelegt, und die einzelnen Pakete waren mit Gummibändern zusammengehalten. Aber er machte keine Anstalten, sie zu lesen oder durchzusehen, er schaute nur nachdenklich auf das rostrote Löschpapier.

Plötzlich erhob er sich mit einem kleinen Seufzer, ging quer durch den Raum, schloß einen altertümlichen Schrank auf und nahm ein Dutzend kleine Bücher heraus, die er auf den Tisch legte. Sie waren alle von gleicher Größe, und jedes trug eine Jahreszahl. Es waren Tagebücher, aber nicht seine eigenen. Als er eines Tages zufällig in Thornton Lynes Büro gekommen war, hatte er diese Bücher in Lynes privatem Geldschrank entdeckt. Von dem Büro des Chefs aus konnte man alle Räume der Firma übersehen, so daß er Thornton Lyne kommen sehen mußte und unmöglich von ihm überrascht werden konnte. Milburgh hatte damals kurz entschlossen einen der Bände herausgenommen und gelesen.

Damals hatte er allerdings nur ein paar Seiten durchgesehen, aber später fand er Gelegenheit, einen ganzen Band von Anfang bis zu Ende zu lesen. Er hatte vieles daraus erfahren, was ihm sehr nützlich war und noch viel nützlicher gewesen wäre, wenn Thornton Lyne nicht eines so plötzlichen Todes gestorben wäre.

An dem Tag, als die Leiche im Hydepark gefunden wurde, hatte Mr. Milburgh, der einen Nachschlüssel zu Lynes Geldschrank besaß, diese Tagebücher in seine Wohnung geschafft. Sie enthielten sehr viel, was nicht gerade schmeichelhaft für Mr. Milburgh war, besonders das Tagebuch des letzten Jahres. Denn Thornton Lyne hatte nicht nur Erlebnisse und tägliche Ereignisse aufgezeichnet, sondern auch seine Gedanken, seine poetischen Entwürfe und anderes niedergeschrieben. Aus allem ging hervor, daß er seinen Geschäftsführer verdächtigte.

Die Lektüre dieser Tagebücher war für Mr. Milburgh natürlich äußerst interessant. Er schlug die Stelle nach, an der er am vorigen Abend aufgehört hatte zu lesen. Er konnte sie leicht finden, denn er hatte zwischen die Seiten einen Briefumschlag mit roten dünnen Papieren gelegt. Plötzlich schien er an etwas zu denken und fühlte sorgfältig in seine Taschen. Aber er schien das nicht zu finden, was er suchte, und legte mit einem Lächeln den Umschlag mit den chinesischen Papieren sorgsam auf den Tisch. Dann nahm er das Buch auf und las weiter.

»Im Hotel London zu Mittag gegessen, am Nachmittag etwas geschlafen. Wetter furchtbar heiß. Hatte einen entfernten Vetter

– Tarling – zu besuchen, der zu der Polizeitruppe in Schanghai gehört, aber zu umständlich. Die Abendstunden in Chu Hans Tanzpavillon zugebracht. Dort kleine, hübsche, liebenswürdige Chinesin kennengelernt, die auch englisch sprach. Habe mich für morgen mit ihr zu Ling Fus Teehaus verabredet. Sie heißt hier ›die kleine Narzisse‹, und ich nannte sie ›Meine liebe, kleine, gelbe Narzisse‹ –«

Mr. Milburgh hielt bei seiner Lektüre inne.

»Kleine gelbe Narzisse?« wiederholte er für sich, dann schaute er auf die Decke und spitzte die Lippen. »Kleine gelbe Narzisse!« sagte er noch einmal, und ein breites Lächeln ging über sein Gesicht.

Er war noch mit seiner Lektüre beschäftigt, als es unerwartet läutete. Er sprang auf und horchte. Es schellte noch einmal. Schnell drehte er die Lichter aus, schob vorsichtig den dicken Vorhang beiseite, der das Fenster bedeckte, und spähte in den Nebel hinaus. In dem Licht der Straßenlaterne konnte er mehrere Leute unterscheiden, die vor der Tür standen. Behutsam ließ er den Vorhang wieder fallen, drehte das Licht an, nahm die Bücher auf und verschwand mit ihnen auf dem Gang. Der Raum, der nach hinten hinaus lag, war sein Schlafzimmer. Dorthin zog er sich zurück und kümmerte sich fünf Minuten lang nicht um das dauernde Klingeln.

Dann erschien er wieder auf der Bildfläche. Er hatte einen Schlafanzug angezogen, und darüber trug er einen schweren Schlafrock. Er schloß die Tür auf und ging in seinen Filzpantoffeln den Weg bis zu dem großen eisernen Tor.

»Wer ist dort?« fragte er.

»Tarling – Sie kennen mich doch!«

»Mr. Tarling?« fragte Milburgh ganz erstaunt. »Aber das ist ja ein unerwartetes Vergnügen! Treten Sie doch bitte näher, meine Herren.«

»Öffnen Sie das Tor«, sagte der Detektiv kurz.

»Entschuldigen Sie mich bitte, ich muß erst den Schlüssel holen, ich habe nicht erwartet, um diese Stunde noch Besuch zu bekommen.«

Er ging in das Haus zurück, sah sich noch einmal überall um

83

und erschien dann wieder mit dem Schlüssel. Er hatte ihn zwar schon vorhin in der Tasche gehabt, aber er war ein vorsichtiger Mann und wollte sich erst noch vergewissern, ob er nichts vergessen hätte.

Tarling war von Inspektor Whiteside und einem anderen Herrn begleitet, in dem Milburgh richtig einen Detektiv vermutete. Aber nur Tarling und der Polizeiinspektor nahmen die Einladung an, näher zu treten. Der dritte blieb draußen vor dem Tor.

Milburgh führte sie in sein gemütliches Wohnzimmer.

»Ich hatte mich schon vor einigen Stunden gelegt, und es tut mir leid, daß ich Sie so lange habe warten lassen.«

»Ihr elektrischer Ofen ist aber noch ganz heiß«, bemerkte Tarling ruhig, der sich zu dem kleinen Gestell hinuntergebeugt hatte.

Milburgh lachte.

»Sie entdecken aber auch gleich alles«, sagte er bewundernd.

»Ich war so schläfrig, als ich zu Bett ging, daß ich vergaß, ihn abzustellen. Als ich eben herunterkam, sah ich es und drehte ihn ab.«

Wieder bückte sich Tarling und nahm einen glühenden Zigarrenstummel von dem Aschenbecher vor dem Kamin auf.

»Sie rauchen also auch beim Schlafen?« fragte er trocken.

»O nein«, entgegnete Milburgh leichthin, »ich rauchte gerade, als ich die Treppe herunterging, um Sie hereinzulassen. Ganz in Gedanken habe ich die Zigarre angezündet und in den Mund gesteckt. Das mache ich jeden Morgen beim Aufwachen – es ist eine schlechte Angewohnheit. Ich habe sie eben hingelegt, als ich die Heizung abdrehte.«

Tarling lächelte.

»Wollen Sie nicht Platz nehmen?« fragte Milburgh, der sich selbst in einen Stuhl niederließ. Er zeigte bedeutungsvoll auf die Papiere, die auf seinem Tisch lagen. »Sie sehen, wir haben jetzt sehr viel im Geschäft zu tun, seitdem der arme Mr. Lyne eines so plötzlichen Todes gestorben ist. Ich muß mir sogar Arbeit mit nach Hause nehmen, und ich kann Sie versichern, daß ich manche Nacht bis zum Morgengrauen arbeite, nur um die Rechnungen für die Bücherrevisoren fertigzustellen.«

»Arbeiten Sie denn immer?« fragte Tarling harmlos. »Gehen Sie nicht manchmal nachts im Nebel spazieren, um sich zu erfrischen?«

»Spazierengehen, Mr. Tarling?« fragte er ganz erstaunt. »Ich verstehe Sie nicht ganz. Selbstverständlich würde ich in einer Nacht wie dieser nicht ausgehen. Es ist ein unglaublich dichter Nebel, den wir heute haben!«

»Kennen Sie Paddington überhaupt?«

»Nein, ich weiß nur, daß dort eine Eisenbahnstation ist, von der ich manchmal abfahre. Aber bitte, sagen Sie mir, warum Sie zu mir gekommen sind!«

»Ich bin heute abend von einem Mann angegriffen worden, der zweimal ganz aus der Nähe auf mich feuerte. Der Mann hatte dieselbe Größe und Gestalt wie Sie. Ich habe ein amtliches Schreiben in der Tasche« – Mr. Milburgh kniff die Augenlider zusammen –, »ich habe den Auftrag, Ihr Haus zu durchsuchen.«

»Wonach?« fragte Milburgh kühl.

»Nach einem Revolver oder einer automatischen Pistole. Vielleicht kann ich bei dieser Gelegenheit auch noch etwas anderes finden.«

Milburgh erhob sich.

»Sie können das ganze Haus von einem Ende zum andern durchsuchen. Sie werden bald damit fertig sein, denn es ist nur klein. Mein Gehalt erlaubt mir keine teure Wohnung.«

»Wohnen Sie allein hier?« fragte Tarling.

»Ja. Nur morgens um acht Uhr kommt eine Aufwartefrau, die mir das Frühstück macht und die Zimmer reinigt. Sie schläft aber nicht hier. – Ich fühle mich aber durch diesen Durchsuchungsbefehl aufs schwerste verletzt.«

»Wir werden Sie noch mehr verletzen müssen«, erwiderte Tarling trocken und begann mit einer genauen Durchsuchung der Räume.

Er hatte aber wenig Erfolg, denn er konnte keine Waffe entdecken. Auch gelang es ihm nicht, eins der kleinen roten Papiere zu finden, die er sicher im Besitz Milburghs glaubte. Denn er war viel begieriger, den Mörder Thornton Lynes zu fangen, als den Mann, der ihm heute aufgelauert hatte.

85

Er ging zu dem kleinen Wohnzimmer zurück, in dem er Milburgh mit dem Inspektor zurückgelassen hatte. Anscheinend machte er sich nicht viel aus dem Mißerfolg.

»Mr. Milburgh«, sagte er schroff, »haben Sie jemals ein solches Papier gesehen?«

Er nahm den kleinen roten Zettel aus der Tasche und legte ihn auf die Tischplatte. Milburgh betrachtete ihn genau und nickte.

»Sie kennen solche Papiere?« fragte Tarling überrascht.

»Jawohl, Mr. Tarling! Ich würde lügen, wenn ich es in Abrede stellte, und ich hasse nichts mehr, als andere Leute zu hintergehen.«

»Daran zweifle ich nicht«, meinte Tarling ironisch.

»Es tut mir leid, daß Sie meinen Worten keinen Glauben schenken«, sagte Milburgh vorwurfsvoll, »aber ich kann Ihnen nur noch einmal versichern, daß ich es hasse, die Unwahrheit zu sagen.«

»Wo haben Sie solche Papiere schon gesehen?«

»Auf dem Schreibtisch von Mr. Lyne.«

Tarling war über diese Antwort ziemlich erstaunt.

»Der verstorbene Mr. Lyne brachte von seiner Weltreise viele Kuriositäten aus dem Osten mit. Darunter befand sich auch eine Anzahl solcher Zettel mit chinesischen Schriftzeichen. Ich verstehe chinesisch nicht und hatte auch niemals Gelegenheit, nach China zu kommen. Für mich unterscheiden sie sich gar nicht voneinander.«

»Sie haben diese Papiere auf Lynes Schreibtisch gesehen? Warum haben Sie denn das nicht der Polizei gesagt? Sie wissen doch, daß Scotland Yard großen Wert auf die Tatsache legte, daß man ein solches Blatt in der Tasche des Toten fand?«

»Es stimmt, daß ich es der Polizei gegenüber nicht erwähnte. Aber Sie müssen begreifen, Mr. Tarling, daß ich durch das traurige Ereignis so verwirrt war, daß ich an nichts anderes dachte. Es wäre auch möglich gewesen, daß Sie mehrere dieser merkwürdigen Zettel hier in meinem Hause gefunden hätten.« Bei diesen Worten lachte er dem Detektiv ins Gesicht. »Mr. Lyne machte sich ein Vergnügen daraus, Kuriositäten, die er aus dem Osten mitbrachte, an seine Freunde zu verteilen. Er schenkte mir auch das Schwert, das Sie dort an der Wand hängen sehen. Wahrscheinlich hat er mir auch mehrere solcher roten Zettel geschenkt. Er erzählte mir auch eine Geschichte darüber, aber ich kann mich im Augenblick nicht mehr darauf besinnen.«

Er hätte sich noch mehr in alte Erinnerungen an seinen verstorbenen Chef verloren, doch Tarling verabschiedete sich kurz. Milburgh begleitete ihn bis zu dem großen Tor und schloß es hinter den Leuten. Dann ging er zum Wohnzimmer zurück und lächelte vergnügt vor sich hin.

»Es ist ganz sicher, und ich bin fest davon überzeugt, daß Milburgh das Attentat auf mich verübte. Es ist so gewiß, wie ich hier stehe«, sagte Tarling.

»Haben Sie denn irgendeine Ahnung, warum er Ihnen das Lebenslicht ausblasen wollte?« fragte Whiteside.

»Nicht im mindesten. Aber offensichtlich war der Mann, der den Angriff auf mich machte, die ganze Zeit hinter mir her und hat mich beobachtet, wie ich mit Miss Rider durch die Straßen Londons fuhr. Als ich in das Hotel ging, hat er sein eigenes Auto entlassen und hat meinen Fahrer bezahlt. Ein Chauffeur ist immer zufrieden, wenn er nicht zu warten braucht und wenn er sein Fahrgeld bekommen hat. Später ist er dann hinter mir hergegangen, bis ich an einer einsamen Stelle der Straße war. Dort hat er zuerst etwas nach mir geworfen, dann hat er auf mich geschossen.«

»Ich verstehe nur nicht, warum er das alles getan hat«, sagte Whiteside wieder. »Angenommen, Milburgh wußte etwas von diesem Mord – das ist aber immer noch sehr zweifelhaft –, welchen Vorteil hätte er, Sie aus dem Wege zu räumen?«

»Wenn ich diese Frage beantworten könnte, dann könnte ich Ihnen auch sagen, wer Thornton Lyne ermordet hat.«

15

Die letzten Nebelschwaden waren verschwunden, als Tarling am nächsten Morgen aus dem Fenster seines Schlafzimmers schaute. Die Straßen waren voll von hellem Sonnenschein durchflutet, und eine warme schöne Frühlingsluft stimmte die geduldigen Londoner nach den dichten Winternebeln froh und heiter.

Tarling reckte sich und gähnte. Er freute sich seines Lebens. Dann kleidete er sich an und frühstückte. Ling Chu bediente ihn dabei.

Der Chinese stand in seinem blauseidenen Gewand hinter dem Stuhl seines Herrn, goß Tee ein und legte eine Zeitung auf die eine Seite des Tisches, die Briefe auf die andere. Tarling hatte schweigend gegessen.

»Ling Chu«, sagte er jetzt, »ich werde meinen Namen als Jäger der Menschen verlieren, denn dieser Fall gibt mir größere Rätsel auf als irgendein anderer.«

»Herr«, erwiderte der Chinese, »in allen diesen Fällen kommt ein Augenblick, in dem man fühlt, daß man eine Pause machen und sich auf sich selbst besinnen muß. Ich selbst hatte dieses Gefühl, als ich hinter Wu Fung her war, dem Würger von Hankau. Und doch habe ich ihn eines Tages gefunden, und er schläft jetzt in den Gefilden der Nacht«, setzte er mit philosophischer Ruhe hinzu.

Er benützte den schönen symbolischen Ausdruck, mit dem die Chinesen den Tod bezeichnen.

»Gestern habe ich die kleine junge Frau gefunden«, sagte Tarling nach einer Pause. Er meinte Odette Rider.

»Du magst die kleine junge Frau gefunden haben, aber damit hast du noch nicht den Mörder gefunden«, erwiderte Ling Chu, der an der Seite des Tisches stand und seine Hände respektvoll in den weiten Ärmeln verbarg. »Denn die kleine Frau hat den Mann mit dem weißen Gesicht nicht umgebracht.«

»Woher weißt du denn das?«

»Die kleine junge Frau hat nicht genug Kraft, Herr, auch hat sie nicht genügend Verstand, um einen schnellen Wagen zu fahren.«

»Meinst du damit ein Auto?« fragte Tarling schnell, und Ling Chu nickte.

»Daran habe ich noch gar nicht gedacht. Natürlich, der Mörder Thronton Lynes muß ja auch das Auto zum Hydepark gefahren haben. Aber woher weißt du denn, daß sie das nicht kann?«

»Ich habe mich danach erkundigt«, sagte der Chinese einfach. »Viele Leute in dem großen Geschäft kennen die kleine junge Frau, und sie haben mir alle gesagt, daß sie es nicht kann.«

Tarling dachte eine Weile nach.

»Ja, das stimmt, die kleine junge Frau hat den Mann mit dem weißen Gesicht nicht getötet, denn sie war viele Meilen weit entfernt, als der Mord geschah. Es bleibt aber immer noch die Frage offen, wer es getan hat.«

»Das wird der Jäger der Menschen noch entdecken«, sagte Ling Chu zuversichtlich.

»Wir wollen sehen«, meinte Tarling.

Er kleidete sich an und ging nach Scotland Yard, wo er sich mit Whiteside verabredet hatte. Später wollte er Odette Rider in die Polizeidirektion begleiten. Als Tarling in das Büro trat, besah sich Whiteside gerade einen Gegenstand, der auf einem Stück Papier vor ihm lag und matt glänzte. Es war eine kurze automatische Pistole.

»Hallo!« rief Tarling interessiert. »Ist das die Waffe, mit der Thornton Lyne ermordet wurde?«

»Ja, wir haben sie in dem Nähkorb von Miss Rider gefunden«, erwiderte Whiteside.

»Die Pistole kommt mir so bekannt vor«, sagte Tarling und nahm die Waffe in die Hand. »Ist sie noch geladen?«

»Nein, ich habe alle Patronen und auch das Magazin entfernt.«

»Sie haben wahrscheinlich die Beschreibung der Pistole und ihre Fabriknummer schon allen Waffenschmieden bekanntgegeben?«

Whiteside nickte.

»Es wird zwar nicht viel nützen, denn es ist eine amerikanische Pistole, und wenn sie nicht in England gekauft worden ist, haben wir wenig Aussicht, den Besitzer festzustellen.«

Tarling betrachtete die Waffe von allen Seiten.

Als er den Handgriff der Pistole näher untersuchte, stieß er plötzlich einen Ausruf aus. Whiteside war auch aufmerksam geworden und entdeckte zwei tiefe Rillen, die quer über den Griff liefen.

»Was ist denn das?« fragte er.

»Es sieht so aus, als ob vor Jahren zwei Geschosse auf den Besitzer dieser Waffe abgefeuert worden wären, die aber nicht ihn, sondern nur den Pistolengriff trafen.«

Whiteside mußte lachen.

»Woher wollen Sie denn das wissen, Mr. Tarling?« fragte er. »Sind das Schlußfolgerungen?«

»Nein, das ist eine Tatsache. Die Pistole gehört nämlich mir!«

16

»Das ist Ihre Waffe?« fragte Whiteside ungläubig. »Mein lieber Freund, sind Sie nicht ganz bei Sinnen? Wie kann denn das Ihre Pistole sein?«

»Es ist trotzdem meine Pistole«, entgegnete Tarling ruhig. »Ich habe sie gleich erkannt, als ich sie auf dem Schreibtisch liegen sah, aber ich dachte, ich würde mich irren. Diese Kugelspuren beweisen, daß ein Irrtum ausgeschlossen ist. Diese Pistole war mein treuester Freund, ich habe sie sechs Jahre in China mit mir herumgetragen.«

Whiteside war fast atemlos.

»Das würde also bedeuten, daß Thornton Lyne mit Ihrer Pistole ermordet wurde?«

Tarling nickte.

»Es ist erstaunlich, aber es ist zweifellos meine Waffe, und es ist auch dieselbe, die in der Wohnung von Miss Rider gefunden wurde. Ich zweifle auch nicht im mindesten daran, daß der tödliche Schuß aus dieser Pistole abgegeben wurde.«

Ein langes Schweigen trat ein.

»Nun, das wirft meine ganzen Theorien über den Haufen«, erklärte Whiteside und legte die Waffe wieder auf den Tisch.

»Wir stoßen auf immer neue Geheimnisse bei der Bearbeitung dieses Falles. Das ist die zweite unglaubliche Geschichte, die mir heute vorgekommen ist.«

»Die zweite?« fragte Tarling.

Er fragte es ganz gleichgültig, denn seine Gedanken waren noch immer mit dieser Entdeckung beschäftigt, die der ganzen Sache ein anderes Ansehen gab und für ihn recht unangenehm war. Thornton Lyne war mit seiner Pistole ermordet worden!

»Jawohl, die zweite Überraschung«, bestätigte Whiteside.

Mit Gewalt riß sich Tarling von seinen Grübeleien los.

»Können Sie sich hierauf noch besinnen?« fragte Whiteside. Er öffnete einen Geldschrank und nahm ein großes Kuvert heraus, aus dem er ein Telegramm hervorzog.

»Ja, das ist das Telegramm, in dem Odette Rider Lyne gebeten haben soll, in ihre Wohnung zu kommen. Es wurde unter den Papieren des Toten gefunden, als man das Haus durchsuchte.«

»Um es ganz genau zu sagen«, verbesserte Whiteside, »es wurde von Lynes Hausmeister, einem gewissen Cole, gefunden. Der Mann scheint ganz ehrlich zu sein, und es kann nicht der mindeste Verdacht auf ihn fallen. Ich hatte ihn heute morgen hierherbestellt, um ihn noch genauer auszufragen, ob er etwas Näheres darüber wüßte, wo Lyne an dem Abend hingegangen sein könnte. Er wartet im Nebenraum. Ich werde ihn rufen lassen.«

Er klingelte und gab dem uniformierten Polizisten, der hereinkam, einen Auftrag.

Gleich darauf wurde die Tür geöffnet, und der Beamte führte einen gutaussehenden Mann in mittlerem Alter herein, dem man seinen Beruf schon von weitem ansah.

»Berichten Sie Mr. Tarling auch, was Sie mir erzählt haben«, sagte Whiteside.

»Meinen Sie das Telegramm?« fragte Cole. »Ja, ich fürchte, ich habe einen Fehler gemacht, aber ich war durch die schrecklichen Ereignisse so verwirrt und hatte dadurch ein wenig den Kopf verloren.«

»Was ist denn mit dem Telegramm?« fragte Tarling.

»Ich brachte dieses Telegramm einen Tag nach dem Mord zu

91

Mr. Whiteside. Aber ich habe dabei eine falsche Aussage gemacht. Das ist mir früher nie passiert, aber ich sage Ihnen, die polizeilichen Verhöre haben mich verwirrt.«

»Worauf bezog sich denn Ihre falche Angabe?« fragte Tarling schnell.

»Sehen Sie, Sir«, sagte der Hausmeister und drehte nervös seinen Hut in den Händen, »ich habe damals ausgesagt, daß Mr. Lyne es geöffnet hätte. Aber in Wirklichkeit wurde es erst eine Viertelstunde nach der Abfahrt von Mr. Lyne abgegeben. Ich habe es dann nämlich selbst geöffnet, als ich von dem Mord hörte. Ich dachte aber, ich würde in Unannehmlichkeiten kommen, weil ich mich um Sachen kümmerte, die mich nichts angingen, und so habe ich Mr. Whiteside erzählt, daß Mr. Lyne es selbst aufgemacht habe.«

»Also hat er das Telegramm gar nicht mehr erhalten?« fragte Tarling.

»Nein, Sir.«

Die beiden Detektive sahen sich erstaunt an.

»Was halten Sie davon, Whiteside?«

»Ich wäre glücklich, wenn ich das erklären könnte. Das Telegramm war doch der schwerste Beweis gegen Miss Odette Rider. Diese neue Entdeckung entlastet sie sehr.«

»Aber auf der anderen Seite haben wir jetzt keine Erklärung mehr, warum Lyne an dem Abend in die Wohnung von Miss Rider ging. Sind Sie auch sicher, Cole, daß Mr. Lyne das Telegramm nicht erhalten hat?«

»Durchaus, Sir«, entgegnete Cole. »Ich habe es selbst in Empfang genommen. Als Mr. Lyne fortgefahren war, ging ich zur Haustür, um ein wenig frische Luft zu schöpfen, und stand gerade auf der Treppe, als der Bote es brachte. Wenn Sie genau auf dem Formular nachsehen, werden Sie finden, daß es um neun Uhr zwanzig aufgenommen wurde. Zu dieser Zeit lief es in unserem Postamt ein. Die Postanstalt liegt ungefähr zwei Meilen von uns entfernt, und so war es doch ganz ausgeschlossen, daß es noch in unserer Wohnung ankommen konnte, solange Mr. Lyne zu Hause war. Ich bin auch sehr verwundert, daß Sie diese Tatsache bisher übersehen haben.«

»Da haben Sie recht«, gab Tarling lächelnd zu. »Ich danke Ihnen, Cole. Ihre Aussagen genügen vollkommen.«

Als der Mann gegangen war, setzte er sich Whiteside gegenüber und steckte die Hände in die Taschen.

»Ich kenne mich jetzt überhaupt nicht mehr aus«, sagte er dann. »Ich werde einmal die Situation skizzieren, Whiteside. Der Fall wird jetzt so kompliziert, daß ich schon die einfachsten Dinge vergesse. Am Abend des 14. wurde Thornton Lyne von einer oder mehreren bis jetzt unbekannten Personen ermordet, wahrscheinlich in der Wohnung von Odette Rider, seiner früheren Kassiererin. Eine große Blutlache wurde auf dem Teppich gefunden, die Pistole wurde in der Wohnung entdeckt, auch das Geschoß. Niemand hat gesehen, wie Mr. Lyne in das Haus kam oder wie er es wieder verließ. Am nächsten Morgen wurde er im Hydepark ohne Rock und Weste aufgefunden. Das seidene Nachthemd einer Dame war um seine Brust geschlungen, und zwei Taschentücher von Odette Rider lagen auf der Wunde, auf seiner Brust fand man einen Strauß gelber Narzissen, und in seinem Wagen lagen Rock, Weste und Stiefel. Und dieser Wagen stand etwa hundert Meter von dem Fundort der Leiche entfernt. Habe ich alles richtig gesagt?«

Whiteside nickte. »Sie haben alles sehr gut behalten.«

»Bei der Untersuchung des Schlafzimmers, in dem das Verbrechen begangen wurde, wird ein blutiger Daumenabdruck auf der weißen Kommodenschublade gefunden. Ein kleiner Koffer liegt halb gepackt auf dem Bett. Es wird festgestellt, daß er Odette Rider gehört. Später findet sich dann auch die Pistole in dem Nähkorb der jungen Dame, verborgen unter allerhand Stoffen. Die Pistole wird als mein Eigentum erkannt. Zuerst häufen sich die Verdachtsgründe derart, daß man annehmen muß, Miss Rider sei die Mörderin. Die Beschuldigung läßt sich aber nicht aufrechterhalten, denn erstens lag sie bewußtlos in einem Hospital in Ashford, als der Mord begangen wurde, ferner wurde ein Telegramm von Lynes Hausmeister gefunden, das angeblich von ihr aufgegeben sein soll und in dem sie Lyne aufforderte, in ihre Wohnung zu kommen. Dieses Telegramm wurde aber dem Ermordeten nicht persönlich überreicht.«

Tarling erhob sich.

»Kommen Sie mit, wir wollen zu Cresswell gehen. Diese Sache macht mich noch vollständig verrückt.«

Der hohe Beamte hörte sich die Geschichte, die ihm die beiden vortrugen, ruhig an. Man merkte nicht im mindesten, daß er irgendwie erstaunt war.

»Es hat fast den Anschein, als ob dieser Mord in der Kriminalgeschichte noch berühmt werden wird. Natürlich kann man gegen Miss Rider nicht weiter vorgehen, und es war sehr klug von Ihnen, daß Sie die Verhaftung nicht vornahmen. Trotzdem muß sie aber unter Beobachtung bleiben, da sie offensichtlich den Mörder kennt oder ihn zu kennen glaubt. Sie muß Tag und Nacht bewacht werden – früher oder später werden wir dann den Mann herausfinden, den sie im Verdacht hat.

Es ist besser, daß Whiteside sich das nächstemal mit ihr unterhält«, wandte er sich an Tarling. »Vielleicht kann er mehr aus ihr herausholen. Ich glaube zwar nicht, daß es großen Zweck hat, sie ins Polizeipräsidium zu bringen. Nebenbei, Tarling, alle Rechnungsbücher des Geschäftshauses Lyne sind der bekannten Firma Dashwood & Solomon in St. Mary Axe übergeben worden, damit sie dort geprüft werden. Wenn Sie den Verdacht haben, daß Angestellte die Firma benachteiligt haben und daß diese Diebstähle mit dem Mord etwas zu tun haben sollten, wird Ihnen das Resultat der Untersuchung jedenfalls nützlich sein.«

Tarling nickte.

»Wie lange wird die Prüfung dauern?« fragte er.

»Die Bücherrevisoren haben eine Woche dafür angesetzt. Die Bücher sind heute morgen zu der Firma hingebracht worden. Das erinnert mich übrigens an Ihren Freund, Mr. Milburgh. Er hat der Polizei bereitwilligst alle Auskünfte gegeben, so daß sie sich ein klares Bild von der finanziellen Lage des Geschäfts machen kann.«

Cresswell lehnte sich in seinen Sessel zurück und sah Tarling an.

»Es war also Ihre Waffe, mit der der Mord begangen wurde?« sagte er mit einem kleinen Lächeln. »Das scheint für Sie recht unangenehm zu sein.«

94

»Ich weiß auch nicht, was ich daraus machen soll«, erwiderte Tarling lachend. »Ich gehe jetzt heim und stelle sofort Nachforschungen an, wie meine Pistole dorthinkommen kann. Ich kann mich noch genau darauf besinnen, daß ich sie vor vierzehn Tagen herausnahm und zu einem Waffenschmied schickte, der sie ölen sollte.«

»Wo verwahren Sie gewöhnlich die Pistole?«

»In einer Kommode bei all den anderen Andenken an Schanghai. Niemand außer Ling Chu hat Zutritt zu meinem Zimmer, und der Chinese ist immer in der Wohnung, wenn ich ausgehe.«

»Sprechen Sie von Ihrem chinesischen Diener?«

»Er ist nicht gerade mein Diener«, sagte Tarling lächelnd. »Er ist einer der besten eingeborenen Detektive und hat schon viele Verbrecher gefangen und überführt. Er ist absolut zuverlässig, und ich kann ihm unter allen Umständen trauen.«

»Mr. Lyne ist also mit Ihrer Pistole ermordet worden?« fragte Cresswell wieder. Es trat eine kleine Pause ein.

»Vermutlich fällt Lynes ganzes Vermögen an die Krone«, fuhr Cresswell fort. »Soviel ich weiß, hinterläßt er keine Verwandten oder Erben.«

»Das stimmt nicht«, sagte Tarling ruhig.

Cresswell sah ihn erstaunt an.

»Hat er doch einen Erben?«

»Er hat einen Vetter«, entgegnete Tarling lächelnd, »der leider nahe genug mit ihm verwandt ist, um sich als Erbe der Lyneschen Millionen legitimieren zu können.«

»Warum leider?« fragte Cresswell.

»Weil ich dieser Erbe bin«, antwortete Tarling.

17

Tarling verließ die Polizeidirektion und ging an dem sonnenbeschienenen Themseufer entlang. Er war aufgeregt und sagte sich selbst, daß die Aufklärung dieses Falles über seine Kräfte hinausginge. Der hohe Polizeibeamte hatte ihn merkwürdig angesehen, als er erfuhr, daß der alleinige Erbe des großen Vermögens der Detektiv war, der diesen Mord aufklären wollte. Obendrein hatte man seinen Revolver in dem Zimmer gefunden, in dem der Mord begangen wurde.

Er mußte über dieses Zusammentreffen lächeln. Nun war einmal die Reihe an ihm, ungerechterweise in Verdacht zu kommen, und er mußte plötzlich daran denken, wie viele Menschen er wohl schon während seiner Laufbahn fälschlich verdächtigt hatte.

Er stieg die Treppe zu seiner Wohnung hinauf und fand Ling Chu damit beschäftigt, Silber zu putzen. Ling Chu war eigentlich ein Diebsfänger und in seiner Art ein großer Detektiv, er hatte aber nebenbei auch die Aufgabe übernommen, sich um das persönliche Wohlbefinden Tarlings zu kümmern. Tarling sprach kein Wort, sondern ging geradenwegs in sein Zimmer und öffnete eine Kommode. In einer besonderen Schublade lagen seine weißen Tropenanzüge, tadellos sauber und peinlich geglättet. Sein Tropenhelm hing an einem Haken und daneben seine lederne Revolvertasche. Er nahm sie herunter und sah, daß die Tasche leer war. Er hatte es auch gar nicht anders erwartet.

»Ling Chu«, sagte er ruhig.

»Ich höre dich, Lieh Jen«, sagte der Chinese und legte Löffel und Putzzeug beiseite.

»Wo ist mein Revolver?«

»Er ist fort, Lieh Jen.«

»Seit wann ist er fort?«

»Seit vier Tagen«, sagte Ling Chu gelassen.

»Wer hat ihn fortgenommen?«

»Ich vermisse ihn seit vier Tagen.«

Eine Pause trat ein, dann nickte Tarling langsam.

»Es ist gut, Ling Chu. Wir wollen nicht mehr darüber sprechen.«

Trotz seiner äußeren Ruhe war er sehr bestürzt.

War es möglich, daß jemand in der Abwesenheit Ling Chus in den Raum gekommen war? Sie waren doch nur einmal zusammen ausgegangen, an jenem Abend, als er zum erstenmal Odette Rider besuchte und Ling Chu hinter ihm herging.

Ling Chu selbst –?

Er verwarf diesen Gedanken sofort als vollständig sinnlos und

96

absurd. Welches Interesse sollte denn Ling Chu an dem Tod Lynes haben, den er nur einmal gesehen hatte, als Thornton Lyne ihn zu sich gerufen hatte.

Es war ein unmöglicher Verdacht, aber trotzdem kam er nicht davon los. Schließlich schickte er Ling Chu mit einer gleichgültigen Nachricht nach Scotland Yard. Er war entschlossen, selbst dieser unwahrscheinlichen Theorie nachzugehen und sie soweit als möglich zu prüfen.

Tarlings Wohnung bestand aus vier Zimmern und einer Küche. Sein Schlafzimmer stand in Verbindung mit dem Eß- und Wohnzimmer. Außerdem war noch ein Raum vorhanden, in dem er seine Kisten und Koffer aufbewahrte. Hier hatte er auch seinen Revolver verwahrt. Das vierte Zimmer bewohnte Ling Chu.

Tarling wartete, bis der Chinese das Haus verlassen hatte, dann stand er auf und begann seine Nachforschungen.

Ling Chus Zimmer war nicht groß, aber peinlich und gewissenhaft saubergehalten. Außer einem Bett, einem Tisch, einem Stuhl und einem einfachen schwarz angestrichenen Kasten unter dem Bett befanden sich keine Möbel in dem Raum. Den gescheuerten Fußboden bedeckte eine schöne chinesische Matte. Der einzige Schmuck des Zimmers bestand in einer kleinen roten Vase, die auf dem Kamin stand.

Tarling ging zu der äußeren Wohnungstür und schloß sie ab, bevor er seine Nachforschungen fortführte. Wenn überhaupt etwas zu finden war, was das Geheimnis des gestohlenen Revolvers aufklären konnte, so mußte er es in der schwarzen Kiste entdecken.

Sie war gut verschlossen, und es dauerte zehn Minuten, bis er einen Schlüssel fand, der zu den beiden Schlössern paßte.

Der Kasten enthielt nicht viel. Ling Chu hatte keine große Garderobe, seine Kleider nahmen kaum die Hälfte des Platzes ein. Tarling hob äußerst vorsichtig die Anzüge, die seidenen Tücher, die Schuhe und alle die vielen kleinen Toilettengegenstände heraus, die der Chinese brauchte. Er kam bald zu der unteren Abteilung, wo er zwei unverschlossene Lackkästen fand.

Der erste enthielt Nähmaterial, der zweite ein kleines Bündel, das sauber in chinesisches Papier eingepackt und mit einem Band zugeschnürt war. Tarling löste den Knoten, öffnete das Päckchen und sah zu seinem Erstaunen eine Menge von Zeitungsausschnitten vor sich. Hauptsächlich waren es Ausschnitte aus chinesischen Blättern, aber einige stammten auch aus einer englischen Zeitung, die in Schanghai erschien.

Er dachte zuerst, daß es Berichte über Fälle seien, an denen Ling Chu beteiligt war. Und obwohl er sich darüber wunderte, daß ein Chinese sich die Mühe machte, diese Andenken zu sammeln, besonders die Zeitungsausschnitte in englischer Sprache, dachte er doch nicht daran, daß diese Papiere irgendeine Bedeutung haben könnten. Aber er wollte irgendeinen Anhaltspunkt finden, er wußte selbst nicht welchen, der ihm eine ausreichende Erklärung für das Verschwinden seiner Pistole geben könnte.

Er sah zuerst oberflächlich die englischen Ausschnitte durch, aber plötzlich wurde sein Interesse wach.

›Gestern abend gab es einen Aufruhr in Ho Hans Teehaus. Ein englischer Besucher brachte dem Tanzmädchen, der kleinen Narzisse, wie sie von den Fremden genannt wird, anscheinend ein zu großes Interesse entgegen.‹

Die kleine Narzisse! Tarling ließ den Zeitungsausschnitt sinken und suchte sich an die Einzelheiten zu erinnern. Er kannte Schanghai und seine geheimnisvolle Unterwelt gut, und auch Ho Hans Teehaus war ihm vertraut, das in Wirklichkeit eine Opiumhöhle war. Kurz vor seiner Abreise hatte er das herausgefunden, und das Lokal war geschlossen worden. Er konnte sich noch gut auf das hübsche Tanzmädchen besinnen. Er hatte sich niemals näher mit ihr befaßt, denn wenn er dieses Lokal aufsuchen mußte, hatte er gewöhnlich wichtigere Dinge zu erledigen, als sich um das hübsche kleine Tanzmädchen zu kümmern.

An alles erinnerte er sich plötzlich wieder. Im englischen Klub hatte er gehört, wie sich die Herren über die Vorzüge, Grazie und Schönheit dieser kleinen Chinesin unterhielten. Als sie zum erstenmal auftrat, erregten ihre Tänze großes Aufsehen unter den jungen Engländern.

Der nächste Ausschnitt war auch der englischen Zeitung entnommen.

›Ein trauriger Vorfall ereignete sich heute morgen. Ein junges chinesisches Mädchen, O Ling, die Schwester des Polizeiinspektors Ling Chu, wurde sterbend in dem Hinterhof von Ho Hans Teehaus aufgefunden. Das Mädchen war dort als Tänzerin angestellt, sehr gegen den Willen ihres Bruders. Sie war die indirekte Veranlassung zu einem recht unangenehmen Auftritt, über den wir vorige Woche berichtet haben. Man nimmt an, daß diese tragische Tat einer der Selbstmorde war, um das Gesicht zu retten, wie sie unter den eingeborenen Frauen in diesem Lande leider sehr häufig vorkommen.‹

Tarling pfiff vor sich hin.

Die kleine Narzisse! Sie war also die Schwester Ling Chus gewesen! Er kannte die Chinesen ein wenig, kannte ihre unendliche Geduld und ihren Haß, der niemals vergibt. Der ermordete Thornton Lyne hatte nicht nur die Tänzerin tödlich beleidigt, sondern auch ihre ganze Familie! In China beleidigt man nicht nur den einzelnen, sondern eine Gesamtheit. Und dieses Mädchen hatte in dem Bewußtsein der Schande, die auf ihren Bruder fiel, den einzigen Ausweg gewählt, der ihr als Chinesin übrigblieb.

Aber welcher Art mochte die Kränkung gewesen sein? Tarling suchte in den chinesischen Zeitungsausschnitten und fand auch verschiedene Erzählungen in blumenreicher Sprache. Alle stimmten darin überein, daß ein Engländer, ein Tourist, diesem Mädchen öffentlich den Hof gemacht habe. Das war allerdings vom Standpunkt eines Europäers aus keine große Beleidigung. Ein Chinese war dazwischengetreten, dann hatte es einen allgemeinen Aufruhr gegeben.

Tarling las alle Zeitungsausschnitte von Anfang bis Ende durch, legte sie dann wieder sorgsam in den Umschlag zurück und steckte diesen in den Lackkasten. Er packte alles wieder so vorsichtig wie möglich ein, legte es genauso hin, wie er es herausgenommen hatte, verschloß den schwarzen Kasten und stellte ihn unter das Bett. Er versuchte sich ein Bild der ganzen Vorgänge zu machen. Ling Chu hatte Thornton Lyne gesehen und ihm Rache geschworen. Tarlings Revolver zu entwenden war eine leichte Sache. Aber warum hatte er die Waffe am Tatort zurückgelassen, wenn er Lyne ermordete? Das sah Ling Chu nicht ähnlich, so konnte nur ein Laie handeln.

Und wie mochte es ihm gelungen sein, Thornton Lyne in die Wohnung zu locken? Wie konnte er wissen – plötzlich kam Tarling ein Gedanke.

Noch kurz vor dem Mord hatte Ling Chu mit ihm über die Unterredung in dem Privatbüro Lynes gesprochen. Er hatte damals die Situation klar erkannt. Ling Chu wußte, daß Thornton Lyne in Odette verliebt war und sie haben wollte. Es wäre nicht weiter verwunderlich gewesen, wenn er die Kenntnisse zu seinem eigenen Vorteil ausgenutzt hätte.

Aber das Telegramm, das Lyne in die Wohnung bringen sollte, war englisch abgefaßt, und Ling Chu verstand doch diese Sprache kaum. Hier kam Tarling wieder auf den toten Punkt. Obwohl er diesem Chinesen sein eigenes Leben anvertrauen konnte, war er sich vollkommen darüber klar, daß er ihm nicht alles offenbarte, was er wußte. Es war leicht möglich, daß Ling Chu die englische Sprache genausogut beherrschte wie seine Muttersprache und die andern hauptsächlichen Dialekte von China.

»Ich gebe es auf«, sagte Tarling verzweifelt zu sich selbst.

Er war unentschlossen, ob er auf die Rückkehr seines Assistenten warten und ihm das Verbrechen auf den Kopf zusagen oder ob er die Sache einige Tage ruhig gehen lassen und erst Odette Rider besuchen sollte. Er entschied sich für das letztere, hinterließ eine kurze Notiz für Ling Chu und war eine Viertelstunde später schon in dem kleinen Hotel angekommen.

Odette Rider wartete auf ihn. Sie sah blaß und müde aus, als ob sie in der vergangenen Nacht wenig geschlafen hätte, aber sie grüßte ihn mit dem freundlichen Lächeln, das er an ihr kannte.

»Ich kann Ihnen die angenehme Nachricht bringen, daß Sie nicht nach Scotland Yard gehen müssen und Ihnen das Verhör dort erspart bleibt«, sagte er lachend. Er las in ihren Augen, wie sehr sie sich über diese Mitteilung freute.

»Sind Sie heute morgen spazierengegangen?« fragte er in aller Unschuld. Aber über diese Frage mußte sie lachen.

»Sie wissen doch ganz genau, daß ich nicht ausgegangen bin, ebenso wissen Sie, daß drei Detektive von Scotland Yard das

Hotel bewachen. Die Leute würden mir doch unweigerlich auf dem Fuß folgen, wenn ich das Hotel verließe und einen Spaziergang machte.«

»Woher haben Sie denn das erfahren?« fragte er, ohne die Tatsache zu leugnen.

»Weil ich ausgegangen bin«, sagte sie naiv und lachte wieder. »Sie sind wirklich nicht so schlau, wie ich annahm. Ich erwartete eben, als ich Ihnen sagte, ich sei nicht ausgegangen, daß Sie mir genau erzählten, wohin ich gegangen sei und was ich eingekauft hätte.«

»Wenn Sie es unbedingt wissen wollen – Sie haben grüne Seide, sechs Taschentücher und eine Zahnbürste gekauft«, erwiderte Tarling prompt.

»Ich hätte Sie also doch besser kennen sollen«, sagte sie, »Sie haben diese Spione aufgestellt?«

»Wie man es nimmt«, antwortete er vergnügt. »Ich habe nur eben mit dem Empfangschef unten in der Halle gesprochen, der hat mir allerhand erzählt. Ist er Ihnen etwa bei Ihren Einkäufen gefolgt?«

»Nein, ich habe niemanden gesehen«, gestand sie ihm ein, »obgleich ich mich sehr sorgsam umgesehen habe. Sagen Sie mir aber jetzt bitte, was Sie mit mir anfangen wollen?«

Statt jeder Antwort nahm Tarling einen flachen, länglichen Kasten aus der Tasche. Sie schaute ihm verwundert zu, als er den Deckel öffnete, und sah eine Porzellanschale, die mit einer dünnen Schicht schwarzer Farbe bedeckt war, und zwei weiße Karten. Seine Hand zitterte, als er sie auf den Tisch legte, und sie verstand plötzlich die Bedeutung.

»Wollen Sie meine Fingerabdrücke nehmen?«

»Es tut mir leid, daß ich Sie darum bitten muß – aber –«

»Zeigen Sie mir nur, wie ich es machen muß«, unterbrach sie ihn, und er gab ihr die Anleitung.

Er fühlte sich nicht ganz wohl dabei – er kam sich wie ein Verräter vor. Vielleicht hatte sie seine Gedanken erkannt, denn sie lachte, als sie ihre schmutzigen Finger wieder reinigte.

»Pflicht ist Pflicht«, sagte sie etwas spöttisch. »Aber sagen Sie mir bitte, wollen Sie mich die ganze Zeit beobachten lassen?«

»Nur noch eine kleine Weile«, erwiderte Tarling ernst. »So lange, bis wir die Informationen haben, die wir brauchen.«

Er ließ den Kasten wieder in seine Tasche gleiten.

»Wollen Sie uns denn wirklich nicht Aufschluß geben? Meiner Meinung nach begehen Sie einen großen Fehler. Aber schließlich bin ich ja nicht von Ihren Angaben abhängig. Ich werde wahrscheinlich alles herausbringen, ohne daß Sie nur ein Wort sagen. Es hängt nur davon ab –«

»Wovon?« fragte sie neugierig, als er zögerte.

»Von dem, was andere mir erzählen.«

»Andere? Welche anderen meinen Sie denn?«

Sie sah ihm gerade ins Gesicht.

»Es war einmal ein berühmter Politiker, der den Ausspruch prägte: ›Warte ab und sieh zu‹«, entgegnete Tarling. »Ich möchte Sie bitten, diesem Rat zu folgen. Nun will ich Ihnen etwas sagen, Miss Rider«, fuhr er fort. »Morgen werde ich die Beobachter entfernen, aber ich ersuche Sie dringend, noch eine Weile hier im Hotel zu bleiben. Es ist ganz klar, daß Sie nicht in Ihre Wohnung zurückkehren können.«

Odette zitterte. »Sprechen Sie bitte nicht darüber«, bat sie leise. »Aber ist es denn notwendig, daß ich hierbleibe?«

»Ich wüßte auch noch eine andere Lösung«, sagte er langsam und sah sie scharf an. »Sie können auch zu Ihrer Mutter nach Hertford gehen.«

Sie blickte schnell auf. »Das ist ganz unmöglich.«

Er schwieg einen Augenblick.

»Warum schenken Sie mir Ihr Vertrauen nicht, Miss Rider? Ich würde es nicht mißbrauchen. Warum erzählen Sie mir denn nichts von Ihrem Vater?«

»Von meinem Vater?« Sie schaute ihn verwirrt an.

Er nickte.

»Aber ich habe doch keinen Vater mehr.«

»Haben Sie –« Es wurde ihm schwer, die Worte zu finden, und er vermutete, daß sie wußte, was er fragen wollte. »Haben Sie einen Verehrer?«

»Wie meinen Sie das?« fragte sie. Er merkte an dem Ton ihrer Stimme, daß sie unwillig war.

»Ich meine damit, wie Sie zu Mr. Milburgh stehen, was bedeutet er Ihnen?«

Sie sah ihn verwirrt und bestürzt an.

»Nichts!« sagte sie heiser. »Nichts! Nichts!«

18

Tarling ging auf seinem Heimweg langsam die breite Edgware Road entlang. Er hielt den Kopf gesenkt und die Schultern vornübergeneigt. Er wollte nicht daran denken, daß er unter diesen Umständen selbst verdächtigt wurde. Er war ein verhältnismäßig unbekannter Detektiv, der vor einiger Zeit aus Schanghai gekommen war. Seine Verwandtschaft mit Thornton Lyne und die Tatsache, daß er sein einziger Erbe war, hatten ihn verdächtig gemacht. Obendrein war sein eigener Revolver am Tatort gefunden worden. Die höheren Beamten würden ihren Verdacht sicherlich nicht deshalb fallen lassen, weil er mit der Bearbeitung des Falles betraut war.

Er wußte nur zu gut, daß die ganze große Maschinerie von Scotland Yard in Bewegung gesetzt war und nun mit aller Energie daran arbeitete, ihn in diese Tragödie hineinzuziehen. Obwohl man wenig davon merkte, war er sich doch vollständig darüber klar. Aber er lächelte nur und ging mit einem Achselzucken darüber hinweg.

Der stärkste Verdacht fiel auf Odette Rider. Daß Thornton Lyne sie wirklich geliebt hatte, bildete Tarling sich nicht einen Augenblick ein. Lyne war keiner wahren Liebe fähig, sein Reichtum hatte es ihm leichtgemacht, und nur wenige Frauen hatten seinen Wünschen widerstanden. Odette Rider war eine Ausnahme gewesen. Tarling allein hatte die Szene geahnt, die sich zwischen Lyne und Odette an jenem Tag ereignete, als er seinen Besuch in der Firma machte. Aber es mußte auch schon mancher andere Auftritt vorausgegangen sein, der peinlich für das Mädchen und beschämend für den Toten war.

Immerhin war er froh über die Gewißheit, daß Odette nicht als Täterin in Frage kam. Er hatte sich seit einiger Zeit schon angewöhnt, sie in Gedanken nur noch Odette zu nennen, eine Entdeckung, über die er unter anderen Umständen gelächelt hätte. Er konnte sie vollständig ausschalten, denn es war unmöglich, daß sie an zwei Stellen zugleich sein konnte. Als Thornton Lyne im Hydepark aufgefunden wurde, lag sie bewußtlos in einem Hospital in Ashford, fünfzig Meilen vom Tatort entfernt.

Aber was sollte er von Milburgh, diesem kriechenden und glatten Menschen denken? Tarling erinnerte sich an die Tatsache, daß der verstorbene Lyne ihm die Aufgabe gestellt hatte, sich über Milburghs Lebensweise zu erkundigen. Milburgh stand unter dem dringenden Verdacht, die Firma um große Summen betrogen zu haben. Wenn Milburgh nun den Mord begangen hätte? Wäre es nicht möglich gewesen, daß er seinen Chef erschossen hatte, um seine Unterschlagungen zu verbergen? Aber das war ein Trugschluß. Denn Lynes Tod mußte ja die Untersuchung und Entdeckung seiner Veruntreuungen nur noch beschleunigen. Es lag doch auf der Hand, daß beim Tod des Geschäftsinhabers alle Bücher revidiert werden mußten und daß dann alles herauskam. Milburgh wußte das doch auch genau.

Aber auf der anderen Seite kam es häufig vor, daß Verbrecher die törichtsten und unsinnigsten Handlungen begingen. Sie überlegten sich oft kaum die Konsequenzen ihrer Taten, und ein Mann wie Milburgh war in seiner Verzweiflung vielleicht nicht imstande gewesen, alle Möglichkeiten zu übersehen, die ein solches Verbrechen heraufbeschwören konnte.

Als Tarling am Ende der Edgware Road angekommen war, wurde er plötzlich angerufen. Er wandte sich um und sah, daß ein Auto dicht an den Gehsteig fuhr. Inspektor Whiteside sprang heraus.

»Ich wollte gerade zu Ihnen fahren, um Sie zu sprechen. Ist Ihre Unterredung mit der jungen Dame jetzt beendet? Ich will nur noch den Chauffeur bezahlen. In der Direktion habe ich auch Ihren Chinesen gesehen. Vermutlich haben Sie ihn nur fortgeschickt, um ihn einige Zeit los zu sein? – Ich weiß, worüber Sie sich Gedanken machen«, fuhr Whiteside fort, »aber glauben Sie mir, der Chef hält die ganze Sache nur für ein merkwürdiges Zusammentreffen. Haben Sie Nachforschungen nach Ihrem Revolver angestellt?«

Tarling nickte.

»Haben Sie feststellen können, wie er in den Besitz des –«, er machte eine Pause, »Mörders von Thornton Lyne kam?«

»Ich habe eine Vermutung, aber sie ist noch nicht recht begründet.«

Ohne weiteres erzählte Tarling ihm von der Entdeckung, die er in Ling Chus Kiste gemacht hatte, von den Zeitungsausschnitten, die über Mr. Lynes Auftreten in Schanghai und die tragischen Folgen berichteten.

Whiteside hörte schweigend zu.

»Sicherlich steckt etwas dahinter«, sagte er schließlich, als Tarling seinen Bericht beendet hatte. »Ich habe schon verschiedenes von Ihrem Ling Chu gehört, er ist ein ganz tüchtiger Polizist.«

»Der beste Chinese, den ich je im Dienst gesehen habe«, entgegnete Tarling. »Aber ich kann nicht behaupten, daß ich seine Gedanken verstehe. Wir wollen uns einmal die Tatsache vergegenwärtigen. Der Revolver befand sich in meiner Kommode, und der einzige, der ihn nehmen konnte, war Ling Chu. Dazu kommt die zweite und viel wichtigere Tatsache, daß Ling Chu allen Grund hatte, Thornton Lyne zu hassen, der wenigstens indirekt für den Tod seiner Schwester verantwortlich war. Ich habe mir alles überlegt und kann mich jetzt darauf besinnen, daß Ling Chu ungewöhnlich schweigsam war, nachdem er Lyne gesehen hatte. Er erzählte mir auch, daß er in Lynes Warenhaus ging und dort Erkundigungen einzog. Wir sprachen nämlich über die Möglichkeit, daß Miss Rider den Mord begangen haben könnte, und Ling Chu erwähnte, daß sie nicht imstande sei, ein Automobil zu fahren. Als ich ihn fragte, woher er das wüßte, erzählte er, daß er in der Firma selbst Nachforschungen angestellt hätte. Ich wußte vorher nichts davon. Hinzu kommt noch eine andere merkwürdige Tatsache«, fuhr Tarling fort. »Ich hatte immer den Eindruck, daß Ling Chu nicht englisch sprechen könne, höchstens ein paar Worte Pidgin-Englisch, wie es die Chinesen dort unten in den Häfen sprechen, ein merkwürdiges Kauderwelsch.

Aber, er hat seine Nachforschungen in Lynes Warenhaus unter den Angestellten gemacht. Und man kann eine Million gegen eins wetten, daß er dort keine Verkäuferin gefunden hat, die kantonesisch spricht!«

»Ich werde ihn durch zwei Leute überwachen lassen«, meinte Whiteside, aber Tarling schüttelte den Kopf.

»Das würde eine unnötige Verschwendung von Kraft und Zeit sein, denn Ling Chu versteht es besser, solche Leute in die Irre zu führen, als irgendein Europäer. Er ist ein besserer Spürhund als irgend jemand, den wir in Scotland Yard haben, und er hat eine ganz besondere Begabung dafür, zu verschwinden oder sich unsichtbar zu machen, wenn Sie ihn beobachten. Überlassen Sie Ling Chu nur mir. Ich weiß mit ihm umzugehen«, fügte er grimmig hinzu.

»Die kleine Narzisse«, sagte Whiteside nachdenklich. »Das war doch der Name der kleinen Chinesin? Sollte das nicht mehr als nur ein bloßer Zufall sein? Was denken Sie darüber, Tarling?«

»Es kann sein und kann auch nicht sein«, sagte Tarling vorsichtig. »Es gibt im Chinesischen kein besonderes Wort für diese Blume. Und ich weiß nicht, ob die gelbe Narzisse in China heimisch ist. Aber China ist ja ein großes Land, und es wäre immerhin möglich. Es könnte tatsächlich mehr als eine bloße Zufälligkeit sein, daß der Mann, der das Mädchen so schwer beleidigte, ermordet wurde, während ihr Bruder in London ist.«

Während sie sprachen, überschritten sie die breite Fahrstraße und gingen in den Hydepark. Auf Tarling übte der Park merkwürdigerweise dieselbe Anziehungskraft aus wie auf Mr. Milburgh.

»Warum wollten Sie mich eigentlich sehen?« fragte er plötzlich, als er sich daran erinnerte, daß Whiteside auf dem Weg zum Hotel war, als sie sich trafen.

»Ich möchte Ihnen den letzten Bericht über Milburgh geben.«

Also wieder Milburgh! Alle Gespräche, alle Gedanken, alle Anzeichen führten zu diesem geheimnisvollen Mann. Was Whiteside erzählen konnte, war jedoch nicht besonders aufregend.

Man hatte Milburgh Tag und Nacht beobachtet, und der Bericht über ihn war sehr prosaisch.

Aber es ist eine Erfahrungstatsache, daß man aus unscheinbaren Anlässen manchmal weittragende Schlußfolgerungen ziehen kann.

»Ich weiß nicht, was Milburgh von dem Ausgang der Bücherrevision erwartet«, sagte Whiteside, »offensichtlich ist er sehr daran interessiert oder erwartet, daß er dadurch verdächtigt werden könnte.«

»Wie kommen Sie darauf?« fragte Tarling.

»Er kaufte große Geschäftsbücher.«

Tarling lachte.

»Das ist doch wohl keine strafwürdige Handlung«, meinte er. »Was waren es denn für Geschäftsbücher?«

»Es waren diese ganz großen, schweren Hauptbücher, wie sie nur in den allergrößten Geschäften gebraucht werden. Sie sind so schwer, daß ein Mann sie gerade noch tragen kann. Er hat merkwürdigerweise drei solche Folianten in der City Road gekauft und sie dann in einem Mietauto in seine Privatwohnung gebracht. Ich vermute nun«, sagte Whiteside ernst, »daß dieser Mann kein gewöhnlicher Verbrecher ist, wenn man ihm überhaupt ein Verbrechen nachweisen kann. Es ist möglich, daß er zu Hause doppelte Bücher führt.«

»Das ist nicht sehr wahrscheinlich«, unterbrach ihn Tarling. »Ich sage das, obwohl ich vor Ihrem Scharfsinn die größte Hochachtung habe. Es gehört mehr als Menschenkraft dazu, all die vielen Einzelheiten solch eines Riesengeschäftes im Kopf zu behalten. Es ist eher anzunehmen, daß er die Absicht hat, zu einer anderen Firma zu gehen oder ein eigenes Geschäft anzufangen. Immerhin ist es kein Verbrechen, ein dickes Geschäftsbuch oder drei solche Bände zu besitzen. Wann hat er sie denn gekauft?«

»Gestern morgen in aller Frühe, bevor die Firma Lyne geöffnet wurde – haben Sie irgendwelche Neuigkeiten durch das Gespräch mit Miss Rider erfahren?«

Tarling zuckte die Schultern. Er fühlte eine heftige Abneigung, mit diesem Mann über Odette zu sprechen. Aber er wurde sich im Augenblick bewußt, wie unverzeihlich und töricht es von ihm war, sich von der Schönheit dieses Mädchens irgendwie beeinflussen zu lassen.

»Ich bin davon überzeugt, daß sie von dem Mord selbst nichts weiß, wen sie auch immer verdächtigen mag«, sagte er kurz.

»Sie verdächtigt also jemand?«

Tarling nickte.

»Wen?«

Wieder zögerte Tarling.

»Ich vermute, daß es Milburgh ist.«

Er zog einen schmalen Kasten aus seiner Tasche und entnahm ihm die beiden Kartons mit den Fingerabdrücken von Odette Rider. Es kostete ihn große Willensanstrengung, dies zu tun.

»Hier sind die Fingerabdrücke, die Sie haben wollten.«

Whiteside nahm die Karten in die Hand und betrachtete sie genau. Tarling war sehr erregt, denn Inspektor Whiteside war die größte Autorität für Fingerabdrücke im Polizeipräsidium.

Die Untersuchung dauerte lange.

Tarling erinnerte sich noch viele Jahre später an die verschiedenen Einzelheiten, an den sonnenbeschienenen Weg, die vielen müßigen Spaziergänger, die Wagen, die den Weg heraufkamen, an die aufrechte Gestalt Whitesides, der die beiden Karten in der Hand hielt und sie unablässig betrachtete.

»Das ist sehr interessant«, begann Whiteside. »Sie sehen, daß die beiden Abdrücke der Daumen fast gleich sind – das ist eine außerordentliche Seltenheit.«

»Nun, und?« fragte Tarling ungeduldig, fast böse.

»Sehr interessant«, wiederholte Whiteside. »Aber keiner dieser beiden Abdrücke stimmt mit denen auf der Kommodenschublade überein.«

»Gott sei Dank!« rief Tarling erleichtert. »Gott sei Dank!«

19

Die Geschäftsräume der Firma Dashwood & Solomon lagen in einem kleinen Gebäude mitten in der City. Sie hatte den besten Ruf, und die angesehensten Firmen Englands zählten zu ihren Kunden. Die beiden Inhaber waren in den Adel erhoben worden. Tarling wurde von Sir Felix Solomon in dessen Privatbüro empfangen.

Es war ein großer, stattlicher Mann in reifen Jahren. Seine Umgangsformen waren ein wenig schroff, aber er hatte einen gutmütigen Charakter. Er schaute über seine Brille, als der Detektiv eintrat.

»Sie kommen von Scotland Yard«, sagte er, während er die Karte noch einmal las. »Ich habe aber nur fünf Minuten Zeit für Sie, Mr. Tarling. Sie wollen mich wahrscheinlich wegen der Revision der Lyneschen Bücher sprechen?«

Tarling nickte.

»Wir konnten noch nicht damit beginnen, aber wir hoffen, die Sache morgen in Angriff nehmen zu können. Wir haben sehr viel zu tun, und wir müssen mehr Leute einstellen, um die Arbeiten durchzuführen, die die Regierung uns überwiesen hat. – Nebenbei bemerkt, Sie wissen wohl, daß die Firma Lyne nicht zu unseren Kunden gehört, sondern daß sie ihre Revisionen durch die Firma Purbrake & Store ausführen ließ? Aber wir haben den Auftrag auf die Bitte Mr. Purbrakes hin übernommen, dem viel daran liegt, daß eine unparteiische Prüfung vorgenommen wird. Es wird nämlich vermutet, daß einer der Angestellten der Firma Unterschlagungen gemacht hat. Hierzu kommt noch der tragische Tod Mr. Lynes, und so erscheint es doppelt notwendig, daß eine neutrale Firma die Revision durchführt.«

»Das kann ich gut verstehen«, erwiderte Tarling. »Die Behörde weiß die Schwierigkeiten, die Sie haben, wohl zu würdigen. Aber ich bin hierhergekommen, um mir persönlich eine Information zu verschaffen, da ich in doppelter Weise an dem Fall interessiert bin –«

Sir Felix schaute ihn scharf an.

»Mr. Tarling?« wiederholte er. »Aber natürlich! Nur meine ich, in diesem Falle müßten Sie eigentlich einen Brief oder ein Schreiben der Behörde vorzeigen?«

»Das stimmt. Aber mein Interesse an dem Vermögen der Firma ist in diesem Augenblick mehr oder weniger unpersönlich. Der Geschäftsführer der Firma ist ein gewisser Milburgh.«

Sir Felix nickte.

»Ja, er war sehr liebenswürdig und hat uns alle möglichen Aufschlüsse gegeben. Und sollten die Gerüchte, daß Milburgh die Firma bestohlen haben soll, irgendwie auf Wahrheit beruhen, dann hat er uns offenbar die größte Hilfe geleistet, sich selbst zu überführen.«

»Haben Sie alle Geschäftsbücher hier?«

»Ja, alle«, erwiderte Sir Felix mit Nachdruck. »Die letzten drei wurden heute morgen von Mr. Milburgh selbst hierhergebracht. Dort liegen sie.« Er zeigte auf ein großes Paket, das in braunes Papier eingepackt war und auf einem kleinen Tisch lag. Es war mit Bindfaden umschnürt und obendrein noch von einem starken, roten Band umgeben, das versiegelt war.

Sir Felix beugte sich ein wenig nach vorn und klingelte. Gleich darauf trat ein Angestellter ein.

»Bringen Sie diese Geschäftsbücher zu den anderen.«

Der Mann schwankte beinahe unter dem Gewicht der schweren Last, als er das Zimmer wieder verließ.

»Wir bewahren alle Bücher und Rechnungsbelege der Firma Lyne in einem besonderen Raum auf«, erklärte Sir Felix. »Sie sind alle versiegelt worden, und diese Siegel werden in Gegenwart Mr. Milburghs als einer interessierten Partei und einem Vertreter der Staatsanwaltschaft erbrochen.«

»Wann wird das geschehen?«

»Morgen nachmittag oder vielleicht schon morgen früh. Wir werden Scotland Yard die genaue Zeit noch bekanntgeben, da wir annehmen, daß auch diese Behörde ein Interesse daran hat und einen Vertreter schicken wird.«

Er erhob sich unvermittelt und verabschiedete sich von dem Detektiv.

Tarling war also schon wieder auf einen anderen toten Punkt

gekommen, als er in St. Mary Axe einen Autobus nach Westen bestieg. Immer wieder geriet er bei seinen Untersuchungen in eine Sackgasse. Erst hatte er Odette Rider in einem falschen Verdacht gehabt, nun war es ebenso möglich, daß Milburgh an diesem Mord unschuldig war.

Trotzdem hatte er ein Gefühl der Befriedigung, daß die Geschäftsbücher der Firma Lyne so schnell einer Revision unterzogen wurden. Diese Prüfung konnte doch vielleicht zu der Entdeckung des Mörders führen und auf jeden Fall neue Tatsachen beibringen, die den Verdacht entkräfteten, in dem Odette Rider immer noch stand.

Er war zu der Firma Dashwood & Solomon gegangen, um sich einmal persönlich zu orientieren. Nachdem er über diese Sache beruhigt war, kehrte er in seine Wohnung zurück, um den Fall Ling Chu zu klären, der jetzt am meisten in dem Verdacht stand, die Tat begangen zu haben.

Er hatte nur die Wahrheit gesagt, als er Inspektor Whiteside erklärte, er wisse mit Ling Chu umzugehen. Einen chinesischen Verbrecher – er war jetzt so weit, zu glauben, daß auch Ling Chu, sein treuer Assistent, zu diesen zählte – kann man nicht nach europäischer Weise behandeln. Und er, der als ›Jäger der Menschen‹ in ganz Südchina bekannt war, stand in dem Ruf, Geständnisse durch Methoden zu erpressen, die kein Gesetzbuch sanktionierte.

Er trat in seine Wohnung, schloß die Tür hinter sich ab und steckte den Schlüssel in die Tasche. Er wußte, daß Ling Chu zu Hause war, denn er hatte ihm Anweisung gegeben, auf seine Rückkehr zu warten.

Der Chinese kam in den Vorraum, nahm ihm Mantel und Hut ab und folgte ihm ins Wohnzimmer.

»Schließ die Tür, Ling Chu«, sagte Tarling auf chinesisch. »Ich habe dir etwas zu sagen.«

Diese letzten Worte hatte er englisch gesprochen, und der Chinese schaute ihn überrascht an. Tarling hatte ihn noch nie in dieser Sprache angeredet, und er wußte sofort, was das zu bedeuten hatte.

Tarling setzte sich an den Tisch.

»Ling Chu, du hast mir noch nie gesagt, daß du englisch sprechen kannst.« Er ließ seinen Diener nicht aus den Augen.

»Der Herr hat mich ja auch nicht danach gefragt«, erwiderte der Chinese ruhig. Zu Tarlings größter Überraschung war sein Englisch ohne fremden Akzent und vollkommen richtig.

»Das ist nicht wahr«, sagte Tarling streng. »Als du mir erzähltest, daß du von dem Mord gehört hattest, sagte ich, daß du kein Englisch verständest, und du hast mir nicht widersprochen.«

»Es ist auch nicht gut für einen Diener, seinem Herrn zu widersprechen«, entgegnete Ling Chu kühl. »Ich habe sehr gut Englisch gelernt, ich war Schüler der Jesuitenschule in Hankau. Es ist aber nicht gut für einen Chinesen, in China englisch zu sprechen, es ist auch nicht gut, daß andere wissen, daß er es versteht. Aber der Herr muß gewußt haben, daß ich englisch spreche und auch lese, denn warum sollte ich sonst die Zeitungsausschnitte in dem Kasten aufheben, die der Herr heute morgen gesucht hat?«

Tarlings Augenlider zogen sich zusammen.

»Du weißt also, daß ich deinen Kasten geöffnet habe?«

Der Chinese lächelte. Das war etwas Ungewöhnliches, denn solange Tarling sich besinnen konnte, hatte Ling Chu niemals gelächelt.

»Die Zeitungsausschnitte lagen in einer gewissen Ordnung – einer in dieser Richtung und der nächste in der anderen Richtung. Als ich sie nach meiner Rückkehr von Scotland Yard betrachtete, lagen sie ganz anders. Sie konnten sich nicht selbst in Unordnung bringen, Herr, und außer dir konnte niemand meine Kiste öffnen.«

Es entstand eine lange Pause, die peinlich genug für Tarling war, denn durch seine Nachlässigkeit hatte Ling Chu die Durchsuchung seines Eigentums entdeckt.

»Ich dachte, ich hätte sie wieder so zurückgelegt, wie ich sie herausgenommen hatte.« Tarling wußte sehr wohl, daß er durch Leugnen nichts gewinnen würde. »Nun sage mir, Ling Chu, stimmt das alles, was ich in den Ausschnitten gelesen habe?«

»Ja, Herr, es ist wahr. Die kleine Narzisse, oder wie sie die

Fremden nannten, die kleine gelbe Narzisse, war meine Schwester. Sie wurde gegen meinen Willen Tanzmädchen in einem Teehaus, denn unsere Eltern waren tot. Sie war ein gutes Mädchen, Herr, und sie war so schön wie eine Mandelblüte. Chinesinnen sind meistens nicht schön in den Augen der Fremden, aber die kleine Narzisse war wie eine Figur aus Porzellan, und sie hatte die Tugenden von tausend Jahren.«

»Sie war ein gutes Mädchen?« wiederholte Tarling und sprach diesmal chinesisch. Er wählte Worte von besonderer Bedeutung, die das Andenken der Toten ehrten.

»Sie lebte gut und starb gut«, sagte der Chinese ruhig. »Die Worte eines Engländers beleidigten sie. Er gab ihr viele böse Namen, weil sie nicht zu ihm kommen und sich auf seine Knie setzen wollte. Und obgleich er ihr die Schande antat, sie vor den Augen anderer Männer zu umarmen, war sie doch gut und starb in allen Ehren.«

Wieder trat ein tiefes Schweigen ein.

»Das verstehe ich«, sagte Tarling ruhig. »Hast du erwartet, als du mir erklärtest, du würdest mich nach England begleiten, diesen bösen Engländer wiederzutreffen?«

Ling Chu schüttelte den Kopf.

»Nein, das hatte ich mir aus dem Sinn geschlagen, bis ich ihn neulich in dem Warenhaus wiedersah. Dann kamen die schlimmen Gedanken plötzlich wieder, und der Haß schlug in hellen Flammen auf, den ich doch ganz überwunden glaubte.« Er hielt inne.

»Und du hast seinen Tod gewünscht?«

Ling Chu beantwortete die Frage nur durch kurzes Nicken.

»Du mußt mir alles sagen, Ling Chu.«

Der Chinese ging nun ruhelos in dem Zimmer auf und ab, seine Erregung sprach aus den Bewegungen seiner Hände.

»Ich hatte die kleine Narzisse sehr lieb und hoffte, daß sie sich bald verheiraten und Kinder haben würde. Ihr Name würde dann nach dem Glauben meines Volkes gesegnet sein. Denn sagte nicht der große Meister Konfuzius: ›Was mag verehrungswürdiger sein als die Mutter von Kindern?‹ Und als sie starb, Meister, fühlte ich, daß mein Herz leer war in mir, denn es war keine andere Liebe in meinem Leben. Aber dann wurde der Ho-Sing-Mord begangen, und ich reiste ins Innere des Landes, um Lu Fang festzunehmen. Und diese Tätigkeit half mir, meinen Schmerz zu vergessen. Und ich hatte vergessen, bis ich ihn wiedersah. Aber dann kam die alte Trauer wieder in mein Herz, und ich ging aus –«

»Um ihn zu töten.«

»Ja, um ihn zu töten«, wiederholte Ling Chu.

»Sage mir nun alles.« Tarling atmete tief.

»Es war an jenem Abend, als der Herr zu der kleinen jungen Frau ging. Ich war fest entschlossen auszugehen, konnte aber keinen Vorwand dafür finden, denn du hattest mir den strengen Befehl gegeben, daß ich deine Wohnung in deiner Abwesenheit nicht verlassen sollte. Deshalb fragte ich, ob ich dich nicht begleiten dürfte. Ich hatte die Schnell-schnell-Pistole in meine Manteltasche gesteckt, nachdem ich sie vorher geladen hatte. Herr, du gabst mir den Auftrag, dir zu folgen, aber als ich sah, daß du deinen Weg begonnen hattest, verließ ich deine Spur und ging zu dem großen Geschäft.«

Tarling sagte überrascht: »Lyne wohnt doch nicht in dem Haus?«

»Das habe ich dann auch entdeckt«, erklärte Ling Chu einfach. »Ich dachte aber, daß er sich in einem so großen Haus selbst eine schöne Wohnung eingerichtet hätte. In China wohnen die Eigentümer der großen Firmen gewöhnlich in ihrem Geschäftshaus. Deshalb ging ich dorthin, um es zu durchsuchen.«

»Wie bist du denn hineingekommen?« fragte Tarling überrascht.

Wieder lächelte Ling Chu.

»Das war sehr leicht. Der Herr weiß ja, wie gut ich klettern kann. Ich fand eine lange eiserne Regenröhre, die bis zu dem Dach hinaufführte. Zwei Seiten des Geschäftshauses liegen an großen Straßen, die dritte grenzt an eine schmälere Straße, und die vierte öffnet sich auf eine kleine Gasse, in der nur wenige Lichter brannten. Dort bin ich hochgeklettert. Auf dem Dach entdeckte ich viele Fenster und Türen, und für einen Mann wie mich bestand keine weitere Schwierigkeit mehr. Ich kam von einem Geschoß in das andere, es brannte kein Licht in all den vielen Räumen, aber ich durchsuchte trotzdem alles sorgfältig. Ich konnte aber nichts finden als viele Waren und Packkisten, Schränke und lange Barrieren –«

»Du meinst Ladentische«, verbesserte ihn Tarling.

Ling Chu nickte.

»Und schließlich kam ich zum Zwischengeschoß, wo ich den Mann mit dem weißen Gesicht gesehen hatte.« Er machte eine kurze Pause. »Zuerst ging ich zu dem großen Raum, wo wir ihm begegneten, der war aber zugeschlossen. Ich öffnete mit einem Schlüssel, aber es brannte kein Licht darin, und ich wußte auch, daß niemand dort war. Dann ging ich leise den Gang entlang, weil ich am anderen Ende ein Licht sah. Und dann kam ich in ein Büro.«

»War der Raum auch leer?«

»Ja, aber es brannte eine Lampe, und die Schreibtischschubladen standen auf. Ich dachte mir, daß er hier sein müßte und verbarg mich hinter einem großen Schrank. Die Pistole nahm ich aus der Tasche. Plötzlich hörte ich Schritte. Ich schaute vorsichtig um die Ecke und erkannte einen anderen Mann.«

»Milburgh«, sagte Tarling.

»Ja, das ist sein Name. Er setzte sich an den Schreibtisch des Mannes mit dem weißen Gesicht. Ich wußte, daß es sein Schreibtisch war, denn es standen viele Bilder und Blumen darauf. Der Mann wandte mir den Rücken zu.«

»Was machte er denn?« fragte Tarling.

»Er durchsuchte den Schreibtisch und nahm aus einer der Schubladen einen Briefumschlag. Ich konnte von meinem Platz aus auch in die Schublade hineinsehen, es lagen viele kleine Dinge darin, wie sie die Touristen in China kaufen. Aus dem Umschlag nahm er das rote Papier mit den vier schwarzen Schriftzeichen, das wir ›hong‹ nennen.«

»Und was geschah weiter?« fragte Tarling begierig.

»Er steckte den Briefumschlag in die Tasche und ging hinaus. Ich hörte ihn den Gang entlanglaufen, dann verließ ich mein Versteck und untersuchte den Schreibtisch auch. Dabei legte ich den Revolver auf die Tischplatte, weil ich beide Hände brauchte.

Ich fand aber nichts – nur ein kleines Buch, in das der Mann mit dem weißen Gesicht alles von Tag zu Tag hineinschreibt, was er erlebt.«

»Du meinst ein Tagebuch?« fragte Tarling. »Was tatest du dann?«

»Ich durchsuchte den Raum und trat dabei auf einen Draht. Es muß die Verbindung für die elektrische Lampe auf dem Tisch gewesen sein, denn plötzlich wurde es dunkel. In diesem Augenblick hörte ich, daß der große Mann zurückkam, und entfernte mich schnell durch die andere Tür. Das ist alles, Herr«, sagte Ling Chu einfach. »Ich stieg wieder auf das Dach, so rasch ich konnte, denn ich fürchtete, entdeckt zu werden, das wäre nicht ehrenvoll für mich gewesen.«

Tarling pfiff.

»Und die Pistole hast du dort gelassen?«

»Das ist die Wahrheit, Herr. Ich habe mich selbst in deinen Augen herabgesetzt, und in meinem Herzen bin ich ein Mörder. Denn ich bin zu der Stelle gegangen, um den Mann zu töten, der mir und meiner Familie Schaden gebracht hat.«

»Und dabei hast du die Pistole zurückgelassen?« sagte Tarling noch einmal. »Und Milburgh hat sie gefunden!«

20

Es war schwer, Ling Chus Geschichte zu glauben. Man konnte eher annehmen, daß er log. Es gibt auf der Welt keinen geschickteren Erfinder im Erzählen als den Chinesen. Er geht umständlich, eingehend und genau in alle Einzelheiten und hat eine angeborene Gabe, Geschichten zu erdenken und zu ersinnen und die Fäden gewandt miteinander zu verweben. Aber Tarling war davon überzeugt, daß Ling Chu ihm die Wahrheit gesagt hatte, denn er hatte frei und offen gesprochen, er hatte sich sogar in Tarlings Hand gegeben, als er seine Absicht eingestand, Lyne zu ermorden.

Tarling konnte sich vorstellen, was sich ereignet hatte, nachdem der Chinese fortgegangen war. Milburgh hatte sich im Dunkeln vorwärts getastet, ein Streichholz angesteckt und gesehen, daß der Stecker aus der Wand gezogen war. Er hatte dann die elektrische Verbindung wiederhergestellt und zu seiner größten Verwunderung die Waffe auf dem Tisch liegen sehen. Vielleicht hatte er auch geglaubt, daß er sie vorher übersehen hatte.

Was mochte nun aber mit der Pistole geschehen sein, seitdem sie Ling Chu auf Thornton Lynes Schreibtisch hatte liegenlassen, bis zu dem Augenblick, als sie in Odette Riders Nähkorb entdeckt wurde? Eine weitere Frage war, was Milburgh so spät am Abend noch im Geschäft zu suchen hatte, besonders in Lynes Privatbüro? Es war unwahrscheinlich, daß Lyne seinen Schreibtisch unverschlossen ließ. Milburgh mußte ihn selbst geöffnet haben, um ihn zu durchsuchen.

Warum hatte er das Kuvert mit den roten chinesischen Zetteln genommen? Daß Thornton Lyne diese Dinge in seinem Schreibtisch aufbewahrte, war leicht zu erklären. Als Globetrotter hatte er Kuriositäten gesammelt und auch diese Papiere gekauft, die man damals in allen größeren chinesischen Städten als Andenken an die Räuberbande der ›Freudigen Herzen‹ haben konnte.

Seine Unterredung mit Ling Chu mußte er jedenfalls in Scotland Yard berichten, und diese hohe Behörde würde wohl ihre eigenen Schlußfolgerungen daraus ziehen. Aller Wahrscheinlichkeit nach würden sie wenig günstig für Ling Chu ausfallen, der hierdurch unmittelbar verdächtigt würde.

Tarling war jedoch durch die Erzählung zufriedengestellt — oder richtiger: er glaubte sich zufriedengestellt. Er konnte ja einige Angaben nachprüfen und begab sich daher sofort in Lynes Warenhaus. Die Lage des Hauses stimmte mit allem überein, was Ling Chu gesagt hatte. Tarling ging auf die Rückseite des großen Gebäudes in die kleine ruhige Straße und fand dort auch die eiserne Regenröhre, an der Ling Chu in die Höhe geklettert war. Es mußte ihm leichtgefallen sein, denn er konnte klettern wie eine Katze. Tarling hatte gar keinen Grund, an diesem Teil der Geschichte zu zweifeln.

Er ging zur vorderen Seite des Gebäudes und trat durch die große Glastür ein. Es standen viele Leute vor den Schaufenstern, denn durch die Mordgeschichte hatte das Geschäft eine traurige Berühmtheit erlangt. Er fand Mr. Milburgh in seinem Büro, das viel größer, aber weniger luxuriös als das von Mr. Lyne eingerichtet war. Er begrüßte Tarling, schob ihm einen Sessel hin und bot ihm eine Zigarre an.

»Wir sind in einer unangenehmen Lage, Mr. Tarling«, sagte er mit seiner schmeichlerischen Stimme. Das konventionelle Lächeln, das man immer an ihm beobachten konnte, lag auf seinem Gesicht. »Unsere Bücher sind zur Revision fortgebracht worden, und dadurch ist mir die Geschäftsführung sehr erschwert. Wir haben eine provisorische Buchführung einrichten müssen, und Sie werden wohl verstehen, welche Schwierigkeiten das für einen Geschäftsmann mit sich bringt.«

»Sie arbeiten sehr viel, Mr. Milburgh?«

»O ja, ich habe immer angestrengt arbeiten müssen.«

»Sie waren auch vor Lynes Tod sehr fleißig?«

»Ja, das kann ich wohl behaupten.«

»Bis spät in die Nacht?«

Milburgh lächelte noch immer, aber es war jetzt ein merkwürdiger scheuer Blick in seinen Augen.

»Ich habe häufig bis spät abends gearbeitet.«

»Können Sie sich an den Abend des 11. dieses Monats erinnern?« fragte Tarling.

Milburgh schaute zur Decke, als ob er tief nachdächte.

»Ja, ich glaube. Ich muß den Abend sehr spät bei der Arbeit gewesen sein.«

»In Ihrem eigenen Büro?«

»Nein, ich habe meistens in Mr. Lynes Büro gearbeitet – auf dessen eigene Anregung hin«, fügte er hinzu. Das war allerdings eine kühne Behauptung, denn Tarling wußte nur zu genau, daß Lyne ihn stark verdächtigt hatte.

»Hat er Ihnen denn auch die Schlüssel zu seinem eigenen Schreibtisch gegeben?« fragte Tarling trocken.

»Jawohl, Mr. Tarling«, erwiderte Milburgh mit einer leichten Verbeugung. »Sie können daraus ersehen, daß Mr. Lyne mir in jeder Weise vertraute.«

Das sagte er so überzeugend, daß Tarling verblüfft war.

»Ja, ich kann wohl sagen, daß Mr. Lyne mir vor allen anderen vertraut hat. Er erzählte mir soviel aus seinem eigenen Leben und von sich selbst, mehr als irgendeinem anderen. Und –«

»Einen Augenblick«, entgegnete Tarling langsam. »Wollen Sie mir bitte sagen, was Sie mit dem Revolver taten, den Sie auf Mr. Lynes Schreibtisch fanden? Es war eine automatische Pistole, und sie war geladen.«

Mr. Milburgh schaute erstaunt auf.

»Eine geladene Pistole?« fragte er und runzelte die Stirn. »Aber mein lieber, guter Tarling, ich weiß nicht, wovon Sie sprechen. Ich habe niemals eine geladene Pistole auf seinem Schreibtisch gesehen. Mr. Lyne verabscheute ebenso wie ich solche gefährliche Waffen.«

Das ganze Verhalten Milburghs brachte Tarling aus dem Konzept, er ließ sich jedoch nicht das geringste merken, daß er ärgerlich oder erstaunt war. Milburgh saß nachdenklich da, als ob er sich an irgend etwas erinnern wollte.

»Am Ende glaubten Sie neulich abends«, sagte er stockend, »als Sie mein Haus durchsuchten, eine solche Waffe zu finden!«

»Das ist leicht möglich und auch wahrscheinlich«, erwiderte Tarling kühl. »Nun werde ich Ihnen gegenüber einmal ganz offen sein, Mr. Milburgh. Ich habe Sie im Verdacht, daß Sie sehr viel mehr von diesem Mord wissen, als Sie uns gesagt haben, und daß Sie über Mr. Lynes Tod viel befriedigter sind, als Sie im Augenblick zugeben. Lassen Sie mich erst zu Ende sprechen«, sagte er, als der andere sprechen wollte. »Ich möchte Ihnen noch etwas anderes erzählen. Als ich zum erstenmal dieses Warenhaus betrat, war ich beauftragt, Sie zu beaufsichtigen. Das war nun zwar weniger die Aufgabe eines Detektivs als eines Bücherrevisors. Aber Mr. Lyne hat mir damals den Auftrag gegeben, herauszubringen, wer die Firma betrog.«

»Und haben Sie es herausgebracht?« fragte Milburgh kühl. Immer noch spielte das fade Lächeln um seine Lippen, aber seine Augen verrieten ängstliches Mißtrauen.

»Nein, ich habe mich nicht weiter mit der Sache befaßt, nachdem Sie in Übereinstimmung mit Mr. Lyne erklärten, daß die Firma durch Odette Rider bestohlen wurde.«

Er sah, daß Milburgh erbleichte, und war mit dem Erfolg zufrieden.

»Ich will nicht zu sehr nach den Gründen forschen, die Sie veranlaßten, ein unschuldiges Mädchen zu ruinieren«, sagte Tarling streng. »Das ist eine Sache, die Sie mit Ihrem eigenen Gewissen abzumachen haben. Aber ich kann Ihnen nur sagen, Mr. Milburgh, wenn Sie unschuldig sind – sowohl an dem Verschwinden des Geldes als auch an diesem Mord –, dann habe ich niemals einen schuldigen Menschen gesehen.«

»Was wollen Sie damit sagen?« fragte Milburgh laut. »Wagen Sie es, mich anzuklagen –?«

»Ich klage Sie an, und ich bin restlos davon überzeugt, daß Sie die Firma seit Jahren bestohlen haben, ferner bin ich davon überzeugt, daß Sie wissen, wer der Täter ist, wenn Sie nicht selbst Mr. Lyne getötet haben.«

»Sie sind wahnsinnig!« rief Milburgh mit schriller Stimme, aber sein Gesicht war kreidebleich. »Angenommen, es wäre wahr, daß ich die Firma beraubt hätte, warum hätte ich dann Mr. Lyne ermorden sollen? Die bloße Tatsache seines Todes mußte doch sofort eine Revision der Bücher zur Folge haben.«

Das war ein überzeugender Grund, den sich Tarling schon selbst vorgelegt hatte.

»Was nun Ihre niederträchtige und absurde Anklage betrifft, daß ich die Firma bestohlen haben soll, so sind augenblicklich alle Bücher in den Händen einer hervorragenden Firma, die alle Unterlagen genau prüfen und alle diese Behauptungen Lügen strafen wird.«

Er hatte seine Fassung wiedererlangt und stand nun breitbeinig da, die Daumen leger in die Armlöcher der Weste gesteckt, und blickte liebenswürdig lächelnd auf den Detektiv herab.

»Ich kann auf das Resultat der Buchrevision mit ruhigem Gewissen warten. Meine Ehrenhaftigkeit wird dann über allen Zweifel erhaben sein.«

Tarling schaute ihn groß an.

»Ich bewundere Ihre Kühnheit«, sagte er und verließ das Büro ohne ein weiteres Wort.

21

Tarling hatte eine kurze Unterredung mit seinem Assistenten Whiteside. Zu seinem größten Erstaunen nahm der Polizeiinspektor den Bericht Ling Chus als wahr an.

»Ich hatte schon immer den Eindruck, daß Milburgh ein frecher Lügner ist«, sagte Whiteside gedankenvoll. »Aber er scheint doch gehässiger zu sein, als ich annahm. Jedenfalls traue ich Ihrem Chinesen weit mehr als Milburgh. Übrigens hat die junge Dame es verstanden, die Beobachter, die wir hinter ihr hergeschickt haben, zu täuschen.«

»Wovon sprechen Sie?« fragte Tarling erstaunt.

»Von Miss Odette Rider. Aber warum ein alter Polizeioffizier wie Sie dabei rot wird, kann ich nicht verstehen.«

»Ich erröte nicht«, entgegnete Tarling abweisend. »Und was ist mit ihr los?«

»Ich hatte zwei Detektive beauftragt, sie zu überwachen«, erklärte Whiteside. »Sie wissen ja selbst, daß sie immer verfolgt wurde, wohin sie auch ging. Gemäß Ihrem Auftrag hatte ich angeordnet, daß diese beiden Wachtposten morgen zurückgezogen werden sollten. Aber als sie heute zur Bond Street ging, war entweder Jackson unverantwortlich nachlässig, oder sie war außerordentlich gewandt. Auf jeden Fall wartete er eine halbe Stunde, daß sie wieder aus dem Laden herauskommen sollte, und als sie nicht erschien, ging er in das Geschäft hinein und konnte nur noch feststellen, daß sich auf der anderen Seite auch ein Ausgang befand, den sie benutzt hatte. Seitdem ist sie nicht wieder im Hotel aufgetaucht.«

»Das gefällt mir nicht.« Tarling war hierüber nicht wenig besorgt. »Ich wollte, daß sie vor allen Dingen ihrer eigenen Sicherheit wegen beobachtet würde. Lassen Sie bitte einen Mann beim Hotel und telefonieren Sie mir, sobald sie zurückkehrt.«

»Das habe ich schon erwartet und dementsprechend veranlaßt. – Was werden wir jetzt beginnen?«

»Ich fahre nach Hertford zu ihrer Mutter. Es wäre möglich, daß ich sie dabei zufällig selbst finde – vielleicht ist sie nach Hause gefahren.«

»Glauben Sie, von der Mutter etwas erfahren zu können?«

»Allerhand. Es sind noch verschiedene kleinere Fragen zu klären. Wer ist zum Beispiel dieser geheimnisvolle Mann, der immer nach Hertford kommt und wieder verschwindet? Und warum lebt Mrs. Rider so luxuriös, während sich ihre Tochter ihren Lebensunterhalt als Angestellte in einem Warenhaus erarbeiten muß?«

»Da steckt sicher etwas dahinter«, gab Whiteside zu. »Soll ich mit Ihnen nach Hertford fahren?«

»Ich danke Ihnen«, sagte Tarling lächelnd. »Diese kleine Sache kann ich selbst erledigen.«

»Ich muß noch auf Milburgh zurückkommen.«

»Wir kommen immer wieder auf Milburgh zurück«, brummte Tarling. »Nun?«

»Mir gefällt sein freches Auftreten nicht. Es sieht fast so aus, als ob sich alle unsere Hoffnungen, durch die Revision der Geschäftsbücher irgendwelche neue Anhaltspunkte zu bekommen, nicht erfüllen werden.«

»Da mögen Sie recht haben. Ich hatte ganz ähnliche Gedanken, aber die Bücher und Akten sind in den Händen der besten Bücherrevisoren. Wenn etwas nicht in Ordnung ist, werden die es schon herausbringen. Und nicht nur das, sie werden uns auch Fingerzeige geben können, wer für die Unterschlagungen verantwortlich ist. Milburgh bildet sich ein, daß er mit einem blauen Auge davonkommt, wenn erst einmal die Bücherrevisoren an der Arbeit sind. Seine Festigkeit gibt zu denken.«

Die beiden saßen während ihrer Besprechung in einem kleinen Café gegenüber dem Parlamentsgebäude. Tarling wollte eben aufbrechen, als er sich plötzlich an die schweren Bücher erinnerte, die am Morgen zu der Firma der Bücherrevisoren gebracht wurden.

»Sie sind eigentlich recht spät geschickt worden«, sagte Whiteside ironisch. »Ich kann mich da nur wundern.«

»Sie wundern sich?«

»Warum in aller Welt kaufte er denn gestern drei neue große Geschäftsbücher? Es scheint doch recht dumm von ihm zu sein, diese Bücher zur Revision zu schicken.«

Tarling sprang plötzlich auf und hätte beinahe vor Aufregung den Tisch umgeworfen.

»Schnell, Whiteside, holen Sie einen Wagen, während ich die Rechnung bezahle«, rief er.

»Wohin wollen wir fahren?«

»Holen Sie schnell ein Auto!«

Gleich darauf stiegen sie ein.

»Fahren Sie nach St. Mary Axe«, rief er dem Chauffeur zu.

»Aha, jetzt geht's um die neuen Geschäftsbücher.«

»Das werde ich Ihnen später sagen.« Tarling schaute auf seine Uhr. »Sie haben noch nicht geschlossen! Gott sei Dank!«

Der Wagen wurde an der Überquerung der Blackfriars Bridge aufgehalten, ebenso an der Queen Victoria Street. Plötzlich hörten sie das Schrillen lauter Gongs. Alle Fuhrwerke wichen zur Seite und machten eine Durchfahrt für die Wagen der Feuerwehr frei, die in schnellem Tempo hintereinander herfuhren.

»Es muß ein großes Feuer sein nach der Anzahl der Wagen«, meinte Whiteside. »Vielleicht ist es auch klein – in letzter Zeit ist man in der City sehr ängstlich geworden, und sie rufen eine Division zusammen, wenn ein Schornstein raucht!«

Ihr Wagen fuhr weiter, wurde aber an der Canon Street wieder durch ein Feuerwehrauto aufgehalten.

»Wir wollen lieber aussteigen. Ich glaube, wir kommen schneller zum Ziel, wenn wir zu Fuß gehen«, sagte Tarling.

Whiteside bezahlte den Taxichauffeur.

»Wir wollen hier durchgehen, dann sind wir eher dort.«

Whiteside blieb stehen und wandte sich an einen Polizisten.

»Wo brennt es?«

»In St. Mary Axe, Sir. Es ist ein Großfeuer bei der Firma Dashwood & Solomon ausgebrochen. Das ganze Haus soll vom Keller bis zum Dach brennen.«

Tarling knirschte mit den Zähnen, als er diese Nachricht hörte.

»Alle Beweise für Milburghs Schuld sind also in Rauch aufgegangen«, sagte er. »Ich glaube zu wissen, was diese Bücher enthielten – ein kleines Uhrwerk und ein paar Pfund Thermit. Das genügt, um alle Beweisstücke für den Mord aus der Welt zu schaffen.«

22

Von dem stattlichen Gebäude der Firma Dashwood & Solomon blieb nur eine verräucherte Frontmauer übrig. Tarling erkundigte sich bei dem Offizier der Feuerwehr, der die Löscharbeiten leitete.

»Es wird Tage dauern, bevor wir dort eindringen können, und ich fürchte, daß nichts mehr zu holen ist. Das ganze Gebäude ist ausgebrannt. Sie sehen ja selbst, daß der Dachstuhl schon eingestürzt ist. Ich glaube nicht, daß man noch irgendwelche Papiere oder Aktenstücke finden wird, es sei denn, daß sie in einem feuersicheren Schrank eingeschlossen waren.«

Dicht neben Tarling stand Sir Felix Solomon und starrte in die Flammen. Er schien durch die Zerstörung seiner Büroräume nicht sehr betroffen zu sein.

»Unser Schaden ist durch die Versicherung gedeckt«, sagte er mit philosophischer Ruhe. »Es ist auch nichts Wichtiges verbrannt, natürlich mit Ausnahme der Akten und Geschäftsbücher der Firma Lyne.«

»Waren sie denn nicht in einem feuerfesten Gewölbe aufbewahrt?« fragte Tarling.

»Nein, sie waren nur diebessicher untergebracht. Merkwürdigerweise brach gerade in diesem Raum das Feuer aus. Und selbst wenn wir sie in einem feuerfesten Gelaß untergebracht hätten, hätte das auch nicht viel genützt, denn das Feuer brach zwischen den Akten wie von selbst aus. Diese erste Nachricht erhielten wir durch einen Angestellten, der in die Keller hinunterstieg und sah, daß zwischen den Eisengittern des Raumes 4 die Flammen herausschlugen.«

Tarling nickte.

»Ich brauche wohl nicht zu fragen, ob die Bücher, die Mr. Milburgh heute schickte, auch dort aufbewahrt wurden?«

Sir Felix sah ihn erstaunt an.

»Sie wurden natürlich zu den anderen Akten und Büchern der Firma gelegt. Sie waren ja noch bei mir im Büro, als das geschah. Aber warum fragen Sie danach?«

»Weil es meiner Meinung nach keine gewöhnlichen Bücher

waren. Wenn ich mich nicht vollständig irre, enthielt das Paket drei große Kontobücher, die innen ausgehöhlt und deren äußere Hüllen zusammengeleimt waren. Innen befand sich Thermit und ein Uhrwerk, das es zu einer bestimmten Zeit durch eine Stichflamme in Brand setzte.«

Sir Felix sah ihn erstaunt an.

»Sie machen wohl einen Scherz!«

Aber Tarling schüttelte den Kopf.

»Nein, es ist mein voller Ernst.«

»Aber wer sollte denn so etwas Furchtbares tun? Einer meiner Angestellten wäre beinahe dabei umgekommen!«

»Der Mann, der dieses Verbrechen begangen hat, ist derselbe, der die Nachprüfung der Geschäftsbücher unter allen Umständen verhindern wollte.«

»Sie meinen doch nicht etwa –«

»Ich will im Augenblick keinen Namen nennen, und wenn ich aus Versehen den Mann, von dem ich spreche, zu deutlich gekennzeichnet habe, so hoffe ich, daß Sie meine Mitteilung als vertraulich ansehen«, erwiderte Tarling.

»Kein Wunder, daß Milburgh wegen der bevorstehenden Revision so zuversichtlich war«, sagte er bitter. »Der Teufel hat das Paket mit den Büchern dorthingeschleppt und hat den Zeitzünder auf die Minute eingestellt. Nun, heute abend können wir nichts mehr unternehmen – was Milburgh angeht.«

Er schaute auf seine Uhr.

»Ich gehe jetzt zu meiner Wohnung zurück und fahre später nach Hertford.«

Er hatte sich noch keinen festen Plan gemacht, was er in Hertford unternehmen wollte. Er hatte nur eine unklare Vorstellung, daß ihn seine dortigen Nachforschungen, wenn sie nur sorgfältig und mit Umsicht durchgeführt würden, der Aufklärung des Geheimnisses näherbringen würden. Diese hübsche Dame, die in solchem Luxus lebte und deren Gatten man so selten zu sehen bekam, konnte ihm vielleicht weitere Auskunft geben.

Es war schon dunkel, als er zu dem Hause von Mrs. Rider kam. Er hatte diesmal keinen Wagen genommen und ging den weiten Weg von der Station nach dem Hause zu Fuß, da er unter allen Umständen vermeiden wollte, daß man auf ihn aufmerksam wurde. Das Gebäude lag an der Hauptstraße, hinter einer hohen Mauer. Auf der anderen Seite bildete ein Gestüt die Grenze.

Man gelangte durch ein großes schmiedeeisernes Tor in den Garten. Bei seinem ersten Besuch hatte es offengestanden, und er war damals glatt hindurchgegangen und hatte ohne weiteres das Haupthaus erreicht. Heute war das Tor geschlossen.

Er leuchtete mit seiner Taschenlampe umher und fand eine elektrische Klingel, die anscheinend in der Zwischenzeit angelegt worden war. Er läutete nicht, sondern setzte seine Untersuchungen fort. Etwa fünf bis sechs Meter vom Tor entfernt lag ein kleines Häuschen, aus dem ein Lichtschimmer drang. Vermutlich das Gärtnerhaus, zu dem auch die Klingelleitung führte. Jetzt hörte er ein Pfeifen. Schnelle Fußtritte näherten sich, und er verbarg sich im Schatten. Jemand trat in das Tor, die Klingel läutete schwach, und eine Tür öffnete sich.

Es war der Zeitungsjunge, der mehrere Blätter durch die Eisenstäbe reichte und wieder fortging. Tarling wartete, bis die Türen des Pförtnerhauses wieder geschlossen wurden. Dann machte er einen Rundgang um das Grundstück in der Hoffnung, einen anderen Zugang zu finden. Auf der hinteren Seite fand er einen kleinen Eingang für die Dienerschaft, aber auch dieser war geschlossen. Als er mit seiner Taschenlampe umherleuchtete, sah er, daß auf der Mauer keine Glasscherben befestigt waren wie auf der Vorderseite. Kurz entschlossen sprang er in die Höhe, erfaßte den Rand der Mauer, zog sich empor und saß bald rittlings oben.

Er sprang auf der anderen Seite ins Dunkle und kam wohlbehalten unten an. Dann tastete er sich vorsichtig durch die Dunkelheit zu dem Gebäude. Es wäre ungemütlich für ihn gewesen, wenn Hunde das Haus bewacht hätten. Aber offensichtlich war das nicht der Fall, und er kam ungehindert vorwärts.

Weder in den oberen noch in den unteren Zimmern sah er Licht, bis er zur Rückfront kam. Hier lag eine Pfeilerhalle in der Mitte. Darüber schien sich ein Wintergarten zu befinden. Unter dem Vorbau bemerkte er eine Tür und ein vergittertes

Fenster. Als er sich genauer umschaute, sah er einen schwachen Schein durch die Ritze des Oberbaues dringen. Er sah sich vergeblich nach einer Leiter um und versuchte es dann mit Klettern. Die Schwierigkeiten waren nicht größer als bei der Gartenmauer. Er kam auf eine Fensterbank, stemmte sich gegen einen der Pfeiler und konnte von hier aus eine eiserne Stange erreichen. Er faßte sie und schwang sich auf das Geländer des Wintergartens. Nach außen führten große Fenster, von denen eines offenstand. Er lehnte sich vorsichtig auf das Fensterbrett und lauschte.

Der Raum war leer. Der Lichtschimmer kam aus einem inneren Zimmer, das neben dem glasgedeckten Wintergarten lag. Schnell schlüpfte er durch das Fenster und verbarg sich im Schatten eines großen Oleanderbaumes. Die Luft in dem Raum war von Blumenduft und erdigem Geruch erfüllt. Als er umhertastete, fühlte er die Röhren der Wasserleitungen. Er sah mehrere Fenster in der inneren Wand, schlich leise hin und spähte durch den Vorhang des einen Fensters. Drinnen sah er Mrs. Rider. Sie saß an einem kleinen Schreibtisch, hielt einen Halter in der einen Hand und hatte das Kinn in die andere gestützt. Sie schrieb nicht, sondern sah nachdenklich auf die gegenüberliegende Wand, als ob sie sich irgend etwas überlegte.

Der Raum wurde durch eine größere Alabasterhängelampe erleuchtet, und Tarling konnte das Innere gut übersehen. Der Raum war einfach, aber sehr vornehm ausgestattet und hatte den Charakter eines Arbeitszimmers. Neben dem Schreibtisch war ein grüner Geldschrank halb in die Wand eingemauert. Einige Gemälde hingen an den Wänden, ein paar Stühle und eine Couch standen in dem Raum. Er hatte erwartet, Odette Rider bei ihrer Mutter zu sehen, und war nun enttäuscht, denn er hatte den Eindruck, daß außer Mrs. Rider überhaupt niemand im Hause war.

Tarling kniete vor dem Fenster und beobachtete sie ungefähr zehn Minuten lang. Plötzlich hörte er von draußen ein Geräusch, schlich vorsichtig zurück und schaute aus dem Fenster des Wintergartens hinaus. Er kam gerade noch rechtzeitig, um eine Gestalt zu sehen, die schnell den Weg heraufkam. Später bemerkte er, daß es ein Radfahrer war, aber das Rad hatte keine Lampe. Obgleich er sich sehr anstrengte, konnte er doch nicht unterscheiden, ob es ein Mann oder eine Frau war. Er hörte, wie das Rad gegen einen Pfeiler gelehnt wurde. Dann drehte sich ein Schlüssel, und eine Tür unten öffnete sich.

Mrs. Rider hatte offensichtlich das Geräusch nicht gehört, denn sie saß noch ebenso unbeweglich da und schaute vor sich hin. Aber plötzlich wandte sie sich um, und ihre Blicke gingen zur Tür. Tarling schaute auch angestrengt dorthin. Er konnte alles genau übersehen, er entdeckte sogar den elektrischen Schalter an der Wand. Langsam öffnete sich die Tür, und er bemerkte, daß Mrs. Riders Gesicht freudig aufleuchtete. Dann hörte er, wie jemand etwas in flüsterndem Ton fragte. Er konnte ihre Antwort verstehen:

»Nein, mein Liebling, niemand.«

Tarling wartete in atemloser Spannung. Plötzlich wurde das Licht in dem Raum ausgeschaltet. Es mußte aber jemand in den Raum eingetreten sein, denn Schritte näherten sich dem Fenster, und gleich darauf wurden die Jalousien an den Fenstern des inneren Raumes heruntergelassen. Kurze Zeit später ging das Licht wieder an, aber er konnte nun nichts mehr sehen und hören.

Wer mochte dieser geheimnisvolle Besucher sein? Es gab für Tarling nur eine Möglichkeit, das zu entdecken. Er mußte wieder nach unten klettern und dort aufpassen. Aber er wartete noch eine Weile und hörte, daß die Tür des Geldschrankes drinnen geschlossen wurde. Dann stieg er wieder durch das Fenster und kletterte hinunter. Das Rad lehnte an einem Pfeiler. Er konnte nichts sehen und wagte nicht, seine Lampe anzudrehen, aber seine feinfühligen Hände betasteten das Gestell. Er unterdrückte mit Mühe einen Ausruf der Überraschung – es war ein Damenrad! Er wartete noch einen Augenblick, dann versteckte er sich in einem Gebüsch, das der Tür gerade gegenüberlag. Er brauchte nicht lange zu warten, bis sie sich wieder öffnete. Jemand stieg auf das Rad. Im selben Augenblick sprang Tarling aus seinem Versteck hervor und drückte auf den Schalter seiner elektrischen Lampe, aber sie leuchtete nicht auf.

»Bleiben Sie stehen!" rief er und streckte die Hände aus.

Er verfehlte die Gestalt um ein paar Zentimeter, aber er sah, wie das Rad einen Augenblick schwankte und hörte einen schweren Gegenstand zu Boden fallen. In der nächsten Sekunde war der Radfahrer in der Dunkelheit verschwunden.

Nun betrachtete er seine Lampe. Eine Verfolgung ohne Laterne war unmöglich. Er verwünschte den Fabrikanten und ersetzte schnell die Batterie durch eine neue. Dann suchte er den Boden nach dem Gegenstand ab, den der Radfahrer hatte fallen lassen. Er glaubte einen Ausruf hinter sich zu hören und drehte sich schnell um. Aber er konnte im Umkreis seiner Lampe niemand entdecken. Als er sich wieder dem Weg zuwandte, sah er eine Ledertasche liegen und hob sie auf. Sie war sehr groß und schwer. Als er sie beim Schein der Laterne genauer untersuchen wollte, hörte er von oben eine Stimme.

»Wer ist dort unten?«

Es war Mrs. Rider. Tarling antwortete nicht, da er im Augenblick nicht gesehen werden wollte. Er drehte das Licht aus und verschwand in den Büschen. Kurz darauf erreichte er die Mauer wieder an der Einstiegsstelle.

Die Straße war leer und von dem Radfahrer nichts zu sehen. Es blieb ihm nur übrig, so schnell wie möglich zur Stadt zu fahren und den Inhalt der Ledertasche in aller Ruhe zu untersuchen. Sie war für ihre Größe außerordentlich schwer. Der Weg nach Hertford, den er wieder zu Fuß zurücklegen mußte, wurde ihm sehr lang, und die Uhren im Ort schlugen ein Viertel nach zehn, als er die Bahnstation erreichte.

»Nach London fährt kein Zug mehr«, sagte der Bahnbeamte. »Vor fünf Minuten ist der letzte abgefahren!«

23

Tarling war unentschlossen, was er tun sollte. Es war nicht notwendig, daß er sofort in die Stadt zurückkehrte, obwohl er gern in seinem eigenen Bett geschlafen hätte. Er hätte ja ein Auto nehmen können, wenn es notwendig gewesen wäre, aber er sagte sich, daß er die Nacht ebensogut in Hertford wie in seiner Wohnung zubringen könne.

Hier konnte er gleich den Inhalt der Ledertasche untersuchen. Schließlich überlegte er sich, daß es doch gut sei, wenigstens nach London zu telefonieren, denn er hätte gern erfahren, wie es mit Odette Rider stand, ob sie wieder in ihr Hotel zurückgekehrt war oder ob die Polizei ihre Spur gefunden hatte. Auf jeden Fall konnte er sich mit Scotland Yard in Verbindung setzen. Er ging also vom Bahnhof in den Ort, um ein Zimmer zu suchen. Aber das war sehr schwierig, denn die besten Hotels der Stadt waren überfüllt, da eine landwirtschaftliche Tagung in der Stadt abgehalten wurde. Nach langem Suchen fand er endlich Unterkunft in einem kleinen Hotel, das überraschend leer war.

Er meldete sofort ein Gespräch mit London an. Aber man hatte dort nichts Weiteres von Odette Rider gehört. Er erhielt nur die wichtige neue Nachricht, daß der frühere Sträfling Sam Stay aus der Landesirrenanstalt entsprungen war.

Tarling ging zu seinem gemütlichen Zimmer hinauf. Was er über Sam Stay gehört hatte, beunruhigte ihn im Augenblick kaum, da er eine Enttäuschung für ihn gewesen war.

Tarling schloß die Tür ab, nahm die Ledertasche und legte sie auf den Tisch. Er versuchte zunächst, sie mit seinen eigenen Schlüsseln zu öffnen, aber es gelang ihm nicht. Das Gewicht der Mappe überraschte ihn, doch entdeckte er bald die Ursache dafür, als er mit seinem Taschenmesser das Leder rings um die Schlösser wegschneiden wollte und dabei auf unüberwindliche Schwierigkeiten stieß. Die Tasche war nur außen von starkem Leder, innen befand sich ein Gewebe von Stahldrähten. Die Schlösser waren infolgedessen nicht zu entfernen. Enttäuscht warf er die Tasche wieder auf den Tisch. Er mußte seine Neugierde zügeln, bis er nach Scotland Yard zurückkehrte. Dort würden die Sachverständigen ihre Arbeit leisten. Während er noch darüber nachdachte, was wohl der Inhalt der Tasche sein könnte, hörte er plötzlich auf dem Gang Schritte, die an seiner Tür vorübereilten und sich dann der Treppe zuwandten, die seinem Zimmer gegenüberlag. Es mußten Gäste sein, die in dieselbe Verlegenheit wie er gekommen waren.

130

In dieser fremden Umgebung bekam plötzlich die ganze Sache für ihn ein anderes Gesicht. Alle Personen, die in diesem merkwürdigen Drama auftraten, hatten etwas Unwirkliches an sich. Thornton Lyne erschien ihm phantastisch und ebenso phantastisch sein Ende. Milburgh mit dem ewigen Lächeln, dem großen schwammigen Gesicht und dem kahlen Kopf; Mrs. Rider, diese farblose, geisterhafte Gestalt, die nur ab und zu im Hintergrund auftauchte, niemals handelnd eingriff und doch von dieser ganzen Tragödie nicht zu trennen war; Ling Chu mit seiner unerschütterlichen Ruhe, dem undurchsichtigen Gesicht, der von der geheimnisvollen Atmosphäre seines Heimatlandes umgeben war. Nur Odette Rider hatte für ihn wirkliches Leben, warm, erregend, wundervoll!

Tarling runzelte die Stirn und erhob sich steif von seinem Stuhl. Er verwünschte sich selbst wegen dieser Schwäche. Wie konnte er nur ständig unter dem Einfluß dieser Frau stehen, die immer noch des Mordes verdächtig war? Es war seine Pflicht, sie dem Henker auszuliefern, wenn sie schuldig war, aber bei diesem Gedanken überlief es ihn heiß und kalt.

Er ging in das nebenanliegende Schlafzimmer, legte die Ledertasche auf den Tisch neben seinem Bett, schloß die Tür und öffnete das Fenster.

Morgens um fünf Uhr fuhr der erste Zug, und er hatte Auftrag gegeben, ihn rechtzeitig zu wecken. Er entkleidete sich nicht ganz, sondern legte nur Schuhe, Rock, Weste, Kragen und Krawatte ab und löste seinen Gürtel. Dann warf er sich aufs Bett und zog die Daunendecke über sich. Er konnte nicht einschlafen und grübelte, grübelte.

Wenn nun die Zeitangaben über den Unglücksfall in Ashford nicht stimmten? Wenn Thornton Lyne früher ermordet wurde? Wenn Odette Rider wirklich eine kaltblütige – Aber er verscheuchte diese finsteren Gedanken.

Er hörte die Kirchenuhr zwei schlagen und wartete ungeduldig auf das nächste Viertel, das sie anzeigen sollte. Er hatte alle Viertelstunden schlagen hören, seitdem er sich niedergelegt hatte, aber diesmal hörte er die Uhr nicht. Er mußte in einen unruhigen Schlaf gefallen sein, denn plötzlich träumte er, daß er in

131

China in die Hände der schrecklichen Bande der ›Freudigen Herzen‹ gefallen sei. Er sah sich selbst in einem Tempel auf einem großen, viereckigen, schwarzen Stein liegen, seine Hände und Füße waren mit seidenen Stricken festgebunden. Gerade über ihm stand der Führer der Bande mit einem Messer in der Hand. Er schaute ihn böse an – und er erkannte das Gesicht von Odette Rider! Er sah, wie sich der spitze Dolch gegen seine Brust richtete und wachte schweißgebadet auf.

Die Kirchenuhr schlug eben drei, und ein unheimliches Schweigen lag über der Welt. Aber er fühlte instinktiv, daß jemand im Raum war. Er wußte es ganz bestimmt, lag vollständig reglos und schaute aus halbgeschlossenen Augen angestrengt von einer Seite zur anderen. Es war niemand zu sehen. Kein Geräusch verriet den Fremden, und doch sagte ihm sein sechster Sinn, daß jemand in der Nähe war. Leise tastete er über den Tisch an seinem Bett und suchte nach der Mappe. Sie war verschwunden!

Plötzlich knarrte eine Diele – das Geräusch kam aus der Richtung der Wohnzimmertür. Im nächsten Augenblick war er aus dem Bett gesprungen. Er sah, wie die Tür aufgerissen wurde und eine Gestalt hinauseilte. Der Einbrecher wäre auch entkommen, aber plötzlich fiel ein Stuhl um, und Tarling hörte einen Schrei. Bevor der andere sich erheben konnte, hatte der Detektiv ihn gefaßt und riß ihn zurück. Er sprang zur Tür nach dem Korridor, die offenstand, schloß sie und drehte den Schlüssel um.

»Nun wollen wir einmal sehen, welchen seltenen Vogel wir gefangen haben«, sagte Tarling grimmig und drehte das Licht an.

Aber er taumelte bestürzt gegen die Tür zurück, denn der Eindringling war niemand anders als Odette Rider. In der Hand hielt sie die gestohlene Ledertasche.

24

Er war sprachlos. Endlich raffte er sich zusammen. »Sie?« fragte er verwundert.

Odette war bleich und wandte kein Auge von ihm.

»Ja, ich bin es«, sagte sie leise.

»Wie kommen Sie hierher?« Er ging auf sie zu, streckte die Hand aus, und sie übergab ihm die Tasche ohne ein Wort.

»Nehmen Sie bitte Platz«, sagte er freundlich.

Er fürchtete, daß sie ohnmächtig werden könnte.

»Ich hoffe, daß ich Sie nicht verletzt habe. Ich hatte nicht die leiseste Ahnung –«

»O nein, Sie haben mich nicht verletzt«, sagte sie müde, »nicht in dem Sinn, wie Sie es meinen.«

Sie zog einen Stuhl an den Tisch und legte den Kopf in die Hände. Er stand neben ihr, verlegen und erschrocken über diese neue unerwartete Entwicklung.

»Dann waren Sie also der Besucher auf dem Rad?« sagte er nach einem langen Schweigen. »Das hatte ich nicht vermutet.«

Plötzlich kam ihm der Gedanke, daß Odette Rider doch nichts Verbotenes begangen hatte, wenn sie zu dem Haus ihrer Mutter radelte oder wenn sie eine Ledertasche nahm, die wahrscheinlich ihr Eigentum war. Wenn überhaupt jemand ein Unrecht begangen hatte, so war er es selbst, denn er hatte etwas an sich genommen und zurückbehalten, worauf er nicht das geringste Recht besaß. Sie schaute bei seinen Worten auf.

»Ich? Auf einem Rad? Nein, das war ich nicht.«

»Wie, das waren Sie nicht?«

»Ich war wohl dort – ich sah, wie Sie Ihre elektrische Lampe andrehten und war ganz in Ihrer Nähe, als Sie die Ledertasche aufhoben«, sagte sie tonlos, »aber ich saß nicht auf dem Rad.«

»Wer war es denn?« fragte er; sie schüttelte den Kopf.

»Geben Sie mir bitte die Tasche zurück!«

Sie streckte ihre Hand aus, aber er zögerte.

Nach allem hatte er kein Recht oder irgendeinen Anspruch darauf. Er fand einen Ausweg, indem er die Tasche auf den Tisch legte. Sie machte keinen Versuch, sie an sich zu nehmen.

»Odette«, sagte er freundlich und legte seine Hand auf ihre Schulter, »warum vertrauen Sie sich mir nicht an?«

»Was soll ich Ihnen denn anvertrauen?« fragte sie.

»Sagen Sie mir doch alles, was Sie über den ganzen Fall wissen, ich möchte Ihnen so gern helfen, und ich kann es auch.«

Sie schaute zu ihm auf.

»Warum wollen Sie mir helfen?«

»Weil ich Sie liebe«, sagte er leise.

Es war ihm, als ob er diese Worte nicht selbst gesprochen hätte, sondern als ob sie aus weiter Ferne kämen. Er hatte ihr nicht sagen wollen, daß er sie liebte. Er war sich dieser Tatsache auch nie klar bewußt geworden, und doch sprach er die Wahrheit.

Der Eindruck seiner Worte auf Odette schien ihm ungewöhnlich. Sie schrak nicht zurück, sie sah ihn auch nicht erstaunt an. Sie senkte nur den Blick auf die Tischplatte und sagte: »Ach!«

Die unheimliche Ruhe, mit der sie die Tatsache aufnahm, die Tarling fast den Atem raubte, war für ihn die zweite große Erschütterung in dieser Nacht. Sie mußte alles längst gewußt haben. Er kniete an ihrer Seite nieder und legte den Arm um sie, aber er tat es nicht aus vorsätzlichem Willen, er wurde von einer stärkeren Kraft dazu gezwungen.

»Odette, liebe Odette«, sagte er sanft, »bitte, vertraue mir doch alles an.«

Sie hatte den Kopf noch gesenkt und sprach so leise, daß er sie kaum verstehen konnte.

»Was soll ich Ihnen sagen?«

»Was weißt du darüber? Siehst du denn nicht, daß sich immer mehr Verdachtsgründe gegen dich häufen?«

»Worüber soll ich denn Auskunft geben?« fragte sie wieder.

»Soll ich den Mord von Thornton Lyne aufklären? Ich weiß nichts davon.«

Er streichelte sie sanft, aber sie saß starr und steif aufgerichtet, und ihre Haltung flößte ihm Furcht ein. Er ließ seine Hand sinken und erhob sich. Sein Gesicht war bleich und traurig. Langsam ging er zur Tür und schloß sie auf.

»Ich werde Sie jetzt nichts mehr fragen«, sagte er mit unheimlicher Ruhe. »Sie wissen selbst am besten, warum Sie in dieser Nacht in mein Zimmer eindrangen – ich vermute, daß Sie mir folgten und hier im Hotel auch ein Zimmer nahmen. Ich hörte kurz nach meiner Ankunft hier jemand die Treppe heraufkommen.«

Sie nickte.

»Brauchen Sie das?« fragte sie und zeigte auf die Ledertasche, die noch auf dem Tisch lag.

»Nehmen Sie es mit sich.«

Sie stand unsicher auf und wankte. Im nächsten Augenblick stand er an ihrer Seite und fing sie auf. Sie wehrte sich nicht, er fühlte sogar, daß sie sich leicht an ihn schmiegte. Sie hob ihr blasses Gesicht, und er beugte sich nieder und küßte sie.

»Odette! Odette!« flüsterte er. »Fühlst du denn nicht, daß ich dich über alles liebe, daß ich mein Leben hingeben würde, um dich vor Unheil zu bewahren? Willst du mir wirklich nichts sagen?«

»Nein – nein«, stöhnte sie. »Bitte, frage mich nichts. Ich fürchte mich! Oh, ich fürchte mich so sehr!«

Er drückte sie an sich, legte seine Wange an die ihre und streichelte ihr Haar.

»Aber du brauchst dich doch nicht zu fürchten«, sagte er eindringlich. »Und wenn du alle Höllenstrafen verdient hättest, und wenn du schweigst, um jemand in Schutz zu nehmen, so würde ich ihn auch schützen, weil ich dich grenzenlos liebe, Odette!«

»Nein, nein«, rief sie und stieß ihn zurück, indem sie ihre Hände gegen seine Brust preßte. »Frage mich nicht –«

»Fragen Sie mich!«

Tarling fuhr herum. Ein Mann stand in der offenen Tür.

»Milburgh!« sagte Tarling wütend.

»Jawohl, Milburgh!« erwiderte der andere höhnisch. »Es tut mir leid, daß ich diese schöne Szene unterbrechen muß, aber die Umstände sind äußerst dringlich, und ich muß schon gegen die Regeln der Gesellschaft verstoßen, Mr. Tarling. Ist es Ihnen vielleicht peinlich?«

Tarling ließ Odette los und trat dem hämisch lächelnden Milburgh gegenüber. Mit einem Blick überschaute er die Gestalt und sah, daß seine Beinkleider mit Spangen zusammengehalten und mit Schmutz bedeckt waren. Es war ihm nun klar, wer der Radfahrer gewesen war.

»Sie radelten also von Mrs. Riders Haus fort?«

»Jawohl, ich radle sehr häufig.«

»Was wollen Sie hier?«

»Ich möchte Sie nur daran erinnern, daß Sie Ihr Versprechen halten«, erwiderte Milburgh sanft.

Tarling starrte ihn an.

»Mein Versprechen? Welches Versprechen?«

»Nicht nur den Täter zu beschützen, sondern auch die, die sich in eine böse Lage gebracht haben, weil sie den Täter beschützen wollten.«

Tarling sprang auf. »Wollen Sie damit sagen –«, begann er heiser, »wollen Sie etwa eine Anklage erheben gegen –«

»Ich klage niemand an«, erwiderte Milburgh mit einer höflichen Handbewegung. »Ich möchte Ihnen nur erklären, daß wir beide, Miss Rider und ich, in einer sehr ernsten Lage sind und daß es in Ihrer Hand liegt, uns sicher entkommen zu lassen, so daß wir in ein Land gehen können, das keine Auslieferungsverträge mit England abgeschlossen hat.«

Tarling ging einen Schritt auf ihn zu.

»Wollen Sie Miss Rider der Mittäterschaft an diesem Mord bezichtigen?« fragte er scharf.

Milburgh lächelte, aber man sah ihm an, daß er sich nicht wohl fühlte.

»Ich sagte schon, daß ich niemand anklagen will. Was den Mord anbelangt« – er zuckte die Schultern –, »Sie werden die Zusammenhänge besser verstehen, wenn Sie die Aktenstücke lesen, die dort in der Ledertasche verschlossen sind. Ich war gerade dabei, sie an einen sicheren Ort zu bringen.«

Tarling nahm die Ledertasche vom Tisch und schaute sie an.

»Ich werde morgen wissen, was darin enthalten ist. Schlösser bieten mir wenig Schwierigkeiten –«

»Sie können den Inhalt jetzt gleich lesen«, sagte Milburgh ruhig und nahm eine Kette aus seiner Tasche, an deren Ende ein kleiner Schlüsselbund hing. »Hier ist der Schlüssel, schließen Sie bitte auf.«

Tarling tat es und öffnete die Mappe. Plötzlich riß ihm jemand die Mappe aus der Hand, und als er sich umwandte, sah er in das erregte Gesicht Odettes und las Schrecken in ihren Blicken.

»Nein, das dürfen Sie nicht lesen!« rief sie außer sich.

Tarling trat einen Schritt zurück. Er sah das spöttische Lächeln auf Milburghs Gesicht und hätte ihn am liebsten niedergeschlagen.

»Miss Rider wünscht nicht, daß ich den Inhalt zur Kenntnis nehme.«

»Sie hat auch allen Grund dazu«, erwiderte Milburgh hämisch.

»Bitte, nehmen Sie es!« Odettes Stimme war plötzlich merkwürdig klar und fest. Sie reichte dem Detektiv die Papiere, die sie eben aus der Mappe genommen hatte.

»Ich hatte wohl einen Grund«, sagte sie leise. »Aber es ist nicht der, den Sie vermuten.«

Milburgh war zu weit gegangen.

Tarling sah die Enttäuschung in seinem Gesicht. Dann schlug er das Aktenstück auf und begann zu lesen. Aber schon die erste Zeile erschütterte ihn so, daß er kaum noch atmen konnte.

Das Geständnis der Odette Rider

»Großer Gott«, flüsterte er, als er weiterlas. Das Schriftstück war kurz und enthielt nur wenige Zeilen in der festen, schönen Handschrift des Mädchens.

Ich, Odette Rider, bekenne hierdurch, daß ich seit drei Jahren die Firma Lyne Ltd. beraubt und während dieser Zeit die Summe von fünfundzwanzigtausend Pfund veruntreut habe.

Tarling ließ das Schriftstück auf den Tisch sinken und stützte Odette, als sie taumelte und ohnmächtig wurde.

25

Milburgh hatte gehofft, seinen Willen durchzusetzen, ohne daß Tarling den Inhalt der Akten las. Der kluge Mann hatte längst, bevor Tarling es selbst wußte, entdeckt, daß sich dieser berühmte Detektiv aus Schanghai, der Erbe des Lyneschen Millionenvermögens, in Odette Rider verliebt hatte und ganz im Bann ihrer Schönheit stand. Seine Vermutungen waren nun vollauf bestätigt durch die Szene, die er eben gestört hatte. Außerdem hatte er auch den größeren Teil der Unterhaltung der beiden vom Gang aus belauscht.

Er suchte jetzt straflos und sicher aus der ganzen Affäre herauszukommen. Er war in einer furchtbaren Panik, obwohl Tarling das nicht durchschaute, und machte den letzten verzweifelten Versuch, dies Leben weiterzuführen, das er so liebte, dieses Leben voller Bequemlichkeit und Luxus, für das er so viel gewagt hatte.

Milburgh hatte in dauernder Angst gelebt, daß Odette Rider ihn anzeigen würde. In der Furcht, daß sie Tarling an dem Abend, an dem er sie von Ashford nach London zurückbrachte, alles eingestehen könne, hatte er den Versuch gemacht, den Detektiv beiseite zu schaffen, weil er glaubte, daß Tarling das Vertrauen Odettes besaß.

Die Schüsse im Nebel, die beinahe den Tod Tarlings verursacht hätten, waren nur abgefeuert worden, weil Milburgh in seiner schrecklichen Angst fürchtete, bloßgestellt zu werden. Nur ein einziger Mensch auf der ganzen Welt konnte ihn auf die Anklagebank bringen, und wenn sie ihn verraten hätte —

Tarling hatte Odette zum Sofa getragen und dort niedergelegt. Nun ging er schnell in sein Schlafzimmer, um ein Glas Wasser zu holen. Diesen Augenblick machte sich Milburgh zunutze. Im Wohnzimmer brannte ein kleines Feuer im Kamin. Blitzschnell riß er das Blatt mit dem Geständnis Odettes an sich und steckte es in die Tasche.

Auf dem kleinen Tisch waren eine Schreibmappe und ein Ständer mit Briefpapier. Ehe Tarling zurückkam, hatte er einen grosen Bogen des Hotelbriefpapiers herausgenommen, zusammengedrückt und in die Flammen geworfen. Als der Detektiv wieder in der Tür erschien, sah er es aufflammen.

»Was machen Sie denn da«? fragte er.

»Ich habe das Geständnis von Miss Rider verbrannt«, sagte er ruhig. »Ich glaube, es ist nicht wünschenswert im Interesse —«

»Warten Sie«, sagte Tarling ruhig.

Er legte den Kopf des Mädchens niedriger und besprengte ihr Gesicht mit dem Wasser. Sie öffnete die Augen und zitterte.

Tarling ging zum Kamin hinüber. Das Papier war bis auf eine kleine Ecke vollständig verbrannt. Er bückte sich schnell, hob sie auf und betrachtete sie aufmerksam. Dann drehte er sich um, sah, daß der Ständer mit Briefpapier nicht mehr an der alten Stelle stand und lachte.

»Sie wollten mir wohl etwas vormachen?« fragte er grimmig, ging zur Tür, schloß sie ab, steckte den Schlüssel in die Tasche und stellte sich mit dem Rücken gegen den Ausgang.

»Geben Sie mir jetzt das Blatt heraus, Milburgh, das Sie eben in die Tasche gesteckt haben.«

»Sie haben doch gesehen, daß ich es verbrannt habe, Mr. Tarling.«

»Sie sind ein gemeiner Lügner! Sie wissen sehr gut, daß ich Sie nicht aus diesem Raum herauslasse, solange Sie noch im Besitz des Schriftstückes sind. Sie haben versucht, mich hinters Licht zu führen, denn Sie haben nur ein leeres Stück Schreibpapier verbrannt. Geben Sie das Geständnis jetzt heraus!«

»Ich gebe Ihnen aber die Versicherung –«, begann Milburgh.

»Heraus mit dem Schriftstück!« rief Tarling. Mit einem verlegenen Lächeln holte Milburgh das zerknitterte Dokument aus der Tasche.

»Sie erklärten doch, daß Sie es verbrannt hätten?« sagte der Detektiv spöttisch. »Sie können sich jetzt persönlich davon überzeugen, daß es verbrannt wird.«

Er las das Schriftstück noch einmal durch, warf es dann ins Feuer und wartete, bis es ganz zu Asche geworden war. Dann nahm er die Feuerzange und zerdrückte die Reste.

»Das wäre also geregelt«, meinte Tarling befriedigt.

»Vermutlich wissen Sie, was Sie eben getan haben«, schnaubte Milburgh. »Sie haben ein wichtiges Dokument, eine Zeugenaussage, ein Geständnis, vernichtet – Sie, der ein Hüter des Gesetzes und der Gerechtigkeit sein sollte –«

»Ach, reden Sie doch nicht solchen Unsinn«, erwiderte Tarling. Zum zweitenmal in der Nacht schloß er die Tür auf und öffnete sie weit.

»Milburgh, Sie können gehen. Ich weiß ja, wo Sie zu finden sind, wenn die Polizei Sie braucht.«

»Das wird Ihnen noch leid tun!« rief Milburgh erregt.

»Mir weniger als Ihnen, wenn ich erst meine Arbeit vollendet habe«, gab Tarling zurück.

»Ich werde morgen früh sofort nach Scotland Yard gehen und Sie anzeigen!« sagte Milburgh wütend. Er war bleich vor Wut.

»Tun Sie, was Sie nicht lassen können. Seien Sie auch so gut und bestellen Sie mit einem schönen Gruß von mir, daß man Sie inzwischen festnehmen möchte, bis ich selbst komme.«

Mit diesen Worten schloß er die Tür.

Odette saß nun auf dem Rand des Sofas und sah den Mann forschend an, der sie liebte.

»Was hast du getan?« fragte sie leise.

»Ich habe dein Geständnis vernichtet, weil ich fest davon überzeugt bin, daß es nur unter Druck geschrieben wurde. Ich habe doch recht damit?«

Sie nickte.

»Nun warte hier noch ein wenig, bis ich mich angezogen habe. Ich werde dich dann nach Hause bringen.«

»Nach Hause?« fragte sie bestürzt. »Bringe mich nicht zu meiner Mutter. Sie darf es niemals erfahren.«

»Im Gegenteil, sie muß es erfahren. Es gibt schon viel zuviel Geheimnisse, das muß jetzt vollständig aufhören.«

Sie erhob sich vom Sofa, ging zum Kamin und stützte die Ellenbogen auf die Marmorplatte.

»Ich werde dir alles sagen, was ich weiß, vielleicht hast du recht. Es ist viel zuviel verheimlicht worden. Du fragtest mich früher einmal, wer Milburgh eigentlich sei.«

Bei diesen Worten wandte sie sich um und sah ihn an.

»Ich will diese Frage nicht mehr an dich stellen, denn ich weiß es.«

»Du weißt es?«

»Milburgh ist der zweite Mann deiner Mutter.«

Sie sah ihn groß an.

»Wie hast du das herausgefunden?«

»Ich habe es vermutet«, sagte er mit einem befriedigten Lächeln. »Auf Milburghs Wunsch hat sie den Namen Rider behalten. Habe ich recht?«

Sie nickte.

»Meine Mutter hat ihn vor sieben Jahren kennengelernt, als wir in Harrogate waren. Meine Mutter hatte etwas Vermögen, und Milburgh nahm wahrscheinlich an, daß sie mehr besaß, als es in Wirklichkeit der Fall war. Er war äußerst liebenswürdig zu ihr und erzählte ihr, daß ihm ein großes Geschäftshaus in der Stadt gehöre. Meine Mutter glaubte ihm alles.«

»Nun verstehe ich«, sagte Tarling. »Milburgh hat die Gelder der Firma unterschlagen, um deiner Mutter ein schönes Leben zu bereiten.«

Sie schüttelte den Kopf.

»Das stimmt nur teilweise. Meine Mutter weiß von all diesen Dingen nichts. Er kaufte das große und schöne Haus in Hertford, richtete es fürstlich ein, ja, unterhielt zwei Wagen bis vor einem Jahr. Erst auf meine Vorstellungen hin gab er das auf und lebte einfacher. Du kannst dir nicht denken, wieviel ich in diesem Jahr gelitten habe, nachdem ich erkannte, daß das ganze Lebensglück meiner Mutter zusammenbrechen würde, wenn sie seine Schlechtigkeiten erführe.«

»Wie kamst du denn dahinter?«

»Bald nach der Hochzeit ging ich eines Tages in Lynes Warenhaus. Eine der Angestellten benahm sich ungehörig mir gegenüber. Ich hätte die ganze Sache mit Schweigen übergangen, wenn nicht einer der Aufsichtsbeamten Zeuge des Vorfalls gewesen wäre. Er entließ das Mädchen sofort, und als ich ein gutes Wort für sie einlegen wollte, bestand er darauf, daß ich den Geschäftsführer sprechen sollte. Ich wurde in das Privatbüro geführt, wo ich Mr. Milburgh sah und sein Doppelleben erkannte. Er drang in mich, daß ich schweigen sollte, und schilderte mir die schrecklichsten Folgen, die irgendwelche Mitteilungen für meine Mutter haben würden. Er sagte mir, daß er alles wieder in Ordnung bringen könne, wenn ich auch in das Geschäft eintreten und ihm helfen würde. Er sprach von großen Summen, die er in Spekulationen angelegt hatte, von denen er große Vorteile erhoffte. Mit diesem Geld wollte er seine Unterschlagungen bei der Firma decken. Deshalb trat ich als Kassiererin in dem Warenhaus ein, aber er hat sein Versprechen gleich vom ersten Augenblick an gebrochen.«

»Ich verstehe nicht recht, warum er dich dort anstellte.«

»Es war ein wichtiger Kontrollposten, und wenn ein anderer meine Stelle gehabt hätte, wären seine Unterschlagungen leicht entdeckt worden. Er wußte, daß alle Nachfragen wegen Unregelmäßigkeiten des Geschäftsganges oder der Abrechnungen zuerst an mich kommen mußten, und er mußte jemand haben, der ihn alles wissen ließ. Er hat mir das niemals gesagt oder zugegeben, aber ich merkte bald, daß das der wahre Grund seiner Handlungsweise war.«

Und nun erzählte sie, welches Leben sie hatte führen müssen, wie tief die Kenntnis seiner Schuld sie niederdrückte und welche Gewissensqualen sie durchlebte.

»Vom ersten Augenblick an war ich seine Helfershelferin. Es ist ja wohl wahr, daß ich nichts gestohlen habe, aber durch mein Schweigen wurde es ihm möglich, alte Unregelmäßigkeiten wieder in Ordnung zu bringen und meine Mutter vor Schande und Elend zu bewahren. Aber auch hierin hat er mich auf das bitterste enttäuscht, denn anstatt seine früheren Vergehen wiedergutzumachen, hat er immer neue Unterschlagungen begangen.«

Sie sah ihn traurig lächelnd an.

»Ich habe soeben gar nicht mehr daran gedacht, daß ich zu einem Detektiv spreche und daß alles, was ich in den letzten Jahren gelitten habe, nun umsonst ist. Aber die Wahrheit muß jetzt ans Licht kommen, welche Folgen es auch immer haben mag.«

Sie machte eine Pause.

»Und nun werde ich dir erzählten, was sich in der Mordnacht zutrug.«

26

Tiefes Stillschweigen trat ein. Tarling fühlte, wie sein Herz schlug.

»Als ich an jenem Abend das Geschäft verließ«, fuhr Odette fort, »wollte ich meine Mutter aufsuchen und zwei oder drei Tage bei ihr bleiben, bevor ich meine neue Stelle antrat. Mr. Milburgh verbrachte nur das Wochenende in Hertford. Es wäre mir auch unmöglich gewesen, unter einem Dach mit ihm zu wohnen, nachdem ich alles über ihn wußte.

Ich verließ meine Wohnung ungefähr um halb sieben abends.

Ich kann mich nicht mehr auf den genauen Zeitpunkt besinnen, aber es muß um diese Zeit gewesen sein, denn ich wollte mit dem Siebenuhrzug nach Hertford fahren. Als ich auf der Station ankam, löste ich meine Fahrkarte und bückte mich eben, um meine kleine Tasche aufzunehmen, als ich fühlte, daß mich jemand am Arm berührte. Ich drehte mich um und erkannte Mr. Milburgh, der sehr aufgeregt und niedergeschlagen war. Er bestimmte mich dazu, mit einem späteren Zug zu fahren und ihn zu einem kleinen Restaurant zu begleiten, wo er sich ein Separatzimmer gemietet hatte. Er sagte mir, daß er sehr schlechte Nachrichten habe, die er mir mitteilen müsse.

Ich gab mein Gepäck zur Aufbewahrung und ging mit ihm. Wir aßen dort zu Abend, und währenddessen erzählte er mir, daß er dicht vor dem Ruin stände. Mr. Lyne hätte einen Detektiv angestellt, um alles Material gegen ihn zu sammeln, aber seine Wut gegen mich sei im Augenblick so groß gewesen, daß er vorläufig von seinem Vorhaben abgekommen sei.

›Nur du allein kannst im Augenblick die ganze Situation retten‹, sagte Milburgh.

›Wieso kann ich dich retten?‹ fragte ich erstaunt.

›Du mußt einfach die Verantwortung für alle Unterschlagungen auf dich nehmen, deine Mutter wird sonst zu stark belastet.‹

›Weiß sie es?‹

Er nickte. Später entdeckte ich erst, daß es wieder eine Lüge war und daß er mich nur durch die Liebe zu meiner Mutter dazu zwingen wollte.

Ich war ganz erschüttert und starr vor Schrecken bei dem Gedanken, daß meine arme Mutter in diesen schrecklichen Skandal verwickelt werden könnte. Und als er dann von mir verlangte, daß ich ein Schuldbekenntnis nach seinem Diktat schreiben sollte, tat ich es ohne Widerrede und ließ mich von ihm überzeugen, daß ich England mit dem ersten Zug nach Frankreich verlassen und so lange dort bleiben müßte, bis alles vorüber sei. – Das ist alles.«

»Warum bist du heute abend nach Hertford gekommen?«

»Ich wollte mein Geständnis holen. Ich wußte, daß Milburgh es im Geldschrank aufbewahrte. Ich traf mich mit ihm, nachdem ich das Hotel verlassen hatte. Er hatte mich vorher angerufen und mir das Geschäft angegeben, wo ich der Überwachung der Detektive entgehen konnte. Und dort sagte er mir . . .« Sie hielt plötzlich inne und wurde rot.

»Er sagte dir, daß ich dich liebe«, ergänzte Tarling ruhig.

Sie nickte.

»Er drohte mir, aus dieser Lage Vorteil zu schlagen und dir mein schriftliches Geständnis zu zeigen.«

»Jetzt verstehe ich die Zusammenhänge«, sagte Tarling und seufzte erleichtert auf. »Gott sei Dank! Morgen werde ich den Mörder Thornton Lynes verhaften!«

»Nein, tu das nicht!« bat sie und legte ihre Hand auf seine Schultern. »Du hast ihn in einem falschen Verdacht. Mr. Milburgh hat es nicht getan, ein solcher Schurke ist er nicht.«

»Wer hat denn dann das Telegramm an deine Mutter geschickt, daß du nicht kommen konntest?«

»Das war Milburgh.«

»Hat er denn zwei Telegramme geschickt? Kannst du dich darauf besinnen?«

»Ja. Ich weiß aber nicht, an wen er das zweite sandte.«

»Das haben wir auch herausgefunden, denn die beiden Formulare waren in derselben Handschrift ausgefüllt.«

»Aber –«

»Mein Liebling, quäle dich nun nicht mehr. Du wirst in der nächsten Zeit noch viel Schweres durchmachen müssen, aber du mußt tapfer sein, nicht nur um deinetwillen, sondern auch wegen deiner Mutter und um meinetwillen«, fügte er zärtlich hinzu.

Trotz ihrer unglücklichen Lage sah sie ihn liebevoll lächelnd an.

»Du setzt aber etwas als gewiß voraus?«

»Was meinst du?« fragte er erstaunt.

»Nun, daß ich dich« – sie errötete tief – »daß ich dich liebe und heiraten werde?«

»Ja, das stimmt«, erwiderte Tarling langsam. »Vielleicht war es meine Eitelkeit, die es mich glauben ließ.«

»Vielleicht war es auch das richtige Gefühl«, sagte sie und drückte seinen Arm innig.

»Aber jetzt muß ich dich zu deiner Mutter bringen.«

Der Weg kam ihm erstaunlich kurz vor, obwohl sie langsam gingen. Das Glück erschien ihm unwirklich wie ein Traum.

Odette hatte einen Schlüssel zum Parktor, und sie traten ein.

»Weiß deine Mutter, daß du in Hertford bist?« fragte er plötzlich.

»Ja, ich war heute abend bei ihr, bevor ich dir folgte.«

»Weiß sie –«

Er wagte den Satz nicht zu beenden.

»Nein«, sagte Odette, »sie weiß es nicht. Und wenn sie es wüßte, würde ihr die schreckliche Gewißheit das Herz brechen. Sie liebt Milburgh. Er ist immer sehr zuvorkommend und aufmerksam zu ihr, und sie liebt ihn so sehr, daß sie ihm blindlings alle Erklärungen für sein geheimnisvolles Kommen und Gehen glaubt. Noch nie ist ein Verdacht in ihrem Herzen aufgestiegen.«

Sie waren an die Stelle gekommen, wo er die Ledertasche aufgehoben hatte. Das Haus lag im Dunkeln, nirgends konnte man ein Licht sehen.

»Wir wollen durch die Tür unter der Pfeilerhalle gehen. Das ist der Weg, auf dem Mr. Milburgh immer hereinkommt. Hast du eine Lampe?«

Er leuchtete ihr, daß sie das Schlüsselloch finden konnte. Sie wollte aufschließen, aber die Tür gab unter ihrem Druck nach und öffnete sich.

»Sie ist offen«, sagte sie erschrocken, »und ich bin ganz sicher, daß ich sie geschlossen habe.«

Tarling untersuchte das Schloß beim Schein seiner Taschenlampe und sah, daß ein kleines Stückchen Holz hineingeklemmt war, so daß das Schloß nicht einschnappen konnte.

»Wie lange warst du im Haus?« fragte er schnell.

»Nur ein paar Minuten.«

»Hast du denn die Tür geschlossen, als du ins Haus gingst?«

Odette dachte einen Augenblick nach.

»Vielleicht habe ich es auch vergessen«, meinte sie dann. »Natürlich, ich habe die Tür aufgelassen, ich bin ja gar nicht auf diesem Weg aus dem Haus gegangen, meine Mutter ließ mich durch die Vordertür hinaus.«

Tarling suchte mit seiner Lampe die Eingangshalle ab und sah im Hintergrund die Treppe, die mit einem dicken Läufer belegt war. Er ahnte, was sich zugetragen hatte. Jemand mußte gesehen haben, daß die Tür nur angelehnt war, weil der Betreffende, der ins Haus ging, schnell wieder zurückkommen wollte, und hatte ein Stück Holz in das Schloß geklemmt, damit die Tür nicht zuschlagen konnte.

»Was mag geschehen sein?« fragte sie besorgt.

»Nichts«, sagte Tarling leichthin. »Vielleicht hat es dein Stiefvater getan, weil er seinen Schlüssel verloren hat.«

»Dann hätte er doch durch die Vordertür gehen können«, meinte sie ängstlich.

»Ich werde vorausgehen«, sagte Tarling leicht, obwohl er selbst ein beklemmendes Gefühl hatte.

Vorsichtig ging er die Treppe hinauf, die Lampe in der einen Hand, eine Pistole in der anderen. Die Stufen führten auf einen geräumigen Vorplatz, der mit einem Geländer gegen das Treppenhaus abgeschlossen war. Hier sah er zwei Türen.

»Das ist das Zimmer meiner Mutter«, sagte Odette und zeigte auf die nächstliegende.

Es überkam sie ein Angstgefühl, und sie zitterte. Tarling legte seinen Arm um sie, um sie zu ermutigen. Er ging zu der Tür und drückte die Klinke vorsichtig nieder. Aber er fühlte ein Hindernis und stemmte sich gegen den Türflügel. Schließlich brachte er ihn so weit auf, daß er hindurchschauen konnte.

Auf dem Schreibtisch brannte eine Tischlampe. Sie hatten den Lichtschein von außen nicht sehen können, weil die Fenster durch schwere Vorhänge geschlossen waren. Aber er sah weder auf das Fenster noch auf den Schreibtisch. Sein Blick fiel auf den Fußboden.

Mrs. Rider lag auf dem Boden hinter der Tür. Ein leises Lächeln war auf ihrem Gesicht zu sehen, aber aus ihrer Brust ragte in der Gegend des Herzens das Heft eines Dolches.

27

Tarling hatte mit einem Blick alles überschaut. Er wandte sich wieder zu Odette, die sich auch in den Raum drängen wollte. Er faßte sie sanft am Arm und zog sie in den Vorplatz zurück.

»Was ist geschehen?« fragte sie. »Laß mich zu meiner Mutter!« Sie suchte sich frei zu machen, aber er hielt sie fest.

»Du mußt jetzt sehr tapfer sein«, sagte er eindringlich und streichelte sie begütigend. Er öffnete die zweite Tür, schaltete das Licht ein und zog Odette mit sich in das Zimmer. Sie befanden sich in einem Schlafzimmer. Von diesem Raum führte noch eine andere Tür in entgegengesetzter Richtung, anscheinend ins Innere des Hauses.

»Wohin kommt man hier?« fragte er, aber sie schien ihn nicht zu hören.

»Mutter!« rief sie. »Was ist mit ihr geschehen?«

»Wo führt diese Tür hin?« fragte er noch einmal. Statt jeder anderen Antwort faßte sie in ihr Täschchen und gab ihm einen Schlüssel.

Er öffnete und kam in eine langgestreckte Galerie, von der aus man die vordere Eingangshalle übersehen konnte.

Sie ging hinter ihm her, doch er nahm sie wieder am Arm und führte sie in das kleine Zimmer zurück.

»Du mußt ruhig bleiben, es hängt jetzt alles davon ab, daß du mutig bist. Wo sind die Zimmer der Dienstboten?«

Aber unerwartet riß sie sich von ihm los und eilte zu dem Zimmer ihrer Mutter. Er folgte ihr auf dem Fuß.

»Um Gottes willen, Odette, gehe nicht hinein!«

Sie warf sich mit der ganzen Wucht ihres Körpers gegen die Tür und stand nun im Zimmer ihrer Mutter.

Mit einem Blick sah sie das Gräßliche, sank an der Seite der Toten nieder, legte ihre Arme um sie und küßte die kalten Lippen.

Tarling zog sie sanft fort und trug sie halb zu der Galerie zurück. Er sah, wie ein verstörter Mann, nur mit Hemd und Hose bekleidet, zur Galerie emporeilte. Tarling vermutete, daß es der Hausmeister wäre.

»Wecken Sie alle Dienstboten auf«, sagte er leise. »Mrs. Rider ist ermordet worden.«

»Ermordet?« rief der Mann entsetzt. »Das ist doch unmöglich!«

»Helfen Sie mir schnell«, sagte Tarling dringend. »Miss Rider ist ohnmächtig geworden.«

Sie trugen Odette zusammen in das Wohnzimmer und legten sie aufs Sofa. Tarling blieb so lange bei ihr, bis ein Mädchen kam und sie betreute.

Dann ging er mit dem Hausmeister in den Raum zurück, wo die Tote lag. Er drehte alle elektrischen Lampen an und nahm eine genaue Durchsuchung des ganzen Zimmers vor. Das Fenster, das zu dem glasgedeckten Wintergarten führte, war fest verschlossen und verriegelt.

Die schweren Vorhänge, die wahrscheinlich Milburgh zugezogen hatte, als er die Ledertasche holte, waren nicht berührt worden. Aus der Lage der Frau und ihrem ruhigen, friedlichen Gesichtsausdruck schloß er, daß ihr Tod plötzlich und unerwartet eingetreten sein mußte. Wahrscheinlich hatte sich der Mörder hinter sie geschlichen, während sie am Fußende der Couch stand. Sie hatte wohl, um sich die Zeit bis zur Rückkehr ihrer Tochter zu vertreiben, ein Buch aus einem kleinen Schrank nehmen wollen, der direkt neben der Tür stand. Er fand auch wirklich ein Buch auf dem Teppich, das ihr wahrscheinlich entfallen war, als sie den Todesstoß erhielt.

Die beiden Männer hoben die Tote auf und legten sie auf ein Sofa.

»Gehen Sie jetzt zur Stadt und holen Sie die Polizei – oder haben Sie ein Telefon hier?« fragte Tarling.

»Jawohl, Sir.«

»Dann können Sie sich diesen Gang sparen.«

Nachdem Tarling die Ortspolizei benachrichtigt hatte, ließ er sich mit Scotland Yard verbinden, um Whiteside zu alarmieren. Als er aus dem Fenster blickte, sah er, daß sich der Himmel im Osten erhellte, aber das graue, fahle Licht machte die schreckliche Finsternis um ihn her nur noch entsetzlicher.

Er betrachtete die Waffe, mit der der Mord verübt worden

war. Sie hatte das Aussehen eines gewöhnlichen Schlächtermessers. Er entdeckte einige eingebrannte Buchstaben auf dem Griff, die aber durch den dauernden Gebrauch schon undeutlich geworden waren. Mit Mühe konnte er ein großes M und zwei andere Buchstaben erkennen, die einem großen C und großen A glichen.

»M. C. A.?«

Er versuchte die Bedeutung der Inschrift zu erraten. In diesem Augenblick kam der Hausmeister zurück.

»Dem jungen Fräulein geht es sehr schlecht, Sir. Ich habe zum Arzt geschickt.«

»Das haben Sie recht gemacht«, sagte Tarling. »Diese Aufregung und der Schrecken waren zuviel für das arme Mädchen.«

Wieder ging er zum Telefon. Diesmal ließ er sich mit einem Krankenhaus in London verbinden. Er bestellte einen Krankenwagen, um Odette ohne Verzug abholen zu lassen. Als er mit Scotland Yard telefonierte, bat er, Ling Chu sofort nach Hertford zu schicken. Er hatte das größte Zutrauen zu dem Chinesen, besonders in diesem Fall, wo alle Spuren noch frisch waren. Ling Chu hatte eine fast übernatürliche Begabung und einen Spürsinn, wie ihn sonst nur Bluthunde besitzen.

»Keiner darf die oberen Räume betreten«, sagte er zu dem Hausmeister. »Wenn der Arzt und die Leute der Mordkommission kommen, müssen sie durch den vorderen Eingang hereingelassen werden, und wenn ich nicht hier sein sollte, dürfen Sie unter keinen Umständen zulassen, daß die hintere Treppe, die zu der Pfeilerhalle führt, benutzt wird.«

Er selbst verließ das Haus durch die Vordertür, um einen Rundgang durch das Grundstück zu machen. Er hatte nur wenig Hoffnung, hierbei neue Anhaltspunkte zu finden. Bei Tageslicht konnte man sicher manches finden, aber es war unwahrscheinlich, daß der Mörder in der Nähe des Tatortes geblieben war.

Der Park war ziemlich ausgedehnt und dicht mit Bäumen bestanden. Viele Wege schlängelten sich durch das Gebüsch bis zu den hohen Mauern, die das Grundstück einschlossen.

In der einen Ecke lag ein ziemlich großer, freier Platz, der weder mit Bäumen noch mit Sträuchern bestanden war. Er durchsuchte diese Stelle oberflächlich und leuchtete die langen Reihen der Gemüsebeete ab. Er war gerade im Begriff, wieder zu gehen, als er im Hintergrund ein schwarzes Gebäude entdeckte, das er für die Gärtnerwohnung hielt. Er richtete seine Taschenlampe darauf.

Spielte ihm seine Phantasie einen Streich, oder hatte er tatsächlich einen kurzen Augenblick ein blasses Gesicht bemerkt, das um die Ecke des Hauses blickte? Wieder leuchtete er mit seiner Lampe dorthin, aber nun war nichts zu sehen. Er schritt auf das Haus zu und machte eine Runde, er konnte jedoch niemand entdecken. Trotzdem hatte er das unbestimmte Gefühl, daß jemand aus dem dunklen Schatten des Hauses zu den dichten Baumgruppen hinschlich, die das Haus auf drei Seiten umgaben. Er drehte seine Taschenlampe wieder an; ihr Schein war nicht stark genug, um auf größere Entfernung hin etwas genauer unterscheiden zu können. Er ging in der Richtung weiter, wo er die Gestalt vermutete. Einmal hätte er schwören mögen, daß er deutlich ein Knacken der Zweige hörte.

Er eilte dem Geräusch nach und war nun ganz sicher, daß sich jemand in dem Gehölz verbarg. Er vernahm schnelle Schritte, dann herrschte wieder tiefes Schweigen. Er lief vorwärts, mußte aber in seinem Eifer zu weit gekommen sein, denn plötzlich hörte er ein verdächtiges Geräusch hinter sich. Sofort drehte er sich um und hob seine Waffe. »Wer ist dort?« rief er laut. »Halt – oder ich schieße!«

Es kam keine Antwort. Während er wartete, schrammte ein Schuh gegen die Mauer. Nun wußte er, daß der Verfolger über die Mauer kletterte. Er wandte sich nach der Richtung, aus der das Geräusch gekommen war, konnte jedoch wieder nichts erkennen.

Aber plötzlich erscholl von oben her ein scharfes hämisches Lachen. Es hörte sich so unheimlich an, daß Tarling von Grauen gepackt wurde. Die obere Mauer wurde von überhängenden Zweigen verdeckt, so daß seine Lampe wertlos war und ihn nur selbst in Gefahr brachte.

»Kommen Sie sofort herunter«, rief er, »sonst schieße ich!«

Aber es ertönte nur wieder dieses schreckliche dämonische Gelächter, das halb furchtsam, halb höhnisch klang.

»Du Mörder! Verfluchter Mörder! Du hast Thornton Lyne umgebracht! Das ist für dich – da!« schrie der Mann oben plötzlich mit heiserer Stimme herunter.

Tarling hörte, wie durch die Zweige und Äste etwas herunterkam. Ein Tropfen fiel auf seine Hand. Er schlenkerte ihn mit einem Schrei ab, denn er brannte wie Feuer. Der geheimnisvolle Fremde sprang auf der anderen Seite hinunter und lief davon. Der Detektiv bückte sich und hob beim Schein der Lampe den Gegenstand auf, der ihn treffen sollte. Es war eine kleine Flasche, und auf dem Etikett stand ›Vitriol‹.

28

Am nächsten Morgen um zehn Uhr saßen Whiteside und Tarling in Hemdsärmeln auf dem Sofa und tranken Kaffee. Tarling sah angegriffen und müde aus.

Sie saßen in dem Zimmer, in dem Mrs. Rider ermordet worden war. Die dunkelroten Flecken auf dem Teppich waren beredte Zeugen der unheimlichen Tragödie, die sich hier in der vergangenen Nacht abgespielt hatte.

Sie saßen schweigend nebeneinander, und jeder hing seinen eigenen Gedanken nach. Tarling hatte aus gewissen persönlichen Gründen nicht alles erzählt, was er in der Nacht erlebt hatte.

Auch die Begegnung mit dem geheimnisvollen Fremden an der Parkmauer hatte er nicht erwähnt.

Whiteside steckte sich eine Zigarette an, und dieses Geräusch weckte Tarling aus seinen Träumereien auf.

»Was halten Sie von der ganzen Sache?« fragte er.

Whiteside schüttelte den Kopf.

»Wenn irgend etwas gestohlen worden wäre, könnte man eine einfache Erklärung geben. Aber das ist ja nicht der Fall – mir tut nur das arme Mädchen leid.«

Tarling nickte.

»Es ist schrecklich. Der Doktor mußte ihr erst ein Betäubungs-

mittel geben, sonst wäre es unmöglich gewesen, sie von hier fort-
zubringen.«

»Die ganze Geschichte ist äußerst verworren«, sagte der Polizeiinspektor und strich sich nachdenklich mit der Hand über die
Stirn. »Hat denn das junge Mädchen keine Angaben machen
können, aus denen man Anhaltspunkte gewinnen könnte, wer
der Täter ist?«

»Nein, sie konnte nicht das geringste darüber aussagen. Sie
hatte ihre Mutter aufgesucht und die hintere Tür aufstehen lassen, da sie ursprünglich das Haus wieder auf demselben Weg
verlassen wollte, nachdem sie mit ihrer Mutter gesprochen hatte.
Aber Mrs. Rider ließ sie zur Vordertür hinaus. Offenbar hat sie
jemand beobachtet und wartete, bis sie wieder herauskommen
sollte. Als sie aber nicht wieder erschien, schlich er sich ins Haus.«

»Das war doch bestimmt Milburgh«, meinte Whiteside.

Tarling antwortete nicht. Er hatte seine eigenen Ansichten,
aber er äußerte sich im Augenblick noch nicht.

»Es ist ganz klar, daß es Milburgh war«, sagte Whiteside.
»Er kommt in der Nacht zu Ihnen – wir wissen, daß er sich in
Hertford aufhält. Wir wissen auch, daß er Sie zu ermorden ver-
suchte, weil er glaubte, daß das Mädchen ihn verraten hätte und
Sie hinter sein Geheimnis gekommen wären. Und nun hat er die
Mutter getötet, die wahrscheinlich viel mehr von dem geheim-
nisvollen Tod Thornton Lynes weiß als ihre Tochter.«

Tarling schaute auf die Uhr.

»Ling Chu müßte eigentlich schon hier sein«, sagte er dann.

»Ach, Sie haben nach Ihrem Chinesen geschickt?« fragte
Whiteside erstaunt. »Nehmen Sie denn an, daß er irgend etwas
über diese Geschichte weiß?«

Tarling schüttelte de Knopf.

»Nein. Ich glaube, was er mir erzählt hat. Als ich seine Geschichte damals an Scotland Yard weiterberichtete, erwartete ich
nicht, daß auch Sie sich davon überzeugen ließen. Aber ich kenne
Ling Chu genau. Er hat mich noch nie belogen.«

»Mord ist eine böse Sache«, entgegnete Whiteside. »Und wenn
ein Mann nicht lügt, um vom Galgen freizukommen, lügt er
überhaupt nicht.«

Unten hielt ein Auto, und Tarling trat ans Fenster.

»Das ist Ling Chu«, sagte er. Einige Minuten später trat der Chinese geräuschlos ins Zimmer. Tarling erwiderte seinen Gruß mit einem kurzen Nicken und erzählte ihm dann ohne alle Umschweife, was sich hier ereignet hatte. Er sprach englisch zu ihm, so daß Whiteside folgen konnte, der manchmal eine kleine Bemerkung einwarf. Der Chinese lauschte, ohne ein Wort zu sagen, und als Tarling geendet hatte, machte er eine seiner kurzen Verbeugungen und verließ den Raum.

»Hier sind die Briefe«, sagte Whiteside, nachdem Ling Chu gegangen war.

Zwei Stöße mit Briefen lagen in schöner Ordnung auf dem Schreibtisch von Mrs. Rider. Tarling zog sich einen Stuhl heran und setzte sich.

»Sind das alle?«

»Jawohl. Ich habe das ganze Haus seit heute morgen um acht Uhr durchsucht und kann weiter nichts finden. Die auf der rechten Seite sind alle von Milburgh. Sie sind nur mit einem Anfangsbuchstaben unterzeichnet, das ist eine Eigenheit von ihm, aber auf allen Briefen steht seine Stadtadresse.«

»Haben Sie sie einmal durchgesehen?« fragte Tarling.

»Ich habe sogar alle gelesen, aber ich habe nichts gefunden, was Milburgh irgendwie belasten könnte. Es sind gewöhnliche Briefe, die sich meistens um kleine Geschäfte und um Investierungen drehen, die Milburgh im Namen seiner Frau machte – oder besser im Namen von Mrs. Rider. Man kann leicht daraus ersehen, wie tief die arme Frau in die ganze Sache verwickelt war, ohne etwas von Milburghs Verbrechen zu wissen.«

Tarling nahm die Briefe nacheinander aus den Umschlägen, las sie durch und legte sie wieder zurück. Er war bei der Hälfte des Stoßes angelangt, als er plötzlich innehielt und mit einem Brief zum Fenster trat.

»Hören Sie einmal zu«, sagte er zu Whiteside.

»Verzeihe mir, daß ich dir diesen befleckten Bogen schicke, aber ich bin in furchtbarer Eile und habe mir die Finger mit Tinte beschmutzt, weil ich die Flasche umgestoßen habe.«

»Aber da ist doch weiter nichts dabei!« entgegnete Whiteside.

»An den Worten sicher nicht«, gab Tarling zu. »Aber unser Freund hat auf diesem Briefbogen einen brauchbaren Daumenabdruck hinterlassen. Ich schließe wenigstens aus der Größe, daß es ein Daumenabdruck ist.«

»Geben Sie mir bitte einmal den Bogen.«

Whiteside war erregt aufgesprungen, ging um den Tisch herum und schaute Tarling über die Schulter, der den Brief noch in der Hand hielt. Er wurde sehr erregt und packte Tarling am Arm.

»Jetzt haben wir ihn! Er kann uns nicht mehr entwischen!«

»Was meinen Sie damit?«

»Ich kann einen Eid darauf leisten, daß dieser Fingerabdruck mit den blutigen Spuren identisch ist, die wir auf der Kommodenschublade in Miss Riders Wohnung gefunden haben!«

»Sind Sie Ihrer Sache ganz sicher?«

»Absolut«, erwiderte Whiteside schnell. »Sehen Sie doch einmal diese Spirale, diese Linienführung – es ist genau dieselbe. Ich habe die Fotografie des blutigen Abdrucks bei mir.« Er suchte in seinem Notizbuch und fand die Vergrößerung.

»Vergleichen Sie doch!« rief Whiteside triumphierend. »Linie für Linie, Furche für Furche stimmt genau. Das ist Milburghs Daumenabdruck, und Milburgh ist der Mann, den wir suchen!«

Er zog schnell seinen Rock an.

»Wohin wollen Sie?«

»Zurück nach London«, sagte der Polizeiinspektor grimmig, »um einen Haftbefehl gegen George Milburgh ausstellen zu lassen, gegen den Mann, der Thornton Lyne und seine eigene Frau ermordete – den schwersten Verbrecher, den es augenblicklich gibt!«

29

In diesem Augenblick trat Ling Chu wieder in das Zimmer. Seine Gesichtszüge waren undurchsichtig wie immer. Er brachte stets eine eigenartig geheimnisvolle Atmosphäre mit sich.

»Nun?« fragte Tarling. »Was hast du entdeckt?«

Selbst Whiteside horchte auf, obwohl er den Fall von sich aus als geklärt betrachtete.

»Zwei Leute kamen in der letzten Nacht die Treppe herauf«, sagte Ling Chu. »Auch mein Herr.« Er schaute auf Tarling, der zur Bestätigung nickte. »Die Fußspuren meines Herrn sind klar«, fuhr er fort, »ebenso diejenigen der kleinen, jungen Frau, auch die nackten Füße.«

»Hast du Spuren von nackten Füßen bemerkt?« fragte Tarling, und Ling Chu bestätigte es.

»War es ein Mann oder eine Frau?« forschte Whiteside.

»Das kann ich nicht entscheiden«, entgegnete der Chinese, »aber die Füße waren verletzt und bluteten. Draußen auf den kiesbestreuten Wegen sind Blutspuren.«

»Das kann nicht stimmen«, sagte Whiteside scharf.

»Unterbrechen Sie ihn nicht«, warnte Tarling.

»Eine Frau ging in das Haus und kam wieder heraus –«, fuhr Ling Chu fort.

»Das war Miss Rider.«

»Dann kamen eine Frau und ein Mann, später die barfüßige Person, denn die Blutspuren sind über den Abdrücken der ersteren.«

»Woher wissen Sie aber, welche Spuren von der ersten Frau und welche von der zweiten herrühren?« Whitesides Interesse war trotz der ablehnenden Haltung erwacht.

»Die Füße der ersten Frau waren naß«, erwiderte Ling Chu.

»Aber es hat doch nicht geregnet«, sagte der Polizeiinspektor.

»Sie stand auf dem Gras«, erklärte Ling Chu, und Tarling nickte bestätigend. Er erinnerte sich daran, daß Odette im Schatten der Büsche auf dem Rasen gestanden und sein Abenteuer mit Milburgh beobachtet hatte.

»Aber eines kann ich nicht verstehen, Herr«, sagte Ling Chu. »Es sind noch Fußstapfen von einer anderen Frau da, die ich auf der Treppe in der Halle nicht entdecken konnte. Diese Frau wanderte um das ganze Haus herum. Soviel ich feststellen kann, hat sie zweimal die ganze Runde gemacht. Dann ging sie in den Garten und zwischen den Bäumen hindurch.«

Tarling starrte ihn verwundert an.

»Miss Rider ging aus dem Haus auf die Straße«, sagte er, »und folgte mir später nach Hertford.«

»Ich habe aber außerdem noch die Fußspuren einer Frau entdeckt, die um das Haus herumgegangen ist«, erwiderte Ling Chu hartnäckig. »Und deshalb glaube ich auch, daß die Person, die mit nackten Füßen hier herumging, eine Frau war . . .«

»Sind noch Spuren von Männern außer uns dreien vorhanden?«

»Das wollte ich eben erklären«, sagte Ling Chu. »Ich habe noch eine sehr schwache Spur von einem Mann entdeckt, der ziemlich früh kam. Die nassen Fußspuren bedecken die seinen. Er ist auch wieder fortgegangen, aber ich habe keine Spur von ihm auf dem Kies entdeckt, nur die Spur eines Fahrrades.«

»Das war also Milburgh«, ergänzte Tarling.

Ling Chu berichtete weiter: »Die Fußspuren der Frau, die um das Haus herumgehen, sind so schwer für mich zu erklären, weil ich sie nicht auf der Treppe finden kann. Und doch weiß ich, daß sie aus dem Haus herauskamen, ich kann sie genau in der Richtung von der Tür aus verfolgen. Kommen Sie bitte mit mir herunter, damit ich es zeigen kann.«

Er führte die beiden in den Garten. Whiteside bemerkte erst jetzt, daß der Chinese barfuß war.

»Haben Sie nicht vielleicht Ihre eigenen Spuren mit denen anderer Leute verwechselt?« fragte er scherzend.

»Ich habe meine Schuhe dort draußen hinter der Tür gelassen, weil es so viel leichter für mich ist, zu arbeiten«, sagte Ling Chu. Dann ging er wieder zur Tür und zog seine Schuhe an.

Er führte die beiden auf die Seite des Hauses und zeigte ihnen dort deutliche Spuren, die zweifellos von einer Frau stammten. Diese Spuren führten um das ganze Haus herum. Merkwürdigerweise waren sie vor allen Fenstern deutlicher wahrzunehmen, als ob dieser geheimnisvolle Besucher über die Gartenmauer gestiegen wäre und versucht hätte, irgendwo einen Eingang in das Haus zu finden.

»Was hältst du nun von allem, Ling Chu?« fragte Tarling.

»Jemand kam in das Haus, indem er sich durch die hintere Tür schlich und die Treppe hinaufstieg. Zuerst hat dieser Eindringling den Mord begangen, dann hatte er das ganze Haus durchsucht. Aber er konnte nicht mehr durch die Tür.«

»Da hat er recht«, sagte Whiteside. »Sie meinen doch damit die Tür, die von diesem Gebäudeflügel in das eigentliche Haus führt. Die war doch verschlossen, Tarling, als Sie den Mord entdeckten?«

»Jawohl«, sagte Tarling. »Die Tür war fest verschlossen.«

»Als sie merkten, daß sie nicht ins Haus hereinkommen konnten«, fuhr Ling Chu fort, »versuchten sie durch eins der Fenster einzudringen.«

»Sie – sie?« fragte Tarling ungeduldig. »Ling Chu, wer soll das denn sein? Meinst du die Frau?«

Diese neue Behauptung Ling Chus war wirklich verwirrend. Tarling hatte den zweiten Teilnehmer an dieser Tragödie erkannt – ein brauner Flecken auf dem Rücken seiner Hand erinnerte ihn deutlich an dessen Existenz. Wer war nun aber die dritte Person?

»Ich meine die Frau«, erwiderte Ling Chu ruhig.

»Aber wer wollte denn um Himmels willen noch in das Haus, nachdem er Mrs. Rider ermordet hatte?« fragte Whiteside nervös. »Ihre Theorie widerspricht der klaren Vernunft, Ling Chu. Wenn jemand einen Mord begangen hat, dann ist er eifrig bestrebt, sich so bald als möglich und so weit als möglich von dem Tatort zu entfernen.«

Ling Chu antwortete nicht.

»Wie viele Leute sind denn an diesem Mord beteiligt?« fragte Tarling. »Ein barfüßiger Mann oder Frau kam ins Haus und tötete Mrs. Rider. Eine zweite Person machte die Runde um das Haus und versuchte, durch eins der Fenster einzudringen –«

»Ich kann nicht genau sagen, ob es eine oder zwei Personen waren«, antwortete Ling Chu.

Tarling durchsuchte den hinteren Gebäudeteil noch einmal genau. Er war von dem übrigen Haus getrennt. Offensichtlich war alles so eingerichtet, damit Mr. Milburgh nicht gesehen werden konnte, wenn er seine Besuche in Hertford machte. Dieser Gebäudeteil bestand aus drei Räumen: einem Schlafzimmer, das neben dem Wohnzimmer lag und offensichtlich von Mrs. Rider bewohnt wurde, denn man hatte ihre Kleider in dem Kleiderschrank gefunden, einem Wohnzimmer, in dem der Mord begangengen wurde, und drittens dem Reserveschlafzimmer, durch das er mit Odette nach der Galerie der vorderen Eingangshalle gegangen war.

Das war auch die Tür, die die einzige Verbindung zu dem übrigen Haus darstellte.

»Wir können weiter nichts tun, als die Sache der Ortspolizei überlassen und nach London zurückkehren«, sagte Tarling, als seine Nachforschungen beendet waren.

»Und Milburgh verhaften«, meinte Whiteside. »Halten Sie Ling Chus Erklärung für richtig?«

Tarling schüttelte den Kopf.

»Ich möchte sie nicht gerade verwerfen, denn Ling Chu ist ein erstaunlich schlauer und umsichtiger Detektiv. Er ist imstande, Fußspuren, die für andere Leute vollkommen unsichtbar sind, zu verfolgen. Ich habe früher mit seiner Hilfe in China die allergrößten Erfolge gehabt.«

Sie kehrten im Auto nach der Stadt zurück. Ling Chu saß während der Fahrt neben dem Chauffeur und rauchte dauernd Zigaretten. Tarling sprach unterwegs wenig, seine Gedanken waren vollständig mit den letzten geheimnisvollen Ereignissen beschäftigt, für die er selbst noch keine Erklärung gefunden hatte.

Auf dem Weg durch London kamen sie an dem Hospital vorbei, in dem Odette Rider lag. Er ließ den Wagen halten, um sich nach ihrem Befinden zu erkundigen, und erfuhr, daß sie sich von dem harten Schlag wieder einigermaßen erholt hatte. Sie lag in tiefem Schlaf.

»Das ist das beste für sie«, erklärte er, als er zu Whiteside zurückkam, »ich hatte schon große Sorge um sie.«

»Sie interessieren sich anscheinend für Miss Rider außerordentlich stark?«

Tarling war zuerst unangenehm berührt, lachte dann aber.

»O ja, ich interessiere mich für sie«, gab er zu, »aber das ist ja auch ganz natürlich.«

»Wieso natürlich?«

»Weil Miss Rider meine Frau werden wird«, erklärte er nachdrücklich.

»Ach so«, sagte Whiteside erstaunt und schwieg dann.

Der Haftbefehl für Milburgh war schon ausgefertigt und wurde Whiteside zur Durchführung übergeben, als sie in Scotland Yard ankamen.

»Wir werden ihm keine Zeit lassen«, sagte der Polizeiinspektor. »Ich fürchte, es glückt ihm immer alles zu gut – hoffentlich treffen wir ihn noch zu Hause an.«

Das Haus in Camden Town war leer, wie Whiteside vermutet hatte. Die Aufwartefrau, die jeden Morgen kam, wartete noch geduldig vor dem eisernen Tor. Sie erzählte ihm, daß Mr. Milburgh sie gewöhnlich um halb neun hereinließ. Selbst wenn er verreist gewesen war, kam er doch stets vor dieser Zeit wieder zurück.

Whiteside öffnete das Schloß mit einem Dietrich, obwohl die Aufwartefrau im Interesse ihres Dienstherrn protestierte. Die Haustür selbst war viel schwieriger zu öffnen, denn sie war mit einem Patentschloß versehen. Tarling ließ sich aber dadurch nicht weiter aufhalten, sondern schlug eine Fensterscheibe ein.

»Hören Sie das?«

Ein schrilles Läuten erscholl im selben Moment, als die Fensterscheiben zerschlagen wurden.

»Diebsalarm«, sagte Tarling kurz, zog die Fensterriegel zurück und öffnete das Fenster. Dann stieg er hinein und kam in das Zimmer, in dem er damals mit Milburgh gesprochen hatte.

Das Haus war leer. Sie gingen von Zimmer zu Zimmer und durchsuchten Schränke und Kommoden. In einer der letzten machte Tarling eine Entdeckung. Es waren ein paar glitzernde Spuren eines Pulvers, die er auf seine Hand schüttete.

»Wenn das nicht Thermit ist, will ich mich hängen lassen«, sagte er. »Auf jeden Fall können wir Mr. Milburgh Brandstiftung nachweisen, wenn es uns nicht gelingt, ihn wegen Mordes zu fassen. Senden Sie es, bitte, zum Regierungschemiker, Whiteside. Wenn Milburgh Thornton Lyne nicht umgebracht hat, so hat er doch sicher das Haus der Firma Dashwood & Solomon in Brand gesteckt, um die Beweise seiner Unterschlagungen zu vernichten.«

Whiteside machte die zweite Entdeckung. Mr. Milburgh besaß ein großes Bett.

»Das ist ein an Luxus gewöhnter Teufel«, sagte Whiteside.
»Sehen Sie doch mal, wie stark diese Sprungfedermatratze ist.«
Er untersuchte das Bett genauer und wandte sich dann mit
einem erstaunten Gesicht um. »Die Konstruktion ist hier etwas
zu massig für eine Matratze.« Er schlug die Bettgardinen zurück, um genauer prüfen zu können. An der Seite entdeckte er
eine kleine runde Öffnung. Sofort nahm er sein Taschenmesser
heraus, klappte es auf, steckte die schmale Klinge hinein und
drückte dagegen. Ein leichtes Knacken ertönte, und zwei Türen
sprangen auf. Sie waren ähnlich wie die Türen eines Grammo-
phons, die den Schall dämpfen sollen.

Whiteside tastete mit der Hand hinein und zog etwas heraus.

»Bücher«, sagte er zunächst enttäuscht, aber er betrachtete sie
doch näher. Plötzlich hellten sich seine Züge auf. »Das sind ja
Tagebücher! Ich möchte nur wissen, ob dieser Kerl tatsächlich
Tagebuch geführt hat?«

Er legte die Bände aufs Bett. Tarling nahm einen in die Hand
und schlug ihn auf.

»Das sind ja Thornton Lynes Tagebücher! Die können uns
vielleicht nützliche Aufschlüsse geben.«

Einer der Bände war verschlossen. Es war der letzte in der
Reihe, und man sah deutlich, daß versucht worden war, ihn zu
öffnen. Mr. Milburgh hatte es tatsächlich auch probiert, da er
aber eine systematische Lektüre dieser Bücher vornehmen wollte,
war es leicht möglich, daß er ihn zunächst beiseite gelegt hatte.

»Ist sonst noch etwas in dem Versteck?« fragte Tarling.

»Nein«, erwiderte der Polizeiinspektor enttäuscht. »Aber vielleicht sind noch mehrere Fächer da.«

Sie suchten beide eifrig, fanden aber nichts mehr.

»Wir können hier nichts weiter tun«, sagte Tarling. »Lassen
Sie einen Ihrer Leute hier auf Posten für den Fall, daß Milburgh
zurückkommen sollte. Ich persönlich glaube nicht daran, daß er
noch einmal hier auftaucht.«

»Glauben Sie, daß ihn Miss Rider überrascht hat?«

»Das ist sehr wahrscheinlich«, antwortete Tarling. »Ich werde
jetzt noch zu dem Geschäftshaus fahren, aber er wird sich dort
ebensowenig aufhalten wie hier.«

Mit dieser Vermutung hatte er recht. Niemand in dem großen Warenhaus hatte den Geschäftsführer gesehen oder konnte über seinen Verbleib Auskunft geben. Milburgh war verschwunden, als hätte ihn die Erde verschlungen.

Scotland Yard gab seine Personenbeschreibung sofort allen Polizeistationen bekannt. Innerhalb vierundzwanzig Stunden kannte jeder Polizist die Fotografie und das Signalement des Gesuchten. Und wenn er das Land noch nicht verlassen hatte, war seine Verhaftung unvermeidlich.

Um fünf Uhr nachmittags fand man einen neuen Anhaltspunkt. Ein paar Damenschuhe, die abgetragen und beschmutzt waren, wurden in einem Graben an der Landstraße nach Hertford gefunden. Die Stelle lag vier Meilen von Mrs. Riders Haus entfernt. Der Chef der Hertford-Polizei hatte die Nachricht telefonisch nach Scotland Yard durchgegeben und die Schuhe durch einen besonderen Boten zur Polizeidirektion geschickt.

Abends um halb acht Uhr wurde das Paket auf Tarlings Schreibtisch gelegt.

Er öffnete sofort den Karton und fand ein Paar abgetragene Morgenschuhe darin, die sehr zerrissen waren, doch einmal bessere Tage gesehen hatten.

»Sie gehörten einer Frau, sehen Sie sich die spitzen Absätze an.«

Whiteside nahm einen Schuh in die Hand.

»Hier«, sagte er plötzlich und zeigte auf das helle Futter der Schuhe. »Diese Blutflecken bestätigen Ling Chus Annahme. Die Füße der Person, die sie getragen hat, waren verletzt und bluteten.«

Tarling besichtigte die Schuhe und nickte. Er hob das Zungenleder in die Höhe, um den Stempel der Firma zu entdecken. Aber plötzlich ließ er den Schuh fallen.

»Was ist denn los?« fragte Whiteside und hob ihn wieder auf.

Er starrte auf das Innere, dann lachte er nervös auf. Es war ein kleines ledernes Etikett dort aufgeklebt, das den Namen einer bekannten Londoner Schuhfirma trug. Darunter stand mit Tinte geschrieben ›O. Rider‹.

30

Die Oberin des Krankenhauses empfing Mr. Tarling. Sie sagte ihm, daß Odette sich wieder erholt habe, aber noch einige Zeit der Ruhe bedürfe, und schlug vor, sie einige Zeit aufs Land zu schicken.

»Ich möchte Ihnen raten, sie nicht so sehr mit Fragen zu belästigen, Mr. Tarling«, sagte die ältere Dame, »denn sie kann noch keine großen Aufregungen vertragen.«

»Ich habe nur eine Frage an sie zu richten«, sagte der Detektiv grimmig.

Er fand Odette in einem behaglichen Krankenzimmer.

Er neigte sich herab und küßte sie, dann zog er ohne weitere Umschweife den Schuh aus der Tasche.

»Liebe Odette, ist das dein Schuh?«

Sie warf nur einen Blick darauf und nickte.

»Wo hast du ihn gefunden?«

»Bist du auch sicher, daß er dir gehört?«

»Natürlich«, sagte sie lächelnd. »Das sind meine alten Morgenschuhe, die ich immer zu Hause trug. Aber warum fragst du mich danach?«

»Wo hast du die Schuhe zuletzt gesehen?«

Das Mädchen schloß die Augen und zitterte.

»In Mutters Zimmer. O Mutter! Mutter!«

Sie drückte ihr Gesicht in die Kissen und weinte. Tarling streichelte ihre Hände und versuchte sie zu beruhigen.

Es dauerte einige Zeit, bevor sie sich wieder gefaßt hatte. Aber sie konnte keine weiteren Erklärungen geben.

»Mutter hatte die Schuhe so gern. Wir hatten beide dieselbe Größe . . .«

Sie konnte nicht weitersprechen vor Schluchzen, und Tarling versuchte, das Gespräch auf andere Dinge zu bringen. Mehr und mehr kam er zu der Überzeugung, daß Ling Chus Theorie richtig war, obwohl Tarling nicht alle Tatsachen, die er entdeckt hatte, mit ihr in Übereinstimmung bringen konnte. Auf seinem Weg zur Polizeidirektion dachte er eifrig darüber nach, wie man diese Widersprüche auflösen könnte.

Jemand war mit bloßen Füßen ins Haus gekommen, seine Füße bluteten, und nachdem er den Mord begangen hatte, sah er sich nach ein Paar Schuhen um. Der Mörder, mochte es nun ein Mann oder eine Frau sein, entdeckte die alten Morgenschuhe, zog sie an und ging dann hinaus, nachdem er vorher das Haus durchsucht hatte. Es blieb aber noch immer die Frage offen, warum diese geheimnisvolle Person den Versuch gemacht hatte, wieder in das Haus zu kommen und was sie dort suchte.

Wenn Ling Chu recht hatte, konnte Milburgh offensichtlich nicht der Mörder sein. Wenn er der scharfen Beobachtungsgabe des Chinesen trauen konnte, dann war der Mann mit den kleinen Füßen derselbe, der ihn höhnisch verlacht und die Vitriolflasche nach ihm geworfen hatte. Er teilte Whiteside diese Schlußfolgerungen mit, der ihm darin recht gab.

»Aber daraus folgt doch immer noch nicht«, erklärte Whiteside, »daß die Person mit den bloßen Füßen, die offensichtlich in Mrs. Riders Haus eingedrungen war, den Mord beging. Meiner Meinung nach ist Milburgh der Täter. Wir wollen nicht darüber streiten, aber es besteht doch kaum ein Zweifel, daß er Lyne ermordet hat.«

»Ich glaube, ich weiß jetzt, wer den Mord an Lyne begangen hat«, sagte Tarling fest. »Ich habe mir alles genau überlegt und bin jetzt ins reine gekommen. Sie würden meine Theorie als zu phantastisch ablehnen.«

»Wen halten Sie denn für den Mörder?« fragte Whiteside, aber Tarling schüttelte den Kopf.

Er hielt den Augenblick noch nicht für geeignet, seine Hypothese bekanntzugeben.

Whiteside lehnte sich in seinen Sessel zurück und dachte einige Augenblicke scharf nach.

»Der Fall ist von Anfang an voller Widersprüche. Thornton Lyne war ein reicher Mann – nebenbei bemerkt sind Sie es jetzt auch, Tarling. Und deswegen müßte ich Sie eigentlich mit großem Respekt behandeln.«

»Fahren Sie nur fort«, sagte Tarling lächelnd.

»Lyne hatte merkwürdige Liebhabereien – er war ein schlechter Poet, wie aus seinem kleinen Gedichtband ja zur Genüge

163

hervorgeht. Er war ein Mann, der Extravaganzen liebte. Beweis dafür ist die Art und Weise, wie er sich Sam Stays annahm, der, wie Sie vielleicht erfahren haben, aus der Irrenanstalt ausgebrochen ist.«

»Ich weiß es«, sagte Tarling. »Sprechen Sie nur weiter.«

»Lyne verliebte sich in ein hübsches junges Mädchen, das in seiner Firma angestellt ist. Er war gewöhnt, daß alle seine Wünsche erfüllt wurden und daß alle Frauen ihm zu Willen waren, wenn er sie begehrte. Dieses Mädchen lehnte seine Anträge ab, und infolge dieser Demütigung empfand er einen unbändigen Haß gegen sie.«

»Aber ich sehe noch immer nicht, welche Widersprüche Sie meinen?« entgegnete Tarling in scherzhaftem Ton.

»Dazu komme ich jetzt. Das war Nummer eins. Der zweite ist Mr. Milburgh, ein salbungsvoller Mensch, der die Firma schon seit vielen Jahren betrogen und bestohlen hat und in Hertford auf großem Fuß von all den Geldern lebte, die er auf so unredliche Weise erwarb. Aus allem, was er hört oder erfährt, weiß er, daß man ihm mißtraut und daß es ihm an den Kragen gehen wird. Er ist verzweifelt, als er begreift, daß Thornton Lyne sich sterblich in seine Stieftochter verliebt hat. Was liegt näher, als daß er sie dazu benützt, um Thornton Lyne in seinem Sinne zu beeinflussen?«

»Meiner Meinung nach«, unterbrach ihn Tarling, »müßte er eher versuchen, die ganze Verantwortung für alle Diebstähle im Geschäft dem jungen Mädchen in die Schuhe zu schieben, unter der Voraussetzung, daß sie durch ihr Entgegenkommen ihrem Chef gegenüber der Strafe entgehen kann.«

»Auch das kann richtig sein, ich will diese Möglichkeit nicht von der Hand weisen«, entgegnete Whiteside. »Milburgh lag daran, unter günstigen Umständen eine Privatunterhaltung mit Thornton Lyne zu führen. Er schickt deshalb ein Telegramm an seinen Chef mit der Bitte, nach Miss Riders Wohnung zu kommen, und verläßt sich darauf, daß die Aussicht auf dieses galante Abenteuer seine Wirkung nicht verfehlen wird.«

»Und Thornton Lyne kommt in Filzschuhen?« fragte Tarling sarkastisch. »Nein, Whiteside, da stimmt irgend etwas nicht.«

»Da haben Sie schon recht«, gab der andre zu, »aber ich möchte den Fall erst einmal in großen Umrissen skizzieren. Lyne kommt tatsächlich und trifft Milburgh in der Wohnung von Odette. Milburgh spielt jetzt seinen letzten Trumpf aus, er gesteht seine ganze Schuld und steuert auf die Lösung zu, die er seit langer Zeit vorbereitet hat. Lyne lehnt ab, es entsteht ein Streit zwischen den beiden, und in seiner Verzweiflung erschießt Milburgh den anderen.«

Tarling schüttelte den Kopf und lächelte eine Weile vergnügt vor sich hin.

»Ja, die ganze Geschichte gibt uns viele Rätsel auf«, sagte er dann.

Die Tür öffnete sich, und ein Polizeibeamter trat ein.

»Hier sind alle Einzelheiten, die Sie wünschten.« Er wandte sich an Whiteside und überreichte ihm ein maschinebeschriebenes Blatt.

»Ach, sehen Sie, hier haben wir alle Details über unseren Freund Sam Stay«, sagte Whiteside, als der Beamte den Raum verlassen hatte. Er las halblaut vor sich hin. »Größe ein Meter zweiundsechzig, blasse Hautfarbe . . . trägt einen grauen Anzug und Unterzeug mit dem Stempel der Landesirrenanstalt . . . Hallo!«

»Was ist los?« fragte Tarling.

»Das ist wichtig.« Der Inspektor las weiter: »Als der Patient ausbrach, hatte er keine Schuhe. Er hat einen außergewöhnlich kleinen Fuß. Außerdem fehlt ein großes Küchenmesser. Es ist auch möglich, daß der Mann bewaffnet ist. Alle Schuhmacher sollten benachrichtigt werden . . .«

»Sam Stay war barfuß, als er ausbrach?« Tarling stand vom Tisch auf und runzelte die Stirn. »Sam Stay haßte Odette Rider.«

Die beiden sahen sich an.

»Sehen Sie nun, wer Mrs. Rider umgebracht hat?« fragte Tarling. »Sie wurde von einem Menschen getötet, der sah, wie Odette Rider ins Haus ging, und der vergeblich darauf wartete, daß sie wieder herauskam. Er schlich ihr nach, um, wie er sich einbildete, seinen toten Wohltäter an ihr zu rächen. Und dann tötete er diese unglückliche Frau. Jetzt erklären sich auch die Buchstaben M. C. A. auf dem Griff des Messers. Sie bedeuten Middlesex County-Asylum. Er hat das Messer bei sich gehabt. Als er seinen Irrtum einsah, suchte er nach ein Paar Schuhen für seine blutenden Füße, und als es ihm nicht mehr gelang, auf einem anderen Weg wieder in das Haus zu kommen, ging er um das Gebäude herum, um zu sehen, ob er nicht durch irgendein Fenster hineingelangen konnte, um Odette Rider zu finden.«

Whiteside sah ihn erstaunt an.

»Schade, daß Sie ein so großes Vermögen geerbt haben«, sagte er bewundernd. »Wenn Sie sich zurückziehen, wird unser Vaterland um einen großen Detektiv ärmer werden.«

31

»Ich habe Sie bestimmt schon irgendwo gesehen?«

Der stattliche Geistliche mit der tadellos weißen Halskrause beugte sich liebenswürdig zu dem Mann hinab, der ihn fragte, und schüttelte dann mit einem freundlichen Lächeln den Kopf.

»Nein, mein lieber Freund, ich kann mich durchaus nicht besinnen, Ihnen jemals begegnet zu sein.«

Es war ein kleiner Mann mit einem abgetragenen Anzug, der ungewöhnlich blaß und krank aussah. Sein Gesicht war mager und von vielen Furchen durchzogen. Seit Tagen hatte er sich nicht mehr rasiert, und die vielen kleinen Bartstoppeln gaben ihm ein düsteres Aussehen.

Der Geistliche hatte gerade Temple Gardens verlassen, als ihn der andere ansprach. Er sah als Pastor wohlwollend aus und trug einen großen Band unter dem Arm.

»Ich habe Sie aber doch schon gesehen«, sagte der kleine Mann beharrlich. »Ich habe Sie sogar im Traum gesehen.«

»Wollen Sie mich jetzt bitte entschuldigen«, erwiderte der Geistliche. »Ich kann mich nicht länger mit Ihnen aufhalten. Ich habe eine wichtige Verabredung.«

»Warten Sie, ich muß mit Ihnen sprechen«, rief der unscheinbare Mann so heftig, daß der andere stehenblieb. »Ich sage doch, daß ich von Ihnen geträumt habe, ich habe gesehen, daß Sie mit vier nackten schwarzen Teufeln tanzten. Und sie sahen alle fett und häßlich aus.«

Er hatte die letzten Worte leise gesprochen, aber mit einer eindringlichen, monotonen Stimme.

Der Geistliche trat erschrocken einen Schritt zurück.

»Mein lieber Mann«, sagte er ernst. »Sie können nicht andere Leute auf der Straße anhalten, um ihnen derartigen Unsinn zu erzählen. Ich habe Sie früher nie getroffen. Mein Name ist Reverend Josiah Jennings.«

»Sie sind Milburgh, ganz bestimmt, jetzt weiß ich es. Er hat oft von Ihnen gesprochen, dieser wunderbare Mann. Hören Sie doch zu!« Er faßte den Geistlichen am Ärmel, und Milburgh – er war es wirklich – wurde blaß, denn der andere hatte ihn wütend gepackt und sprach nun leidenschaftlich und wild. »Wissen Sie, wo er jetzt ist? Er liegt in einem schönen Gewölbe, das ist so groß wie ein Haus und steht auf dem Highgate-Kirchhof. Zwei Türen führen hinein, sie sind so schön und so groß wie Kirchentüren. Und dann muß man eine kleine Marmortreppe hinuntersteigen.«

»Wer sind Sie eigentlich?« fragte Milburgh. Er war so von Furcht gepackt, daß seine Zähne klapperten.

»Sie kennen mich nicht?« Der kleine Mann schaute ihn scharf an. »Sie haben doch gehört, wie er Ihnen von mir erzählt hat? Ich bin Sam Stay – ich habe mehrere Tage im Warenhaus gearbeitet. Alles, was Sie haben, stammt von ihm. Jeden Pfennig, den Sie verdienten, haben Sie von Mr. Lyne bekommen. Er war freundlich zu allen Menschen, zu den Armen und Elenden, selbst zu einem Verbrecher, wie ich es bin.« Seine Augen füllten sich mit Tränen.

Mr. Milburgh sah sich um, ob ihn auch niemand beobachtete.

»Reden Sie keinen Unsinn«, sagte er leise. »Und hören Sie einmal zu. Wenn Sie jemand fragt, ob Sie Mr. Milburgh gesehen haben, dann sagen Sie nein, haben Sie mich verstanden?«

»Ich habe Sie wohl verstanden. Ich kenne Sie ganz genau. Ich kenne alle Leute, mit denen er in Verbindung stand. Er hat mich aus dem Schmutz aufgelesen.«

Sie waren zusammen langsam weitergegangen und hatten eine stille Ecke im Park erreicht. Milburgh setzte sich auf eine Bank und ließ den anderen neben sich Platz nehmen.

Zum erstenmal war er mit der Wahl seiner Verkleidung zufrieden. Der Anblick eines Pastors, der mit einem abgerissenen Mann sprach, mochte wohl auffallend sein, aber er konnte unter keinen Umständen Verdacht erregen. Es gehörte ja zu den Pflichten eines Geistlichen, die Armen und Elenden zu trösten, und man konnte annehmen, daß sie ein ernstes religiöses Gespräch miteinander führten.

Sam Stay schaute neugierig und mißtrauisch auf das schwarze Gewand und den weißen Kragen.

»Seit wann sind Sie denn Pastor geworden?« fragte er.

»Das ist schon eine ganze Weile her«, sagte Milburgh glatt. Er versuchte sich alle Tatsachen ins Gedächtnis zurückzurufen, die er über Sam Stay gehört hatte, aber er wurde dieser Mühe durch den anderen enthoben.

»Man hat mich irgendwo im Land eingesperrt, aber Sie wissen ja ganz genau, daß ich nicht verrückt war, Mr. Milburgh. Er hätte sich doch nie mit jemand abgegeben, der nicht richtig im Kopf ist. Und Sie sind nun mit einemmal Geistlicher geworden?« Er nickte plötzlich klug und verständig. »Hat er Sie zum Geistlichen gemacht?« fragte er dann neugierig. »Mr. Lyne konnte wunderbare Dinge tun. Haben Sie die Leichenrede über ihn gehalten, als er begraben wurde? Sie wissen doch, in dem schönen kleinen Gewölbe in Highgate? Ich habe ihn dort gesehen. Ich gehe jeden Tag dorthin. Ich fand es ganz durch Zufall. Zwei kleine Türen führen hinein. Sie sind wie Kirchentüren.«

Mr. Milburgh seufzte lange und tief. Er erinnerte sich jetzt daran, daß Sam Stay in eine Irrenanstalt gebracht worden war. Er hatte auch erfahren, daß er von dort wieder ausgebrochen war. Es war gerade nicht sehr angenehm, sich mit einem entsprungenen Wahnsinnigen zu unterhalten. Aber man konnte ja auch hieraus seinen Vorteil ziehen. Mr. Milburgh war ein Mann, der keine günstige Gelegenheit vorübergehen ließ. Wie konnte er sich dies zunutze machen? Wieder wurde er durch Sam Stay selbst darauf gebracht.

»Ich werde die Sache mit diesem Mädchen noch in Ordnung bringen –«, sagte er, hörte aber plötzlich auf zu sprechen und biß sich auf die Lippen, dann schaute er auf und sah Milburgh verschmitzt lächelnd an. »Ich habe nichts gesagt, Mr. Milburgh, nicht wahr? Ich habe nichts gesagt, was mich verraten könnte?«

»Nein, mein Freund«, erklärte Milburgh mit dem wohlwollenden Tonfall eines Geistlichen. »Von welchem jungen Mädchen sprechen Sie denn?«

Das Gesicht Sam Stays verzerrte sich zu einer wütenden Grimasse.

»Es gibt nur ein Mädchen, das ich meinen könnte«, sagte er böse. »Aber ich werde sie noch kriegen! Mit der will ich einmal abrechnen! Ich habe hier etwas für sie –«, er faßte suchend in die Tasche, »ich dachte, ich hätte es bei mir, ich habe es doch so lange mit mir herumgetragen. Aber ich habe es schon irgendwo, ich weiß es bestimmt!«

»Also dann sind Sie auf Miss Rider nicht gut zu sprechen?« fragte Milburgh. »Hassen Sie sie denn so sehr?«

»Ja, ich hasse sie!«

Der kleine Mann stieß es wütend hervor. Sein Gesicht hatte sich dunkelrot gefärbt, seine Augen leuchteten in unheimlichem Feuer, und seine beiden Hände zuckten krampfhaft.

»Ich dachte, ich hätte sie in der vorigen Nacht erwischt«, begann er, plötzlich aber hielt er inne.

Milburgh wußte nicht, worauf sich seine Worte bezogen, denn er hatte an diesem Tag noch keine Zeitung gelesen.

»Hören Sie mal«, fuhr Sam fort. »Haben Sie jemals eine Person in Ihrem Leben wirklich liebgehabt?«

Milburgh schwieg. Odette Rider bedeutete ihm nichts. Aber ihrer Mutter war er unendlich zugetan.

»O ja, ich glaube, daß ich jemand sehr liebe«, sagte er nach einer Pause. »Aber warum fragen Sie mich danach?«

»Nun, dann können Sie verstehen, wie ich fühle«, sagte Sam Stay heiser. »Dann wissen Sie, warum ich die Person kriegen muß, die ihn unter die Erde gebracht hat. Sie hat ihm aufgelauert, ihn verleumdet, ach, mein Gott –«

Er bedeckte das Gesicht mit den Händen und schwankte.

Milburgh schaute sich verzweifelt um. Aber plötzlich kam ihm ein Gedanke. Es war niemand in der Nähe.

Odette war die Hauptzeugin gegen ihn, und dieser Mann haßte sie bis auf den Tod. Er liebte Odette nicht – sie war die einzige Zeugin, die in einem Prozeß gegen ihn auftreten konnte, nachdem er seine Schuldbeweise vernichtet hatte. Wie konnte man ihn anklagen, wenn Odette nicht gegen ihn aussagte?

Er überlegte die Sache kaltblütig, wie ein Kaufmann irgendein Geschäft abwägt. Er hatte erfahren, daß Odette in einem Krankenhaus in London lag, er wußte allerdings nicht, welche traurigen Ereignisse sie dorthin gebracht hatten.

Er hatte am Morgen bei der Firma angerufen, um herauszubringen, ob man Nachforschungen nach ihm angestellt hätte. Dabei hatte er gehört, daß mehrere Kleidungsstücke für Odette nach dem Krankenhaus geschickt worden waren, und so hatte er die Adresse erfahren. Er hatte sich zwar gewundert, daß sie zusammengebrochen war, aber er hatte sich das mit den vielen Aufregungen erklärt, die sie in der letzten Zeit, besonders in der vorigen Nacht in Hertford, gehabt hatte.

»Wenn Sie nun Miss Rider treffen würden, was würden Sie dann tun?«

Sam Stay zeigte grinsend die Zähne.

»Sie werden sie in der nächsten Zeit wohl nicht zu sehen bekommen, denn sie liegt in einem Krankenhaus, Cavendish Place 304.«

»Cavendish Place 304«, wiederholte Sam. »Das ist doch in der Nähe der Regent Street, nicht wahr?«

»Ich weiß es nicht genau«, sagte Milburgh. »Sie liegt dort in einem Krankenhaus, und Sie werden sie wahrscheinlich nicht zu sehen bekommen.«

Milburgh stand auf. Er sah, daß der Mann zitterte.

»Cavendish Place 304«, sagte er noch einmal, dann kehrte er Mr. Milburgh den Rücken und entfernte sich.

Der würdige Geistliche schaute ihm nach, schüttelte den Kopf, erhob sich und ging in der anderen Richtung davon. Er überlegte, daß es ebenso leicht war, am Waterloo-Bahnhof eine Fahrkarte nach dem Festlande zu lösen wie in Charing Cross.

32

Tarling hätte schlafen sollen. Alle Knochen und Muskeln schmerzten ihn, und er brauchte dringend Ruhe. Aber er saß in seiner Wohnung am Tisch, vor ihm lagen Lynes Tagebücher in zwei Haufen. Er hatte nur noch wenige Bände zu prüfen.

Die Hefte waren ohne Vordruck und Linien. Manchmal reichte ein Buch über zwei oder drei Jahre. Manchmal enthielt es nur die Periode von einigen Monaten. Schließlich war nur noch ein Buch übrig, das sich von den anderen dadurch unterschied, daß es durch zwei Bronzeschlösser verschlossen war, die aber von Fachleuten in Scotland Yard geöffnet worden waren.

Tarling nahm diesen Band und wandte Seite für Seite um. Wie er richtig vermutet hatte, war es das letzte der Bücher, in das Thorton Lyne bis zu seiner Ermordung Eintragungen gemacht hatte. Tarling öffnete es, ohne viel davon zu erwarten. Auch in den früheren Bänden hatte er außer unglaublicher Selbstüberhebung nichts gefunden. Er hatte Lynes Berichte über seinen Aufenthalt in Schanghai gelesen, aber das war nichts Neues für ihn gewesen.

Obwohl er auch von diesem letzten Tagebuch nicht viel erwartete, las er es doch aufmerksam durch. Plötzlich nahm er einen Notizblock und begann Auszüge zu machen. Es war der Bericht über den Antrag, den er Odette Rider gemacht und den sie zurückgewiesen hatte. Er war sehr subjektiv und schönfärberisch, aber sonderbar uninteressant geschildert. Dann kam er zu der Stelle, die einen Tag nach der Entlassung Sam Stays aus dem Gefängnis geschrieben war. Hier sprach sich Thorton Lyne eingehender über seine ›Demütigung‹ aus.

Stay ist aus dem Gefängnis entlassen. Es ist ergreifend, wie mich dieser Mann verehrt. Manchmal wünsche ich, daß ich ihn zu einem solchen Lebenswandel bekehren könnte, daß er nicht wieder ins Gefängnis kommt, aber wenn mir das gelänge und ich ihn zu einem anständigen, soliden Menschen machte, würde ich diese wunderbaren Erlebnisse nicht mehr haben, die ich durch seine Verehrung genieße. Es ist doch so angenehm, sich in der hingebenden Anbetung eines anderen Menschen zu sonnen! Ich habe mit ihm über Odette gesprochen. Es ist allerdings merkwürdig, dergleichen mit einem Verbrecher zu bereden, aber er hat mir so hingebungsvoll zugehört! Ich bin weit über das Ziel hinausgegangen, aber die Versuchung war zu groß. Wie leuchtete der Haß aus seinen Augen, als ich mit meinem Bericht fertig war ... Er hatte einen Plan gefaßt, wie er ihr hübsches Gesicht verunzieren könnte. Er hat nämlich im Gefängnis mit einem Mann zusammengearbeitet, der verurteilt wurde, weil er einem Mädchen übel mitgespielt und Vitriol gebraucht hat ... Sam wollte dasselbe tun ... Zuerst war ich entsetzt darüber, aber nachher gab ich ihm recht. Er sagte auch, daß er mir einen Schlüssel geben könne, mit dem alle Türen zu öffnen sind. Wenn ich nun dorthin ginge ... im Dunkeln? Und ich würde irgend etwas Verdächtiges dort zurücklassen ... was könnte es wohl sein ...? Aber das wäre ein Gedanke! Nehmen wir an, ich würde etwas typisch Chinesisches mitbringen. Tarling steht anscheinend mit dem Mädchen sehr gut ... wenn etwas Chinesisches bei ihr gefunden würde, wäre auch er verdächtig ...

Das Tagebuch schloß mit dem Wort ›verdächtig‹. Tarling las die letzten Sätze so lange, bis er sie auswendig wußte. Dann klappte er das Buch zu und schloß es in seinen Schreibtisch ein.

Eine halbe Stunde lang saß er noch da und stützte das Kinn in die Hand. Er vermochte jetzt den merkwürdigen Fall mehr und mehr zu klären und das Rätsel zu lösen, nachdem ihm diese Zeilen Thornton Lynes die Aufgabe bedeutend erleichtert hatten. Thornton Lyne war zu der Wohnung gegangen, nicht auf das Telegramm hin, sondern mit der Absicht, Odette zu kompromittieren und ihren guten Ruf zu untergraben. Er wollte das kleine rote Stückchen Papier mit der chinesischen Inschrift an einer besonderen Stelle lassen, damit andere Leute durch die Infamie in Verruf kamen.

Milburgh war inzwischen aus einem anderen Grund in die Wohnung gegangen. Die beiden hatten sich getroffen, hatten miteinander gestritten, und Milburgh hatte den tödlichen Schuß auf ihn abgefeuert. So erklärte sich auch, warum Thornton Lyne Filzschuhe trug und warum dieses chinesische Papier in seiner Westentasche gefunden wurde, besonders aber, warum er in Odettes Wohnung gekommen war.

Plötzlich kam ihm der Gedanke, daß Sam Stay die Flasche Vitriol nach ihm geworfen hatte, der Mann, der sich vorgenommen hatte, das Mädchen zu entstellen, das seiner Meinung nach seinen Wohltäter verleumdet und betrogen hatte.

Milburgh mußte unbedingt gefunden werden, er war das letzte fehlende Glied in der Kette.

Tarling hatte Vorkehrungen getroffen, daß der Chef der Cannon-Row-Polizeistation ihn sofort benachrichtigen sollte, wenn neue Meldungen einliefen. Bis jetzt war er noch nicht angerufen worden, so ging er nun persönlich dorthin, um die neuesten Nachrichten aus erster Hand zu bekommen. Er erfuhr allerdings nur wenig. Während er noch mit dem Polizeiinspektor sprach, kam ein aufgeregter Taxichauffeur auf die Station und meldete, daß sein Automobil gestohlen worden sei. Solche Anzeigen kommen in London alle Tage vor. Der Mann hatte einen Herrn und eine Dame zu einem Theater im Westen gebracht und war beauftragt, bis zum Ende der Vorstellung zu warten, um sie dann wieder nach Hause zu fahren. Nachdem er seine Fahrgäste abgesetzt hatte, war er in ein kleines Restaurant gegangen, um etwas zu essen, und als er wieder herauskam, war sein Wagen verschwunden.

»Ich weiß schon, wer es getan hat«, rief er heftig. »Und wenn ich den Kerl erwische, dann werde ich ihn . . .«

»Woher wissen Sie denn, wer der Täter war?«

»Er kam in das Restaurant herein, als ich beim Essen saß.«

»Wie sah er denn aus?« fragte der Polizeiinspektor.

»Er war sehr blaß. Ich könnte ihn unter Tausenden wiedererkennen. Und dann habe ich mir noch eins an ihm gemerkt — er hatte ein Paar ganz neue Schuhe an.«

Tarling war während dieser Unterhaltung vom Schreibpult weggetreten, aber jetzt kam er wieder näher.

»Hat er denn mit Ihnen gesprochen?« fragte er.

»Jawohl, Sir«, sagte er. »Ich fragte ihn, ob er nach jemand

suche, und er sagte ›nein‹. Dann redete er eine Menge Unsinn von einem Mann, der der beste Freund gewesen sein soll, den ein armer Kerl überhaupt haben könne. Ich saß nahe bei der Tür und so kam ich mit ihm ins Gespräch. Ich glaube, er war nicht ganz richtig im Kopf.«

»Erzählen Sie weiter«, sagte Tarling ungeduldig.

»Er ging wieder hinaus, und ich hörte gleich darauf, wie ein Auto angelassen wurde. Ich dachte, es wäre einer meiner Kollegen; es standen nämlich noch mehrere Wagen draußen. Das Restaurant wird hauptsächlich von Chauffeuren besucht, und ich habe nicht weiter darauf geachtet. Erst als ich wieder hinauskam, entdeckte ich, daß mein Auto verschwunden war. Der Kerl, dem ich den Auftrag gegeben hatte, nach meinem Auto zu sehen, war in eine Stehbierhalle gegangen und vertrank dort das Geld, das ihm der Bursche gegeben hatte.«

»Sieht ganz so aus, als ob er der Mann wäre, den wir suchen«, sagte der Polizeiinspektor zu Tarling.

»Ja, es muß Sam Stay sein, aber ich wußte nicht, daß er fahren kann.«

»Ich kenne Sam Stay sehr gut. Wir haben ihn hier schon dreimal festgenommen. Eine Zeitlang ist er sogar Chauffeur gewesen — wußten Sie das nicht?«

Tarling hatte allerdings am Morgen vorgehabt, Sams Personalakten durchzulesen, aber es war etwas dazwischengekommen, und er hatte es vergessen.

»Er kann nicht weit kommen — geben Sie die Beschreibung des Wagens sofort bekannt. Jetzt können wir ihn sogar noch leichter fangen. Das Auto kann er nicht irgendwie verstecken, und wenn er glaubt, daß er im Wagen fliehen kann, so irrt er sich.«

Tarling wollte am Abend nach Hertford zurück und hatte Ling Chu von seiner Absicht verständigt. Er ging aber von der Cannon-Row-Polizeistation zunächst nach Scotland Yard, um noch mit Whiteside zu sprechen, der ihn dort erwarten wollte. Er hatte unabhängig von ihm Nachforschungen wegen des Verbrechens in Hertford angestellt und allerhand Nachrichten und Einzelheiten hierüber gesammelt.

Whiteside war noch nicht im Büro, als Tarling nach Scotland Yard kam, der wachhabende Sergeant kam eilig herbei.

»Dies wurde vor zwei Stunden für Sie abgegeben«, sagte er. »Wir dachten, Sie wären in Hertford.«

Es war ein Brief, der mit Bleistift geschrieben war. Er stammte von Milburgh, der sich keine Mühe gegeben hatte, seine Handschrift zu verstellen.

Verehrter Mr. Tarling,

ich habe soeben zu meiner tiefsten Trauer und Verzweiflung in der ›Evening Press‹ gelesen, daß meine geliebte Frau, Catherine Rider, auf schreckliche Art ermordet wurde. Wie furchtbar ist der Gedanke für mich, da ich erst vor einigen Stunden noch mit ihrem Mörder sprach. Denn ich glaube bestimmt, daß es Sam Stay war. Ich hatte ihm, ohne etwas Böses zu denken, mitgeteilt, wo Miss Rider sich zur Zeit aufhält. Ich bitte Sie, keine Zeit zu verlieren, sie vor diesem grausamen, gefährlichen Irren zu schützen. Er scheint nur noch die eine Idee zu haben, den Tod des verstorbenen Thornton Lyne zu rächen. Wenn diese Zeilen Sie erreichen, werde ich mich dem Arm der menschlichen Gerechtigkeit entzogen haben, denn ich habe beschlossen, aus dem Leben zu gehen, das mir so viel Kummer und Enttäuschungen gebracht hat.

M

Tarling war fest davon überzeugt, daß Mr. Milburgh keinen Selbstmord begehen würde. Die Nachricht, daß Sam Stay Mrs. Rider ermordet hatte, war jetzt für ihn uninteressant, aber das Bewußtsein, daß dieser rachsüchtige Geisteskranke den Aufenthalt Odettes wußte, beunruhigte ihn aufs höchste. »Wo ist Mr. Whiteside?« fragte er.

»Er ist in Cambours Restaurant gegangen, um dort jemand zu treffen«, sagte der Sergeant.

Tarling mußte Whiteside erst persönlich sprechen, bevor er Detektivbeamte nach dem Krankenhaus am Cavendish Place schicken konnte.

In einem Taxi fuhr er zu dem Restaurant und traf den Polizeiinspektor glücklicherweise gerade in dem Augenblick, als er das Lokal verließ.

Tarling gab ihm sofort den Brief, und Whiteside las das Schreiben durch.

»Der hat keinen Selbstmord begangen. Das ist das letzte, was ein Mann von Milburghs Schlag tun würde. Er ist ein kaltblütiger Schuft. Ich kann mir ihn schon vorstellen, wie er sich in aller Seelenruhe hinsetzte und diesen Brief über den Mörder seiner Frau schrieb!«

»Was halten Sie denn von der anderen Sache — der Drohung gegen Odette?«

»Da mag was dahinterstecken. Wir dürfen jedenfalls keine Schutzmaßnahmen unterlassen. Hat man irgend etwas über den Verbleib von Stay gehört?«

Tarling erzählte ihm die Geschichte von dem gestohlenen Mietauto.

»Dann werden wir ihn ja bald haben«, meinte Whiteside zufrieden. »Er hat keine Komplicen, und ohne Spießgesellen ist es in der Autobranche praktisch einfach unmöglich, in einem Wagen aus London zu entkommen.«

Whiteside stieg in Tarlings Wagen ein, und ein paar Minuten später waren sie am Krankenhaus. Die Oberin empfing sie.

»Es tut mir sehr leid, daß ich Sie noch zu dieser späten Stunde stören muß«, sagte Tarling, der deutlich ein Mißfallen in ihrem Gesicht las. »Aber ich habe heute abend eine wichtige Nachricht erhalten, die es nötig macht, Miss Rider unter Schutz zu stellen.«

»Sie wollen sie unter Schutz stellen?« fragte die Dame erstaunt.

»Ich verstehe Sie nicht recht, Mr. Tarling. Ich bin eben heruntergekommen in der Absicht, Ihnen eine Strafpredigt wegen Miss Rider zu halten. Sie wußten doch, daß sie absolut unfähig war, auszugehen. Ich dachte, ich hätte Ihnen das heute morgen ganz deutlich gesagt.«

»Sie soll doch auch gar nicht ausgehen«, sagte Tarling aufs höchste verwundert. »Sie wollen doch damit nicht sagen, daß sie ausgegangen ist?«

»Aber Sie haben doch selber vor einer halben Stunde nach ihr geschickt!«

»Ich hätte nach ihr geschickt?« fragte Tarling. Er erblaßte. »Bitte, sagen Sie mir schnell, was vorgefallen ist.«

»Ungefähr vor einer halben Stunde, es mag vielleicht auch schon etwas länger sein, kam ein Chauffeur und sagte mir, daß er von Scotland Yard geschickt worden sei, um Miss Rider sofort abzuholen. Man müßte sie dringend wegen des Mordes ihrer Mutter vernehmen.«

Tarlings Gesicht zuckte nervös. Er konnte seine Aufregung nicht länger verbergen.

»Haben Sie denn nicht nach ihr geschickt?« fragte die Oberin verstört.

Tarling schüttelte den Kopf.

»Wie sah der Mann aus, der hierherkam?«

»Recht gewöhnlich. Er war etwas weniger als mittelgroß und machte keinen gesunden Eindruck — es war ein Chauffeur.«

»Haben Sie gesehen, in welcher Richtung er davonfuhr?«

»Nein, ich habe nur sehr dagegen protestiert, daß Miss Rider überhaupt ausgehen sollte, aber als ich ihr die Nachricht überbrachte, die doch anscheinend von Ihnen kam, bestand sie darauf, sofort das Haus zu verlassen.«

Tarling war entsetzt. Odette war in der Gewalt eines Geisteskranken, der sie haßte, der ihre Mutter ermordet hatte, der sich fest vorgenommen hatte, sie zu entstellen und ihre Schönheit zu zerstören! Er glaubte ja in seinem Wahnsinn, daß sie seinen geliebten Freund und Wohltäter betrogen und mit schändlichem Undank behandelt hatte.

Ohne ein weiteres Wort verließ er mit Whiteside das Krankenhaus.

»Der Fall ist hoffnungslos«, sagte er, als sie auf der Straße waren. »Mein Gott, wie schrecklich ist dieser Gedanke! Aber wenn wir Milburgh lebend fangen, dann soll er es büßen!«

Er gab dem Chauffeur Anweisung und stieg schnell hinter Whiteside in den Wagen ein.

»Wir werden jetzt erst zu meiner Wohnung fahren, um Ling Chu dort abzuholen. Der kann uns von größtem Nutzen sein.«

Als sie in Tarlings Wohnung in der Bond Street ankamen, eilten sie schnell die Treppe hinauf. Es war alles dunkel — ein

177

außergewöhnlicher Umstand, denn Ling Chu hatte ein für allemal den Auftrag, die Wohnung nicht zu verlassen, während sein Herr ausgegangen war. Das Speisezimmer war leer. Nachdem Tarling das Licht eingeschaltet hatte, fiel sein Blick auf ein beschriebenes Stück Reispapier. Die Schrift war noch nicht trokken. Es standen nur ein paar chinesische Schriftzeichen darauf, sonst nichts.

»Wenn der Herr vor mir zurückkommt, soll er wissen, daß ich ausgegangen bin, die junge Frau zu finden«, las Tarling erstaunt.

»Dann weiß er also schon, daß sie verschwunden ist! Gott sei Dank! Ich möchte nur wissen —«

Plötzlich hielt er inne, weil er glaubte, einen Seufzer gehört zu haben. Er sah Whiteside an, auch dieser hatte den Laut gehört.

»Hat hier nicht eben jemand gestöhnt?« fragte er. »Horchen Sie doch einmal!«

Er beugte den Kopf vor und wartete. Plötzlich kam das Stöhnen wieder.

Tarling eilte zu der Tür von Ling Chus Kammer, aber sie war verschlossen. Er beugte sich zum Schlüsselloch hinunter und lauschte. Wieder hörte er den qualvollen Laut. Mit einem Stoß seiner Schulter hatte er die Tür aufgebrochen.

Ein ungewöhnlicher Anblick bot sich ihm dar. Ein Mann mit entblößtem Oberkörper lag ausgestreckt auf dem Bett. Hände und Beine waren an die Bettpfosten gebunden, und ein Tuch bedeckte sein Gesicht. Aber was Tarling vor allem ins Auge fiel, waren vier dünne rote Linien, die quer über die Brust liefen. Dies war ein Zeichen, daß hier eine Methode angewendet war, die die chinesische Polizei benützte, um hartnäckige Verbrecher zum Geständnis zu bringen.

»Wer ist das?« fragte er und zog das Tuch von dem Gesicht des Mannes.

Es war Milburgh!

178

33

Milburgh hatte viel erlebt, seitdem er Sam Stay verlassen hatte und hier aufgefunden wurde. Er hatte in der Zeitung von dem Mord gelesen, und es war ihm sehr nahegegangen, ja, er war auf seine Art sogar tieftraurig darüber gewesen.

Er hatte jedoch den Brief nach Scotland Yard nicht geschrieben, um Odette Rider zu retten, sondern um an dem Mann Rache zu nehmen, der die einzige Frau ermordet hatte, die er je liebte. Auch hatte er nicht die geringste Absicht, Selbstmord zu verüben. Er hatte alle Pässe schon seit einem Jahr für die Flucht vorbereitet, auch das Gewand eines Geistlichen hatte er sich schon lange beschafft, und zwar ausschließlich zu diesem Zweck. Er konnte England in jedem Augenblick verlassen und war jetzt entschlossen, es zu tun.

Die Fahrkarten steckten in seiner Tasche, und als er den Boten nach Scotland Yard schickte, befand er sich auf dem Weg zur Waterloo-Station, um den Zug nach Le Havre zu besteigen. Er wußte wohl, daß die Polizei den Bahnhof bewachte, aber er glaubte, daß man ihn unter der Maske eines ehrwürdigen Landgeistlichen nicht erkennen würde, selbst wenn schon ein Haftbefehl gegen ihn erlassen sein sollte.

Er kaufte gerade bei dem Bahnhofsbuchhändler einige Zeitungen und Bücher, um sich die Zeit während der langen Reise zu vertreiben, als er fühlte, wie sich eine Hand auf seinen Arm legte. Eine merkwürdige Furcht beschlich ihn. Er wandte sich um und sah in das braune Gesicht des Chinesen, den er kannte.

»Nun, mein Lieber«, fragte Milburgh lächelnd, »was kann ich für Sie tun?«

»Kommen Sie mit mir«, sagte Ling Chu, »und es wird besser sein, wenn Sie kein Aufsehen erregen.«

»Sie irren sich offenbar.«

»Ich irre mich durchaus nicht«, erwiderte Ling Chu ruhig. »Sie brauchen ja nur dem Polizisten drüben zu sagen, daß ich Sie mit Mr. Milburgh verwechsle, den die Polizei sucht, weil er unter dem Verdacht steht, einen Mord begangen zu haben. Dann werde ich in große Schwierigkeiten kommen«, fügte er ironisch hinzu.

Milburghs Lippen zitterten. »Ich komme mit«, sagte er mit heiserer Stimme.

An Ling Chus Seite verließ er den Waterloo-Bahnhof. Die Fahrt nach Bond Street blieb wie ein schrecklicher Traum in seiner Erinnerung. Er war nicht gewohnt, auf einem Autobus zu fahren, denn er war immer auf persönlichen Komfort bedacht gewesen und hatte in dieser Beziehung nicht gespart. Ling Chu dagegen hatte eine Vorliebe für Autobusse und schien sich sehr wohl darin zu fühlen.

Sie sprachen unterwegs kein Wort. Milburgh war darauf gefaßt, Tarling gegenüberzutreten, denn er glaubte, daß der Chinese nur ein Abgesandter des Detektivs war, um ihn zu sich zu holen. Aber er konnte in der Wohnung nichts von Tarling entdecken.

»Nun, mein Freund, was wollen Sie von mir?« fragte er. »Es ist wahr, daß ich Milburgh bin, aber wenn Sie eben behaupteten, daß ich einen Mord begangen habe, so ist das eine infame Lüge.«

Milburgh hatte wieder etwas von seiner alten Kühnheit zurückgewonnen. Zuerst hatte er erwartet, daß ihn Ling Chu direkt nach Scotland Yard bringen würde und daß man ihn dort gefangensetzte. Daß er zu Tarlings Wohnung geführt wurde, glaubte er so deuten zu können, daß seine Lage nicht so verzweifelt war, wie er sich eingebildet hatte.

Ling Chu stand plötzlich vor Milburgh, packte ihn am Handgelenk und drehte es halb um. Bevor Milburgh recht wußte, was geschah, lag er mit dem Gesicht nach unten auf dem Boden, und Ling Chu stemmte ihm das Knie in den Rücken. Er fühlte, daß etwas Ähnliches wie eine Schlinge um seine Handgelenke gewunden wurde, und er empfand einen durchdringenden Schmerz, als der Chinese die beiden Handschellen aneinanderkettete.

»Stehen Sie auf«, sagte Ling Chu hart. Milburgh spürte dessen erstaunliche Kraft.

»Was wollen Sie mit mir anfangen?« fragte er erschrocken.

Ling Chu antwortete nicht, sondern packte ihn mit der einen Hand, öffnete die Tür mit der anderen und schob ihn in einen kleinen, spärlich möblierten Raum. Er stieß ihn auf die Bettstelle, die an der Wand stand, so daß er in sich zusammensank.

Der Chinese ging mit einer erstaunlichen Sicherheit, mit einer fast wissenschaftlichen Gründlichkeit ans Werk. Erst befestigte er einen langen seidenen Strick oben an dem Querriegel des Kopfendes, dann knüpfte er kunstgerecht eine Schlinge um Milburghs Hals, so daß sich dieser nicht bewegen konnte, wenn er nicht erdrosselt werden wollte.

Ling Chu legte ihn dann der Länge nach aufs Bett, löste die Handschellen und band die Handgelenke an die Bettpfosten, dasselbe tat er mit den Füßen.

»Was wollen Sie mit mir machen?« winselte Milburgh, aber er erhielt keine Antwort.

Ling Chu zog ein furchtbar aussehendes Messer aus seiner Bluse, und Milburgh begann zu schreien. Er war außer sich vor Entsetzen, aber er sollte noch viel schrecklichere Dinge erleben. Der Chinese unterdrückte sein Wehgeheul dadurch, daß er ihm ein Kissen über das Gesicht warf. Dann schnitt er Milburghs Kleider am Oberkörper auf und entfernte sie.

»Wenn Sie schreien«, sagte er ruhig, »wird man glauben, daß ich singe. Die Chinesen haben keine musikalischen Stimmen, und die Leute sind schon oft nach oben gekommen, wenn ich chinesische Lieder gesungen habe, weil sie annahmen, daß jemand in großen Schmerzen um Hilfe schrie.«

»Das dürfen Sie nicht tun«, keuchte Milburgh, »das ist gegen das Gesetz!« Er machte einen letzten Versuch, seine Lage zu retten. »Für Ihr Verbrechen werden Sie ins Gefängnis kommen.«

»Das soll mich sehr freuen«, sagte Ling Chu, »das ganze Leben ist eine Gefangenschaft. Aber Ihnen wird man einen Strick um das Genick legen und Sie an einem Galgen aufknüpfen.«

Er hatte das Kissen von Milburghs totenbleichem Gesicht wieder weggenommen, so daß dieser allen Bewegungen des Chinesen folgen konnte! Ling Chu betrachtete sein Werk mit großer Genugtuung.

Dann ging er zu einem Wandschränkchen und nahm eine kleine braune Flasche heraus, die er auf einen Tisch neben dem Bett stellte. Er selbst setzte sich auf den Bettrand und sprach zu seinem Gefangenen. Sein Englisch war fließend, obgleich er dann und wann eine kleine Pause machte, um ein Wort zu suchen, das ihm entfallen war. Manchmal brauchte er hochtrabende und hochfahrende Phrasen, manchmal war er auch ein wenig pedantisch. Er sprach langsam und mit großem Nachdruck.

»Sie kennen die Chinesen nicht? Sie waren nicht in China, haben nicht dort gelebt? Wenn ich Sie nun frage, ob Sie dort gelebt haben, meine ich nicht, daß Sie einige Wochen in einem guten Hotel in einer der Küstenstädte zugebracht haben. Ihr Mr. Lyne hat das so gemacht, und er hat natürlich auch nichts von seinem Aufenthalt gehabt.«

»Ich weiß nichts von Mr. Lyne«, unterbrach ihn Milburgh, der fühlte, daß Lingh Chu ihn in irgendeiner Weise mit dem schlechten Betragen dieses Mannes in Verbindung brachte.

»Gut«, sagte Ling Chu und schlug mit der flachen Klinge seines Messers auf die Hand. »Wenn Sie in China gelebt hätten – ich meine in dem wirklichen China –, dann würden Sie vielleicht eine Ahnung von unserem Volk und seinen charakteristischen Eigentümlichkeiten haben. Es ist bekannt, daß die Chinesen weder Tod noch Schmerz fürchten. Das ist natürlich ein wenig übertrieben, denn ich habe viele Verbrecher gekannt, die sich vor beidem fürchteten.«

Seine dünnen Lippen verzogen sich einen Augenblick zu einem Lächeln, als ob er sich gerne an derartige Schreckensszenen erinnerte, aber dann wurde er wieder ernst.

»Vom Standpunkt der Europäer aus sind wir noch ungebildet, nach unserer eigenen Ansicht aber haben wir eine alte Kultur, die höher steht als die des Westens. Das wollte ich Ihnen einmal einschärfen.«

Milburgh war starr vor Schrecken, als Ling Chu ihm jetzt die Spitze seines Messers auf die Brust setzte. Aber er hielt es so leicht, daß Milburgh kaum die geringste Berührung spürte.

»Wir achten das Recht der Persönlichkeit nicht so hoch, wie die Europäer. Zum Beispiel«, erklärte er Milburgh sorgfältig, »gehen wir nicht sehr zart mit unseren Gefangenen um, wenn wir der Meinung sind, daß wir sie durch Anwendung von ein wenig Gewalt zu Geständnissen bringen können.«

»Was haben Sie mit mir vor?« fragte Milburgh entsetzt, denn es kam ihm plötzlich ein fürchterlicher Gedanke.

»In England und auch in Amerika – obgleich die Amerikaner schon etwas schlauer sind – wird ein Verbrecher nach seiner Verhaftung nur dauernd verhört. Dabei hat er Gelegenheit, den Richtern so viel vorzulügen, wie ihm seine Phantasie eingibt. Man legt ihm Fragen vor, immer nur Fragen, und fragt ihn ohne Ende weiter. Und man weiß nicht, ob er lügt oder die Wahrheit sagt.«

Milburgh atmete schwer.

»Haben Sie jetzt verstanden, worauf ich hinauswill?«

»Ich weiß nicht, was Sie wollen«, erwiderte Milburgh mit zitternder Stimme. »Ich weiß nur, daß Sie ein schreckliches Verbrechen –«

Ling Chu brachte ihn durch eine Handbewegung zum Schweigen.

»Ich weiß sehr genau, was ich tue. Hören Sie, was ich Ihnen jetzt sage. Vor einer Woche ungefähr wurde Mr. Thornton Lyne, Ihr Chef, tot im Hydepark aufgefunden. Er war nur mit Hemd und Hose bekleidet, und jemand hatte ein seidenes Gewand auf seine Brust gelegt, um das Blut zu stillen. Er wurde in der Wohnung der kleinen jungen Frau getötet, deren Namen ich nicht richtig aussprechen kann. Aber Sie wissen, wen ich meine.«

Milburgh starrte den Chinesen an und nickte schwach.

»Er wurde von Ihnen ermordet«, sagte Ling Chu langsam, »weil er entdeckte, daß Sie ihn bestohlen hatten, und Sie fürchteten, daß er Sie der Polizei übergeben würde.«

»Das ist nicht wahr!« brüllte Milburgh. »Das ist eine Lüge! Ich sage Ihnen, es ist nicht wahr!«

»Das werden wir gleich heraushaben, ob es wahr ist oder nicht!«

Er steckte seine Hand in die Tasche. Milburgh beobachtete ihn mit weitaufgerissenen Augen, aber es kam nur ein silbernes Zigarettenetui zum Vorschein. Ling Chu nahm sich eine Zigarette und rauchte einige Augenblicke schweigend, wobei er Milburgh dauernd ansah. Dann erhob er sich, ging zu dem Schrank, holte noch eine größere Flasche und stellte sie neben die kleine braune.

Wieder rauchte Ling Chu, dann warf er den Rest der Zigarette in den Aschenständer am Kamin.

»Es liegt im Interesse aller Beteiligten«, sagte er ruhig und langsam, »daß die Wahrheit herauskommt, sowohl im Interesse meines verehrten Herrn Lieh Jen, des Jägers der Menschen, als auch der verehrten kleinen jungen Frau.«

Er nahm das Messer und beugte sich über den vor Schreck halbtoten Milburgh.

»Um Gottes willen, lassen Sie mich frei!« schrie er, und seine Worte wurden durch Schluchzen halb erstickt.

»Das wird Sie weiter nicht verletzen«, sagte der Chinese und zog mit dem Messer vier schwache, gerade Linien über die Brust des anderen. Das scharfe Dolchmesser schien die Haut Milburghs kaum zu berühren, aber man sah deutlich die roten Stellen, die nicht stärker waren, als ob Milburgh sich gekratzt hätte. Der Gefangene fühlte nur ein Kitzeln und dann einen leichten, brennenden Schmerz. Der Chinese legte das Messer auf den Tisch und griff zu der kleineren Flasche.

»In diesem Gefäß befindet sich ein Extrakt aus gewissen Pflanzen, und hier in dieser Flasche«, er zeigte auf die größere, »ist ein chinesisches Öl, das sofort die Schmerzen aufhebt, die der Pflanzensaft hervorruft.«

»Was wollen Sie tun, Sie Hund, Sie Teufel?«

Ling Chu betrachtete seinen Gefangenen aufmerksam, und als der seinen Mund öffnete, um zu schreien, stieß er ihm schnell ein Taschentuch in den Mund.

»Warten Sie, warten Sie«, gurgelte Milburgh. »Ich muß Ihnen etwas sagen – etwas, was Ihr Herr wissen muß.«

»So, das ist sehr gut«, sagte Ling Chu kühl und entfernte das Taschentuch wieder. »Also, nun sagen Sie mir die Wahrheit.«

»Was soll ich Ihnen denn sagen?« fragte Milburgh, dem der Angstschweiß auf der Stirn perlte.

»Sie sollen gestehen, daß Sie Thornton Lyne getötet haben, das ist die einzige Wahrheit, die ich hören will.«

»Aber ich schwöre Ihnen, daß ich ihn nicht getötet habe – ich schwöre es – hören Sie, ich sage die Wahrheit!« rief Milburgh halb wahnsinnig vor Furcht und Schrecken. »Nein, warten Sie, warten Sie!« winselte er, als Ling Chu wieder das Taschentuch aufnahm. »Wissen Sie, was mit Miss Rider geschehen ist?«

»Was ist mit Miss Lider?« fragte er schnell. (Die Chinesen können kein R aussprechen.)

Milburgh erzählte atemlos und gebrochen, wie er Sam Stay getroffen hatte und wiederholte in seiner Angst getreu Wort für Wort seiner Unterhaltung mit ihm. Ling Chu saß auf dem Bettrand und hörte mit halbgeschlossenen Augen zu.

»Mein Herr wünscht, daß die kleine junge Frau nicht in Gefahr gerät«, sagte er. »Heute abend wird er nicht zurückkommen, deshalb muß ich selbst zum Krankenhaus gehen – Ihr Verhör kann noch warten.«

»Lassen Sie mich los«, rief Milburgh, »ich will Ihnen helfen!«

Ling Chu schüttelte den Kopf.

»Nein, Sie bleiben hier«, sagte er mit einem drohenden Lächeln.

»Ich werde erst zum Krankenhaus gehen, und wenn alles in guter Ordnung ist, komme ich wieder zu Ihnen zurück. Dann werden wir weitersehen, was Sie zu gestehen haben.«

Er nahm ein reines weißes Handtuch aus dem Schrank, breitete es über das Gesicht seines Opfers und sprengte einige Tropfen von dem Inhalt einer dritten Flasche, die er ebenfalls aus dem Schrank nahm, darüber. Milburgh verlor das Bewußtsein und konnte sich auf nichts mehr besinnen, bis er, ungefähr eine Stunde später, in das verwunderte Gesicht Tarlings blickte.

34

Tarling beugte sich nieder und löste die Knoten, mit denen Milburgh an das Bett gebunden war. Der große, starke Mann war kreidebleich und zitterte. Tarling mußte ihn halb stützen und halb hochheben, damit er in eine sitzende Stellung kam. Milburgh saß nun auf der Bettkante und vergrub das Gesicht in den Händen. Tarling und Whiteside beobachteten ihn scharf.

Whiteside hob die Kleiderfetzen auf, die Ling Chu Milburgh vom Leib gerissen hatte und legte sie auf das Bett neben Milburgh. Tarling winkte den Polizeiinspektor in das größere Zimmer.

»Was hat das alles zu bedeuten?« fragte Whiteside.

»Mein Freund Ling Chu hat auf seine eigene Art und Weise herausbringen wollen, wer Thornton Lyne ermordet hat. Glücklicherweise hat er seine Absicht noch nicht ausgeführt. Wahrscheinlich hat er innegehalten, als ihm Milburgh erzählte, daß Miss Rider in Gefahr ist.«

Er schaute auf den kraftlosen, matten Menschen.

»Er ist zwar größer als ich«, meinte er, »aber ich glaube schon, daß er meine Kleider tragen kann.«

Er ging schnell in sein Schlafzimmer und kam bald darauf mit einigen Kleidungsstücken zurück.

»Milburgh, stehen Sie auf und ziehen Sie sich an!«

Der halbnackte Mann schaute auf. Er war noch ganz außer sich, und seine Lippen und Hände zitterten.

»Ich glaube, es ist besser, Sie nehmen diese Kleider, als daß Sie in der Tracht eines Geistlichen herumlaufen. Sie werden Ihnen zwar nicht besonders gut stehen«, fügte er sarkastisch hinzu.

Milburgh stand auf, und die beiden zogen sich ins Wohnzimmer zurück. Nach kurzer Zeit öffnete sich die Tür, Milburgh schwankte herein und sank in einen Stuhl.

»Fühlen Sie sich stark genug, daß Sie gehen können?« fragte Whiteside.

»Gehen?« Milburgh schaute verstört auf. »Wohin denn?«

»Zur Polizeistation«, sagte Whiteside trocken. »Ich habe einen Haftbefehl gegen Sie in der Tasche, Milburgh, weil Sie im Verdacht stehen, vorsätzlichen Mord, Brandstiftung, Diebstahl und Unterschlagung begangen zu haben.«

»Vorsätzlichen Mord?« rief Milburgh mit schriller Stimme und hob seine zitternden Hände. »Dessen können Sie mich nicht anklagen – ich schwöre Ihnen, daß ich unschuldig bin!«

»Wo haben Sie Thornton Lyne zuletzt gesehen?« fragte Tarling.

Milburgh riß sich nur mit größter Anstrengung zusammen.

»Ich sah ihn zuletzt lebend in seinem Büro«, begann er.

»Wann haben Sie Thornton Lyne zuletzt gesehen«, wiederholte Tarling scharf. »Ganz gleich, ob er noch lebte oder schon tot war.«

Milburgh antwortete nicht. Whiteside legte seine Hand auf die Schulter des Mannes und sah zu Tarling hinüber.

»Es ist meine Pflicht als Polizeibeamter, Sie zu warnen, daß alles, was Sie jetzt sagen, als Beweis gegen Sie beim Gerichtshof vorgebracht werden wird.«

»Warten Sie«, erwiderte Milburgh. Seine Stimme war heiser, und er konnte kaum atmen. »Kann ich ein Glas Wasser haben?« bat er und feuchtete seine trockenen Lippen mit der Zunge an.

Tarling brachte ihm die Erfrischung, und er trank das Glas gierig mit einem Zug aus. Das Wasser schien ihm etwas von seiner alten Anmaßung und von seinem Übermut zurückzugeben, denn er stand plötzlich von seinem Stuhl auf, zog den Rock zurecht – er trug einen alten Jagdanzug von Tarling – und lächelte zum erstenmal wieder.

»Meine Herren«, sagte er in seinem gewohnten Ton. »Es wird Ihnen schwerfallen, mir nachzuweisen, daß ich in die Mordaffäre Thornton Lyne verwickelt bin. Ebenso schwer dürfte es sein, zu beweisen, daß ich etwas mit dem Brand der Firma Dashwood & Solomon zu tun habe. Ich vermute, daß Sie das meinten, als Sie eben von Brandstiftung sprachen. Und am schwersten wäre es nachzuweisen, daß ich die Firma Thornton Lyne bestohlen habe. Das Mädchen, das diese Tat beging, hat bereits ihr Eingeständnis schriftlich niedergelegt, wie Sie ja wohl am besten wissen, Mr. Tarling.« Er schaute den Detektiv lächelnd an, der seinen Blick erwiderte.

»Ich weiß von keinem Eingeständnis«, sagte er nachdrücklich.

Mr. Milburgh neigte den Kopf grinsend vor. Obgleich man ihm noch deutlich den Schrecken ansah, den ihm die Behandlung und die Drohungen Ling Chus eingejagt hatten, hatte er doch bis zu einem gewissen Grade seine alte Sicherheit wiedererlangt.

»Dieses Schriftstück wurde verbrannt, und zwar haben Sie das getan, Mr. Tarling. Und nun glaube ich, daß Sie mich lange genug geblufft haben.«

»Geblufft«, fragte Tarling erstaunt. »Was meinen Sie damit?«

»Ich meine damit den Haftbefehl, von dem Sie mir immer vorgefaselt haben.«

»Das ist kein Bluff«, sagte Whiteside und zog ein gefaltetes

Dokument aus der Tasche, öffnete es und hielt es ihm vor die Nase. »Und für alle Fälle habe ich dies«, fuhr er fort, nahm ein Paar starke Handschellen aus der Tasche und fesselte den entsetzten Milburgh.

Milburgh mochte seinem Glück zu sehr vertraut haben, oder vielleicht hatte ihn auch das Bewußtsein aufrechterhalten, daß er alle Spuren seiner Vergehen und Verbrechen so gut verwischt hatte. Aber jetzt brach er zusammen. Tarling war verwundert, daß dieser Mann seine herausfordernde Haltung bis zuletzt bewahrte, obwohl es ihm klar war, daß die Beweisgründe gegen Milburgh wegen Brandstiftung und Unterschlagung noch gar nicht vollständig waren. Vor allen Dingen war ja die Anklage wegen Mordes im Vergleich zu den anderen Straftaten die Hauptsache. Milburgh schien das gleiche zu denken, denn er sprach nicht mehr über die geringeren Vergehen. Er saß zusammengekauert in einem Stuhl, und bei jeder Bewegung seiner Hände klirrten die Fesseln leise. Er legte sie auf den Tisch vor sich und richtete sich mit Anstrengung auf.

»Wenn Sie mir dies abnehmen würden, meine Herren«, sagte er und hob die gefalteten Hände, »dann kann ich Ihnen verschiedenes sagen, das Sie wegen der Ermordung Thornton Lynes beruhigt.«

Whiteside sah Tarling fragend an, und dieser nickte. Gleich darauf waren die Handschellen abgenommen.

Der Psychologe, der einen Versuch gemacht hätte, die Geistesverfassung Tarlings zu analysieren, hätte sich einer schweren Aufgabe gegenübergesehen. Er war außer sich vor Sorge um Odette in seine Wohnung geeilt, um mit Ling Chu die Verfolgung Sam Stays aufzunehmen. Und nur die Gewißheit, daß Ling Chu schon auf der Spur des Geisteskranken war, hatte seine aufgeregten Nerven beruhigt, sonst hätte er nicht so viel Zeit geopfert, sich mit Milburgh zu befassen und auf dessen Geständnisse zu warten.

Trotzdem kam ihm plötzlich Odettes gefährliche Lage wieder zum Bewußtsein, und er wollte so schnell wie möglich hier fertig werden. Am besten wäre es gewesen, Milburgh ins Gefängnis einzuliefern und sich nur noch der Auffindung Odettes zu widmen.

»Bevor Sie anfangen, sagen Sie mir, was Sie Ling Chu gestanden haben, daß er Sie hier allein ließ?«

»Ich habe ihm von Miss Rider erzählt – und ich sprach eine Vermutung aus – es ist allerdings nur eine Vermutung –, was ihr zugestoßen sein könnte.«

»Ich verstehe«, sagte Tarling. »Nun erzählen Sie schnell, was Sie zu berichten haben, mein Freund, und halten Sie sich möglichst an die Wahrheit. Wer hat Thornton Lyne ermordet?«

Milburgh lächelte schon wieder.

»Wenn Sie mir erklären würden, wie der Tote von Odettes Wohnung zum Hydepark kam, könnte ich Ihnen sofort antworten, denn bis zu diesem Augenblick glaube ich und bin fest davon überzeugt, daß Thornton Lyne von Odette emordet wurde.«

Tarling atmete tief und hörbar.

»Das lügen Sie!« rief er.

Aber Mr. Milburgh war nicht im mindestens verwirrt.

»Nun gut«, sagte er, »dann werde ich Ihnen jetzt erzählen, was ich von der Sache weiß und was ich persönlich erlebt habe.«

35

»Ich will nicht alle Ereignisse beschreiben«, begann Milburgh fließend, »die dem Tod von Mr. Thornton Lyne vorausgingen. Auch will ich nichts über seinen Charakter sagen. Er war kein mustergültiger Chef, er war argwöhnisch, ungerecht und in mancher Beziehung direkt gemein. Ich weiß wohl, daß er mich verdächtigte. Er glaubte, daß ich die Firma um beträchtliche Geldsummen betrogen hätte – schon lange wußte ich das. Ich habe dann volle Gewißheit erhalten durch die Unterhaltung, die er mit Ihnen führte, Mr. Tarling, an jenem Tag, als ich Sie zum erstenmal sah.«

Tarling erinnerte sich an diesen unangenehmen Tag. Milburgh hatte gerade in dem Augenblick das Büro betreten, als Lyne sich so unvorsichtig und freimütig über seinen Angestellten aussprach.

»Also, meine Herren, ich gebe nicht zu, daß ich die Firma bestohlen habe oder daß ich irgendeines Verbrechens schuldig bin.

Ich gebe zwar zu, daß gewisse Unregelmäßigkeiten vorkamen, für die ich moralisch verantwortlich bin, aber hierüber hinaus kann ich nichts eingestehen. Bitte notieren Sie dies«, sagte er zu Whiteside, der seine Aussagen stenografisch protokollierte. »Bitte, erwähnen Sie dies ausdrücklich. Ungenauigkeiten und Nachlässigkeiten«, wiederholte er sorgfältig. »Hierüber hinaus gebe ich nichts zu.«

»Mit anderen Worten – Sie wollen überhaupt nichts eingestehen?«

»Nein, in keiner Weise«, sagte Mr. Milburgh ernst. »Es ist gerade genug, daß Mr. Lyne mich dauernd verdächtigte und einen Detektiv engagierte, um meine angeblichen Unterschlagungen nachzuweisen. Es ist wahr, daß ich viel Geld ausgegeben habe und daß ich zwei Häuser besitze, eins in Camden Town und eins in Hertford. Aber ich hatte glücklich an der Börse spekuliert und konnte aus diesem Gewinn alle meine Ausgaben bestreiten.

Da mir aber mein Gewissen keine Ruhe ließ, weil ich doch für die ganze Rechnungsführung der Firma verantwortlich war und auch ahnte und zum Teil wußte, daß jemand die Firma betrogen hatte, stellte ich Nachforschungen an. Sie werden verstehen, daß allein die Tatsache, daß ich moralisch für die Finanzen der Firma Lyne verantwortlich war, mir große Sorgen auferlegte.«

»Sie sprechen wie ein Buch«, sagte Whiteside, »und ich glaube Ihnen kein Wort von dem, was Sie uns eben erzählt haben. Ich halte Sie für einen großen Dieb, Milburgh, aber erzählen Sie nur ruhig weiter.«

»Ich danke Ihnen«, sagte Milburgh sarkastisch. »Nun, meine Herren, die Verhältnisse spitzten sich zu, ich fühlte meine Verantwortung, ich wußte, daß tatsächlich Unterschlagungen vorgekommen waren, daß ich deshalb verdächtigt wurde und daß die Frau, die mir teuer war«, seine Stimme zitterte einen Augenblick, »schwer durch meine Unterlassungssünden getroffen werden würde.

Odette Rider wurde von der Firma entlassen, weil sie Mr. Lynes Antrag abgelehnt hatte. Mr. Lyne richtete seine ganze Wut gegen sie, und hierdurch kam er auf einen Gedanken.

An dem Abend nach der gemeinsamen Besprechung, an der Sie teilnahmen, Mr. Tarling, arbeitete ich noch spät im Büro. Ich räumte Mr. Lynes Schreibtisch auf. Als ich das Zimmer einen Augenblick verlassen hatte, fand ich bei meiner Rückkehr den Raum im Dunkeln. Ich stellte den Kontakt der Tischlampe wieder her und sah auf dem Schreibtisch eine Pistole liegen.

Früher habe ich allerdings ausgesagt«, bei diesen Worten wandte er sich wieder an Tarling, »daß ich die Pistole nicht gefunden hätte. Ich legte sogar großen Nachdruck darauf. Es tut mir leid, daß ich Ihnen jetzt eingestehen muß, daß ich die Unwahrheit sagte. Ich fand also die Pistole, steckte sie in die Tasche und nahm sie mit nach Hause. Wahrscheinlich ist es die Waffe, mit der Mr. Lyne erschossen wurde.«

Tarling nickte:

»Daran habe ich niemals gezweifelt, Milburgh. Sie hatten aber auch noch eine andere automatische Pistole, die Sie erst nach dem Mord bei John Wadham in Holborn Circus kauften.«

Mr. Milburgh senkte bejahend den Kopf.

»Das stimmt vollkommen«, gab er zu. »Die Waffe ist noch in meinem Besitz. Ich lebe in meiner Wohnung in Camden Town ganz allein und –«

»Sie brauchen die Sache nicht weiter zu erklären. Ich sage Ihnen nur, daß ich genau weiß, woher Sie die Pistole haben, mit der Sie an jenem Abend zweimal auf mich feuerten, als ich Odette Rider von Ashford zurückbrachte.«

Mr. Milburgh schloß die Augen, und ein resignierter Zug lag auf seinem Gesicht.

»Ich glaube, es wäre besser, wenn wir jetzt nicht gegenteilige Ansichten aussprechen«, sagte er. »Wenn Sie mir gestatten, werde ich jetzt in meinem Bericht fortfahren und mich nur an Tatsachen halten.«

Tarling hätte laut auflachen können über die Unverschämtheit dieses Menschen. Hätte Milburgh nicht Odette Rider des Mordes angeklagt, so würde er ihn mit Whiteside allein gelassen und versucht haben, Sam Stay aufzufinden, so hoffnungslos auch die Sache schien.

»Ich nahm den Revolver mit nach Hause«, fuhr Milburgh

fort. »Sie werden verstehen, daß ich nahe an einem Nervenzu-
sammenbruch war. Ich fühlte die Verantwortlichkeit schwer auf
mir lasten, und ich wußte auch, daß ich aus dieser Welt scheiden
mußte, wenn Mr. Lyne den Beteuerungen meiner Unschuld nicht
glauben würde.«

»Mit anderen Worten, Sie wollten Selbstmord verüben?«
fragte Whiteside ironisch.

»Ja, das war der Fall«, erwiderte Milburgh düster. »Miss Rider war entlassen worden, und ich sah den Ruin vor mir. Ihre
Mutter wäre auch in die Affäre verwickelt worden. Solche Gedanken belasteten mich, als ich in meinem Wohnzimmer in Camden Town saß. Dann kam mir plötzlich ein Gedanke. Ich glaubte,
daß Odette Rider ihre Mutter so sehr liebte, daß sie zu den größten Opfern bereit war und daß sie eventuell die Verantwortung
für alle Ungenauigkeiten übernehmen würde, die in der Firma
vorgekommen waren. Sie hätte dann so lange aufs Festland fliehen können, bis die Sache verjährt war. Zuerst hatte ich die Absicht, sie am nächsten Tag aufzusuchen, aber ich war noch im
Zweifel, ob sie meine Bitte erfüllen würde. Junge Leute sind
heutzutage so egoistisch und selbstsüchtig.«

Milburgh holte tief Atem.

»Ich verließ meine Wohnung noch am selben Abend und be-
gegnete ihr zufällig, als sie nach Hertford fahren wollte. Ich erklärte ihr meine ganze Lage. Das arme Mädchen war natürlich
starr vor Schrecken, aber es gelang mir, sie zu überreden, und ich
ließ das Schuldbekenntnis unterschreiben, das Sie, Mr. Tarling,
vernichtet haben.«

Whiteside schaute Tarling an. »Davon weiß ich ja gar nichts«,
sagte er ein wenig vorwurfsvoll.

»Ich werde später auf diesen Punkt zurückkommen. Fahren
Sie nur fort.«

»Ich hatte Mrs. Rider telegrafiert, daß ihre Tochter an dem
Abend nicht mehr nach Hertford kommen würde. Auch an Mr.
Lyne telegrafierte ich und bat ihn, mich in Miss Riders Wohnung
zu treffen. Ich habe allerdings ihren Namen daruntergesetzt, da
ich fest davon überzeugt war, daß er dann meiner Aufforderung
unbedingt Folge leisten würde.«

»Sie wollten dadurch auch jeden Verdacht verwischen, der auf Sie fiel«, entgegnete Tarling scharf, »und wollten Ihren Namen aus der ganzen Sache heraushalten.«

»Jawohl«, sagte Milburgh langsam, als ob ihm erst jetzt dieser Gedanke gekommen wäre. »Ich hatte mit Miss Rider in großer Eile gesprochen und sie auch gebeten, nicht mehr in ihre Wohnung zurückzugehen. Ich versprach ihr, selbst dorthin zu gehen, um alles Nötige für ihre Reise zu packen. Ich wollte dann den Koffer in einem Auto nach Charing Cross bringen.«

»Sie waren es also, der den kleinen Koffer packte?«

»Ich habe ihn allerdings nur halb packen können«, verbesserte Milburgh. »Sie sehen, ich hatte mich in der Zeit verrechnet. Als ich eben dabei war, die Sachen zusammenzusuchen, wurde mir klar, daß ich unmöglich noch zur rechten Zeit zur Station zurückkehren konnte. Ich hatte mit Miss Rider verabredet, daß ich eine Viertelstunde vor Abgang des Zuges telefonieren würde, wenn ich nicht kommen könnte. Sie erwartete mich in einem Hotel in der Nähe des Bahnhofs. Ich hatte gehofft, wenigstens eine Stunde vor Abgang des Zuges bei ihr zu sein, aber als ich erkannte, daß das unmöglich war, ließ ich den Koffer stehen und ging zu der Untergrundbahn, um zu telefonieren.«

»Wie sind Sie denn in die Wohnung gekommen?« fragte Tarling. »Der Portier sagte doch, er hätte niemand gesehen.«

»Ich bin von hinten hereingekommen«, erklärte Milburgh. »Es ist tatsächlich sehr leicht, Miss Riders Wohnung von der Hinterstraße aus zu erreichen. Alle Mieter haben Schlüssel, damit sie ihre Fahrräder hinein- und heraustragen können.«

»Das stimmt«, sagte Tarling, »fahren Sie nur fort.«

»Ich habe meinem eigentlichen Bericht schon vorausgegriffen. Daß ich den Koffer packte, liegt schon etwas später, soweit war ich noch nicht. Als ich mich von Miss Rider verabschiedete, überdachte ich meine Pläne genau. Es würde aber zu weit führen, wenn ich Ihnen erzähle, was ich mit Lyne besprechen wollte.«

»Sie wollten ihm natürlich erklären, daß Miss Rider die Schuld an allem hätte«, sagte Tarling. »Ich weiß genau, was Sie alles vorbringen wollten.«

»Dann darf ich Ihnen vielleicht gratulieren, Mr. Tarling, daß

Sie Gedanken lesen können, denn ich habe meine geheimsten Gedanken noch niemand anvertraut. Aber das gehört ja nicht zur Sache. Ich wollte mit Mr. Lyne die Sache aus der Welt schaffen. Ich wollte ihn an all die Jahre erinnern, die ich ihm und seinem Vater treu gedient hatte. Und wenn ich keinen Erfolg hatte und er dann noch darauf bestand, weiter gegen mich vorzugehen, wollte ich mich vor seinen Augen erschießen.«

Er war theatralisch geworden, aber die Worte verfehlten vollkommen ihre Wirkung auf seine Zuhörer.

»Sie scheinen eine ganz besondere Vorliebe dafür zu haben, sich auf Ihren Selbstmord vorzubereiten und nachher Ihre Meinung über diesen Punkt zu ändern«, sagte Whiteside.

»Es tut mir leid, daß Sie so leichtfertig über eine so ernste Sache sprechen«, erwiderte Milburgh. »Wie ich sagte, wartete ich etwas zu lange. Aber es sollte ganz dunkel werden, bevor ich in die Wohnung von Miss Rider zurückkehrte. Odette hatte mir alle ihre Schlüssel übergeben, und ich fand ihren kleinen Koffer ohne Schwierigkeiten. Er lag unten im Büfett. Ich legte ihn aufs Bett und packte ihn, so gut ich konnte, da ich wenig Bescheid weiß, was Damen auf Reisen brauchen. Inzwischen wurde mir klar, daß ich den Zug nicht mehr zur Zeit erreichen würde. Glücklicherweise hatte ich mit Miss Rider verabredet, sie für den Fall anzurufen, daß ich nicht mehr fertig würde.«

»Eine Zwischenfrage«, sagte Tarling. »Wie waren Sie angezogen?«

»Wie war ich doch angezogen – lassen Sie mich einen Augenblick nachdenken. Ich trug einen schweren Mantel.«

»Wo hatten Sie die Pistole?«

»In der Tasche meines Mantels«, erwiderte Milburgh schnell. »Ich zog ihn in der Wohnung aus und hängte ihn an einen Haken am Fußende des Bettes.«

»Nahmen Sie Ihren Mantel zum Telefonieren mit?«

»Nein. Das weiß ich ganz genau«, sagte Milburgh sofort. »Ich erinnere mich, daß ich später noch daran dachte, wie dumm es von mir war, daß ich meinen Mantel nicht anzog.«

»Fahren Sie fort«, sagte Tarling ungeduldig.

»Ich erreichte die Untergrundstation, rief das Hotel an; aber zu meiner größten Überraschung und Sorge antwortete Miss Rider nicht. Ich fragte den Portier, ob er eine junge Dame in dem und dem Kleid gesehen hätte, die in der Halle gewartet hätte. Er verneinte meine Frage. Es lag also die Möglichkeit nah, daß sie in ihre Wohnung zurückgekommen war.«

»Halten Sie sich an die Tatsachen«, unterbrach ihn Whiteside.

»Gut«, erwiderte Milburgh höflich. »Als ich telefonierte, war es halb zehn. Sie erinnern sich, daß ich Mr. Lyne telegrafierte, er möchte mich um elf Uhr in der Wohnung treffen. Es lag also kein Grund vor, warum ich vor dieser Zeit zurückkehren sollte. Ich besinne mich jetzt, daß ich in Miss Riders Wohnung zurückging, um den Mantel zu holen. Als ich zu der Hinterstraße kam, sah ich aber mehrere Leute. Ich wollte nicht auffallen und wartete, bis sie wieder gegangen waren.

Als ich so an der Ecke der Straße stand, fror mich, und da die Leute sich noch nicht entfernen wollten, sondern sich vor den Garagen unterhielten, wurde mir die Zeit zu lang. Ich ging also zur Hauptstraße zurück und kam an einem Kino vorbei. Ich sehe mir gern Filme an, und obgleich ich gerade nicht in der Stimmung war, ging ich doch hinein, um die Zeit totzuschlagen.

Ich komme jetzt zu dem wichtigsten Teil meines Berichtes, und ich möchte Sie bitten, genau auf die Einzelheiten zu achten. Auch ich habe den dringenden Wunsch, daß der Mörder vor Gericht gestellt und überführt wird.«

Tarling unterbrach ihn, um ihn zur Eile zu treiben, aber Mr. Milburgh ließ sich nicht im mindesten einschüchtern.

»Als ich später zu der hinteren Straße zurückkam, war sie leer, vor der Hintertür stand aber ein kleines gelbes Auto. Ich sah niemand darin oder in der Nähe. Ich war verwundert, denn ich erkannte im Augenblick nicht, daß es Thornton Lynes Wagen war. Die Hintertür stand offen, obwohl ich mich erinnerte, sie bei meinem Fortgehen geschlossen zu haben. Ich öffnete die Wohnungstür und trat ein. Als ich fortging, hatte ich das Licht ausgemacht, aber zu meinem größten Erstaunen sah ich durch die Tür von Odettes Schlafzimmer Licht schimmern.

Ich sah einen Mann mit dem Gesicht nach unten auf dem Fußboden liegen. Schnell ging ich hinein und drehte ihn um. Zu meinem Entsetzen erkannte ich Mr. Thornton Lyne. Er war bewußtlos und das Blut drang aus einer Wunde in seiner Brust. Ich glaubte schon, er sei tot. Mein erster Gedanke war – und erste Gedanken sind manchmal richtig –, daß Odette Rider, die aus irgendwelchem Grund zurückgekehrt war, ihn niedergeschossen hätte, und sonderbarerweise stand das Fenster im Schlafzimmer weit offen.«

»Das ist aber durch ein starkes Gitter geschützt«, sagte Tarling. »Es war doch unmöglich, daß jemand dadurch entkommen konnte.«

»Ich untersuchte die Wunde«, fuhr Milburgh unbeirrt fort, »und fand, daß sie sehr schwer war. Thornton Lyne gab noch Lebenszeichen von sich. Ich wollte das Blut stillen, zog eine Schublade auf und nahm das erste, was mir in die Hand kam, heraus. Ich brauchte einen kleinen Bausch, nahm zwei von Odettes Taschentüchern dazu und legte sie auf die Wunde. Aber während ich den Verband anlegte, mußte er gestorben sein.

Plötzlich erkannte ich, in welch einer schrecklichen Lage ich mich befand. Ich dachte daran, wie sehr ich mich verdächtig machen würde, wenn jemand mich in diesem Zimmer überraschte, und es überfiel mich eine panikartige Furcht. Sofort nahm ich meinen Mantel und eilte aus dem Raum.«

»Haben Sie das Licht brennen lassen?« fragte Tarling.

Mr. Milburgh dachte einen Augenblick nach.

»Ja«, sagte er dann, »ich habe vergessen, es auszuschalten.«

»Haben Sie denn die Leiche in der Wohnung zurückgelassen?«

»Darauf kann ich einen Eid leisten.«

»Und war der Revolver, als Sie nach Hause kamen, noch in Ihrer Tasche?«

Mr. Milburgh schüttelte den Kopf.

»Warum haben Sie das nicht der Polizei gemeldet?«

»Weil ich mich fürchtete. Ich war zu Tode erschrocken. Es ist ja schwer, das einzugestehen, aber ich bin von Natur aus feige.«

»War denn sonst niemand in dem Raum, haben Sie das Zimmer untersucht?« fragte Tarling dringend.

»Soweit ich sehen konnte, war sonst niemand da. Ich sagte Ihnen aber doch schon, das Fenster stand offen. Sie meinten zwar,

196

es sei vergittert, aber eine schlanke Person konnte sich zwischen den Eisenstangen durchzwängen, zum Beispiel ein Mädchen –«

»Das ist unmöglich«, erwiderte Tarling kurz. »Der Abstand der Gitterstäbe ist sehr sorgfältig gemessen worden, dort konnte niemand durch. Haben Sie denn keine Ahnung, wer die Leiche fortgeschafft haben könnte?«

»Nein, das weiß ich nicht«, erwiderte Milburgh fest.

Tarling wollte gerade etwas sagen, als das Telefon läutete. Er nahm den Hörer ab.

Er hörte eine heisere laute Stimme, die nicht gewohnt war zu telefonieren.

»Ist dort Mr. Tarling?«

»Ja, ich bin es selbst«, entgegnete der Detektiv.

»Sie ist doch mit Ihnen befreundet? Stimmt das nicht?« fragte der Fremde und lachte schrill. Ein kalter Schauer überlief Tarling, denn obgleich er noch niemals mit Sam Stay telefoniert hatte, sagte ihm sein Gefühl, daß er mit dem Geisteskranken sprach.

»Sie werden sie morgen finden – das heißt, was noch von ihr übrig ist, von diesem Weibsbild, das ihn verraten hat . . .«

Tarling hörte, wie der andere einhängte. In wahnsinniger Angst drückte er wieder auf den Hebel.

»Mit welchem Amt war ich eben verbunden?«

Der Telefonbeamte teilte ihm nach einiger Zeit mit, daß er mit Hampstead gesprochen hatte.

36

Odette Rider lehnte sich in den weichen Sitz des Autos zurück. Sie schloß die Augen, denn es kam plötzlich eine Schwäche über sie. Die Aufregungen und Anstrengungen der letzten Zeit waren zuviel für sie gewesen. Aber der Gedanke, daß Tarling sie brauchte, hatte ihr die Kraft gegeben, bis zu dem Auto zu gehen.

Die Fahrt ging durch endlos lange Straßen. Sie wußte nicht, in welcher Richtung, das war ihr in ihrem jetzigen Zustand auch gleichgültig. Sie hatte ja nicht einmal die genaue Lage des Krankenhauses erfahren. Einmal sah sie, als sie über eine belebte Straße fuhren, daß sich Leute nach dem Wagen umdrehten.

Nur dunkel kam ihr die Kühnheit des Chauffeurs zum Bewußtsein, der mit allen Schwierigkeiten des Verkehrs in erstaunlicher Weise fertig wurde. Erst als sie entdeckte, daß sie eine Landstraße entlangfuhren, schöpfte sie Verdacht, daß nicht alles in Ordnung sein könnte. Aber auch dann wurden ihre Zweifel wieder beseitigt, als sie an gewissen Anzeichen erkannte, daß sie sich auf der Straße nach Hertford befand.

Plötzlich hielt der Wagen an, fuhr rückwärts in einen Seitenweg und kehrte dann nach der Richtung um, von wo er gekommen war. Kurz darauf hielten sie an. Sam Stay schaltete den Motor aus und zog die Bremse an.

»Komm 'raus«, sagte er mit rauher Stimme.

»Was – was?« begann das entsetzte Mädchen. Doch bevor sie weitersprechen konnte, hatte er sie schon bei der Hand ergriffen und zog sie so heftig heraus, so daß sie auf der Straße niederfiel.

»Wie – du kennst mich nicht?« Er packte sie wild an den Schultern, daß sie vor Schmerzen fast laut aufgeschrien hätte. Sie lag nun auf den Knien und bemühte sich vergeblich aufzustehen.

»Ich erkenne Sie wieder«, sagte sie atemlos. »Sie sind der Mann, der versuchte, in meine Wohnung einzubrechen!«

Er grinste.

»Ich kenne dich auch –«, lachte er rauh. »Du bist das schreckliche, teuflische Geschöpf, das ihm aufgelauert hat – diesem besten Menschen in der Welt! Er liegt jetzt in dem Gewölbe auf dem Friedhof von Highgate – die Türen an dem Grabgewölbe sind gerade wie Kirchentüren – dort will ich dich heute nacht hinbringen – du verdammte Kreatur!«

Er hatte sie an den Handgelenken gepackt und schaute ihr ins Gesicht. Es lag so etwas Wildes, Gemeines, Unmenschliches in diesen von Wahnsinn lodernden Augen des Geisteskranken, daß sie vor Furcht keinen Laut mehr hervorbringen konnte.

»Was, ohnmächtig? Das ist noch zu früh!« rief er heiser.

Er ließ sie in das Gras gleiten, das auf der Seite des Weges stand, zog einen Gepäckriemen heraus, den er unter seinem Sitz verwahrt hatte, und fesselte ihre Hände. Dann nahm er das

Halstuch, das sie trug, und band es um ihren Mund.

Endlich packte er sie, hob sie auf und legte sie in eine Ecke des Wagens. Nachdem er die Tür zugeworfen hatte, setzte er sich auf den Führersitz zurück und fuhr mit voller Geschwindigkeit nach London. Als sie die Grenze von Hampstead erreichten, sah er ein Lichtsignal an einem Zigarrenladen. Er hielt den Wagen gleich darauf an, als er den dunkelsten Teil der Straße erreicht hatte. Er schaute schnell in das Innere – das Mädchen war von dem Sitz auf den Boden herabgeglitten und lag regungslos dort.

Dann eilte er in den Zigarrenladen, an dem er das Lichtsignal einer öffentlichen Fernsprechzelle gesehen hatte. Es war ihm plötzlich in seinem verworrenen Gehirn der Gedanke gekommen, daß er sich noch an einem anderen rächen könnte, an diesem furchtbar dreinschauenden Kerl, der ihn verhört hatte, als er den Zusammenbruch hatte – Tarling! Ja, das war sein Name! Er blätterte in dem neuen Telefonbuch und fand die Nummer, die er suchte.

Er hängte den Hörer wieder an und trat aus der kleinen Zelle heraus. Der Ladeninhaber, der seine harte, schrille Stimme gehört hatte, sah ihm argwöhnisch nach. Aber Sam Stay war das alles ganz gleich. Er lief zu seinem Wagen zurück, sprang auf seinen Sitz und fuhr weiter.

Zum Kirchhof von Highgate! Dieser Gedanke hatte ihm immer vorgeschwebt. Die Haupttore würden geschlossen sein, aber er konnte seinen Plan trotzdem ausführen. Vielleicht wäre es besser, wenn er sie zuerst umbrächte und dann über die Mauer schaffte? Aber es würde eine viel größere Rache sein, wenn er sie in den Friedhof zerrte und lebend zu dem Toten in das kalte, feuchte Grabgewölbe hinunterstieß.

Er stieß einen Schrei aus und sang irgendein häßliches Lied, so freute er sich bei dieser Vorstellung. Fußgänger, an denen der Wagen vorüberfuhr, drehten sich erstaunt um, aber Sam Stay war glücklich, so glücklich wie vorher niemals in seinem Leben. Aber der Friedhof von Highgate war geschlossen. Die düsteren Eisentore versperrten den Zugang, und die Mauern waren sehr hoch. Diese Stelle gefiel ihm nicht, denn ringsherum standen Wohnhäuser. Er suchte lange, bis er einen geeigneten Platz fand, an dem die Mauern niedriger waren. Niemand war in der Nähe, und er brauchte nicht zu fürchten, daß er gestört werden würde. Er schaute in den Wagen hinein und sah eine zusammengekauerte Gestalt auf dem Boden liegen. Sie war also noch bewußtlos.

Er fuhr dicht an die Kirchhofsmauer heran, trat an den Wagenschlag und riß ihn auf.

»Komm heraus!« schrie er wütend. Er streckte seine Hand aus, aber plötzlich sprang jemand aus dem Innern des Wagens und warf sich mit aller Kraft auf ihn, packte ihn an der Kehle und drückte ihn gegen die Mauer.

Stay kämpfte mit der Kraft und dem Mut eines Wahnsinnigen, doch vergeblich suchte er sich dem festen Griff Ling Chus zu entwinden, dessen Hände sich wie Stahl um seine Kehle schlossen.

37

Tarling ließ den Telefonhörer sinken und setzte sich mit einem qualvollen Stöhnen nieder. Er war bleich und verstört.

»Was haben Sie?« fragte Whiteside ruhig.

»Sam Stay – er hat Odette in seiner Gewalt –«

Whiteside schwieg.

»Das ist zuviel«, sagte Tarling. In diesem Augenblick läutete das Telefon wieder.

Er nahm den Hörer zum zweitenmal ab und beugte sich über den Tisch. Whiteside sah, daß seine Augen plötzlich vor Staunen und Erregung aufleuchteten, denn Odette war am Apparat.

»Ja, ich bin's, Odette.«

»Bist du in Sicherheit? Oh, Gott sei Dank! Wo bist du?«

»Ich bin in einem Zigarrenladen in –« Es trat eine Pause ein. Offenbar fragte sie jemand nach dem Namen der Straße. Dann hörte er wieder ihre Stimme und erfuhr, wo sie war.

»Warte dort, ich werde in kürzester Zeit bei dir sein. Whiteside, holen Sie schnell einen Wagen. Wie bist du denn entkommen?«

»Das ist eine lange Geschichte. Dein chinesischer Freund hat mich gerettet. Dieser fürchterliche Mensch hielt in der Nähe eines Zigarrenladens, um zu telefonieren, und wie durch ein Wunder erschien Ling Chu. Er muß auf dem Verdeck des Wagens gelegen haben, denn ich hörte, wie er von oben herunterkam. Er half mir heraus, führte mich zu einem dunklen Torweg und legte sich selbst an meiner Stelle in den Wagen. Aber, bitte, frage mich nicht mehr, ich bin so furchtbar müde.«

Eine halbe Stunde später war Tarling bei ihr und hörte nun die ganze Geschichte dieses verbrecherischen Planes. Odette Rider hatte sich wieder etwas erholt und konnte ihm auf dem Weg zum Krankenhaus alles erzählen, was sich ereignet hatte.

Als Tarling in seine Wohnung zurückkkam, traf er Ling Chu noch nicht an, aber er fand Whiteside, der ihm berichtete, daß er Milburgh bei der Polizei abgeliefert hatte. Er sollte schon am nächsten Tag verhört werden.

»Ich kann gar nicht verstehen, was mit Ling Chu passiert ist – er müßte doch längst zurück sein«, murmelte Tarling.

Es war halb zwei in der Nacht. Tarling hatte sich telefonisch in Scotland Yard erkundigt, ob dort Nachrichten über Ling Chus Verbleiben vorlägen, aber er hatte nichts erfahren können.

»Es ist natürlich möglich«, fuhr Tarling fort, »daß Stay mit dem Wagen nach Hertford gefahren ist. Der Mann ist gemeingefährlich geisteskrank.«

»Alle Verbrecher sind mehr oder weniger wahnsinnig«, sagte Whiteside philosophisch. »Was halten Sie eigentlich von Milburghs Aussage?«

Tarling zuckte die Schulter.

»Es ist schwer, darüber ein Urteil zu fällen. Manche seiner Aussagen sind sicher wahr, und irgendwie bin ich davon überzeugt, daß er in der Hauptsache nicht gelogen hat – und doch ist seine ganze Geschichte einfach unglaublich!«

»Milburgh hat eben Zeit gehabt, sich alles schön auszudenken«, warnte Whiteside. »Er ist ein schlauer Kerl. Ich hatte ja auch nichts anderes erwartet, als daß er eine haarsträubende Geschichte erzählen würde.«

»Sie mögen recht haben. Trotzdem wird er wohl im großen und ganzen die Wahrheit gesagt haben.«

»Wer hat dann aber Thornton Lyne umgebracht?«

»Sie sind anscheinend ebensoweit von der Lösung des Rätsels entfernt wie ich, und doch habe ich mir eine Lösung zurechtgelegt, die allerdings sehr phantastisch klingen mag –«

Ling Chu trat herein, ruhig und verschlossen wie immer. Seine Stirn und seine rechte Hand waren verbunden.

»Hallo, Ling Chu«, sagte Tarling, »bist du verletzt worden?«

»Es ist nicht schlimm – aber wenn der Herr so liebenswürdig sein will und mir eine Zigarette geben – ich habe bei dem Kampf alle verloren.«

»Wo ist Sam Stay?«

Ling Chu steckte erst die Zigarette an, bevor er antwortete, blies das Streichholz aus und legte es auf den Aschenbecher.

»Der Mann schläft in den Gefilden der Nacht«, sagte Ling Chu einfach.

»Tot?« fragte Tarling bestürzt.

Der Chinese nickte.

»Hast du ihn umgebracht?«

»Er ist schon seit vielen Tagen dem Tode verfallen gewesen, hat mir der Doktor in dem großen Krankenhaus gesagt. Ich habe ihn ein- oder zweimal auf den Kopf geschlagen, aber nicht sehr stark, und er hat mich ein wenig mit dem Messer gestochen, aber es war nicht schlimm.«

»Sam Stay ist also nicht mehr unter den Lebenden«, sagte Tarling nachdenklich. »Dann ist Miss Rider auch nicht mehr länger in Gefahr.«

Der Chinese lächelte.

»Es ist auch noch vieles andere dadurch in Ordnung gebracht worden, denn bevor er starb, kam er noch einmal zu klarem Verstand und wollte ein Geständnis zu Protokoll geben. Der große Doktor im Krankenhaus schickte nach einem Richter oder einem Beamten.«

Tarling und Whiteside hörten gespannt zu.

»Ein alter, kleiner Mann, der in der Nähe des Krankenhauses wohnte, wurde herbeigerufen. Er kam und klagte, daß es schon so spät wäre. Er brachte einen Sekretär mit, der sehr schnell in ein Buch schrieb. Als der Mann gestorben war, schrieb der Sekretär noch schnell auf der Maschine und gab mir diese Kopie, damit ich sie meinem Herrn überbringen sollte. Eine Kopie behielt er für sich, und das Original bekam der Richter, der mit dem Mann sprach.«

Er faßte in seine Tasche und zog eine Papierrolle hervor. Tarling nahm das Protokoll, das ziemlich umfangreich war. Dann blickte er befriedigt auf Ling Chu.

»Zuerst erzähle mir aber genau, was alles passiert ist. Du kannst dich ruhig setzen.«

Mit einer kleinen Verbeugung nahm sich der Chinese einen Stuhl und setzte sich in einer respektvollen Entfernung vom Tisch nieder.

»Du mußt wissen, Herr, daß ich gegen deinen Willen und ohne deine Kenntnis den Mann mit dem großen Gesicht hierherbrachte und ihn verhörte. Solche Dinge werden in diesem Land gewöhnlich nicht getan, aber ich dachte, daß es das beste wäre, wenn die Wahrheit ans Tageslicht käme. Ich traf alle Vorbereitungen, um ihn zu foltern, als er mir gestand, daß die kleine junge Frau in Gefahr war. Deswegen ließ ich ihn hier zurück. Ich glaubte nicht, daß der Herr vor morgen früh heimkommen würde, und ging zu dem Haus, wo die junge Frau gepflegt wurde. Als ich an die Straßenecke kam, sah ich, daß sie in ein Auto stieg.

Der Wagen begann zu fahren, bevor ich ihn erreichen konnte, und ich mußte sehr schnell laufen, damit ich ihn noch einholen konnte. Dann hielt ich mich hinten fest, und als er gleich darauf an einer Straßenkreuzung halten mußte, kletterte ich schnell nach oben und legte mich flach auf das Dach. Einige Leute sahen mich und riefen dem Fahrer zu, aber der hörte nicht darauf. Lange Zeit lag ich dort oben. Der Wagen fuhr aufs Land hinaus und kam dann wieder zur Stadt zurück. Aber bevor der Mann zurückfuhr, hielt er an, und ich sah und hörte, wie er sehr böse mit der kleinen jungen Frau sprach. Ich glaubte schon, daß er sie verletzen würde und wollte auf ihn springen, aber die junge Frau verlor die Besinnung. Er hob sie auf und legte sie wieder in den Wagen.

Dann fuhr er zur Stadt zurück und hielt vor einem Laden,

in dem sich eine Telefonzelle befand. Während er dort hineinging, glitt ich von dem Wagen herunter, hob die junge Frau heraus, band ihre Hände los, brachte sie zu einem Torweg und legte mich an ihre Stelle in den Wagen. Wir fuhren eine lange Zeit, dann hielt er vor einer hohen Mauer. Und dann, Herr, gab es einen Kampf«, sagte Ling Chu einfach.

»Es dauerte lange, bis ich ihn überwältigen konnte, und dann mußte ich ihn tragen. Wir kamen zu einem Polizisten, der uns in einem anderen Wagen zu einem Krankenhaus brachte, wo meine Wunden verbunden wurden. Dann kamen sie zu mir und sagten, daß der Mann im Sterben läge und jemand sehen wollte, denn er hatte etwas auf dem Gewissen, wofür er Ruhe und Erleichterung wünschte.

Und er sprach, Herr, und der Mann schrieb eine Stunde lang. Und dann ging dieser kleine blasse Mann zu seinen Vätern.«

Er hörte plötzlich auf zu erzählen, wie er es gewöhnlich tat. Tarling nahm die Blätter und sah sie Seite für Seite durch.

»Thornton Lyne wurde von Sam Stay getötet.«

Whiteside starrte ihn verwundert an.

»Aber –«, begann er.

»Ich habe es schon eine Zeitlang vermutet, aber es fehlten noch ein oder zwei Glieder in der Beweisführung, die ich bis jetzt unmöglich herausbringen konnte. Ich werde Ihnen den wichtigsten Teil des Protokolls vorlesen, damit Sie die Sachlage klar übersehen.«

38

»... Als ich vor kurzer Zeit wieder aus dem Gefängnis entlassen wurde, holte mich Thornton Lyne in einem schönen Auto ab. Er behandelte mich, als ob nichts vorgefallen sei, nahm mich mit sich in sein schönes Haus und gab mir das beste Essen und herrlichen Wein.

Er sagte mir, daß er von einem jungen Mädchen, dem er viel geholfen hatte, schmählich verraten worden sei. Sie war bei ihm angestellt, er hatte sie in sein Geschäft genommen, als sie halb am Verhungern war. Er sagte mir, daß sie ihn verleumdet habe. Es mußte ein sehr böses Mädchen sein. Sie hieß Odette

Rider. Ich hatte sie vorher niemals gesehen, aber nach allem, was er mir sagte, haßte ich sie. Und je mehr er mir von ihr erzählte, desto mehr war ich entschlossen, ihn an ihr zu rächen

Er sagte mir, sie sei sehr schön, und ich erinnerte mich daran, wie einer meiner Mitgefangenen mir erzählt hatte, daß er einem Mädchen, das ihn betrogen hatte, Vitriol ins Gesicht gegossen hatte.

Ich wohnte in Lambeth im Haus eines alten früheren Sträflings, der nur Verbrecher als Untermieter hatte.

Ich sagte meinem Wirt, daß ich am Vierzehnten etwas ausfressen wollte und gab ihm ein Pfund. Ich besuchte Mr. Lyne am Vierzehnten abends in seinem Haus und sagte ihm, was ich vorhatte. Ich zeigte ihm auch eine Flasche mit Vitriol, die ich in der Waterloo Road gekauft hatte. Er sagte mir, ich sollte es nicht tun. Ich dachte aber, das sagte er nur, weil er nicht in die Sache verwickelt sein wollte. Er bat mich auch, ihm das Mädchen zu überlassen, er wolle schon selbst mit ihr abrechnen.

Ich verließ sein Haus um neun Uhr abends und sagte ihm, daß ich zu meiner Wohnung zurückginge. Aber in Wirklichkeit ging ich zur Wohnung von Miss Rider. Ich kannte sie schon, weil ich früher einmal dort gewesen war, um auf Lynes Veranlassung einige Juwelen, die aus seinem Geschäft stammten, unterzubringen. Er wollte das Mädchen nämlich später wegen Diebstahls anzeigen. Ich hatte mir damals das Haus genau angesehen und wußte, daß man von der Hinterseite aus bequem in die Wohnung eindringen konnte.

Ich überlegte mir, daß es besser wäre, möglichst früh in die Wohnung zu gehen, bevor sie nach Hause käme. Ich wollte mich dann bis zu ihrer Rückkehr verbergen.

Am Fuß des Bettes war eine Nische, die von einem Vorhang bedeckt war. Dort hingen verschiedene Kleider und Mäntel, und ich versteckte mich zwischen ihnen. Es war unmöglich, mich von draußen zu sehen. Außerhalb der Nische waren noch mehrere Kleiderhaken.

Währenddessen hörte ich, wie draußen aufgeschlossen wurde, und drehte sofort das Licht aus. Ich hatte noch eben Zeit, in der Nische zu verschwinden, als die Tür geöffnet wurde und Mr. Milburgh eintrat. Er drehte das Licht an und schloß die Tür hinter sich. Dann schaute er sich um, als ob er noch über etwas nachdächte, legte seinen Mantel ab und hängte ihn an einen der Kleiderhaken vor der Nische. Ich hielt den Atem an vor Furcht, daß er mich entdecken könnte, aber er ging wieder fort.

Er schaute noch einmal in dem Raum umher, als ob er etwas suchte, und ich war in steter Angst, gefunden zu werden. Aber dann ging er ins andere Zimmer. Während er draußen war, sah ich hinter dem Vorhang hervor und bemerkte, daß aus einer seiner Manteltaschen ein Revolvergriff hervorschaute. Ich wußte nicht recht, warum Milburgh den Revolver bei sich führte, aber kurz entschlossen nahm ich ihn und steckte ihn in meine Tasche.

Nach einer Weile kam er mit einem Koffer zurück. Er legte ihn auf das Bett und begann zu packen. Plötzlich sah er nach der Uhr, murmelte etwas vor sich hin, drehte das Licht aus und eilte davon. Ich wartete und wartete, daß er zurückkommen sollte, aber er kam nicht. Endlich wagte ich mich aus meinem Versteck hervor und untersuchte die Pistole. Es war eine geladene automatische Pistole. Für gewöhnlich nahm ich bei meinen Einbrüchen keinen Revolver mit, aber ich dachte, daß es diesmal besser wäre, eine Waffe zu haben.

Ich drehte die Lichter wieder aus und setzte mich ans Fenster, um auf Miss Rider zu warten. In der Zwischenzeit rauchte ich eine Zigarette und öffnete das Fenster, damit der Qualm abziehen und mich nicht verraten sollte. Ich nahm die Vitriolflasche, entkorkte sie und stellte sie auf einen Stuhl neben mich. Ich weiß nicht, wie lange ich dort im Dunkeln wartete, aber ungefähr um elf Uhr hörte ich, wie die äußere Tür leise aufgemacht wurde und jemand ins Vorzimmer kam. Ich weiß nicht, warum ich auf die Person zuging, die hereingekommen war.

Plötzlich wurde ich festgehalten, bevor ich wußte, was geschah. Jemand hatte mich von hinten um den Hals gepackt, und ich konnte nicht mehr atmen. Ich versuchte mich frei zu machen, aber er versetzte mir einen heftigen Schlag unters Kinn.

Ich fürchtete mich, denn ich dachte, der Lärm würde die Leute aufwecken und die Polizei alarmieren. Aus Angst habe ich wohl meinen klaren Verstand verloren, denn bevor ich wußte, was ich tat, zog ich die Pistole und feuerte aufs Geratewohl. Ich hörte, wie der andere schwer zu Boden fiel. Als ich wieder zu mir kam, bemerkte ich, daß ich die Pistole noch in der Hand hatte. Mein

erster Gedanke war, die Waffe loszuwerden. Im Dunkeln fü[
ich einen kleinen Korb. Als ich ihn öffnete, waren Stoffe, Baur
wolle und Bänder darin. Ich stieß die Pistole unten hinein, ta
stete mich durch den Raum und drehte das Licht an.

In diesem Augenblick hörte ich, wie sich draußen ein Schlüssel
drehte und aufgesperrt wurde. Ich schaute auf die Gestalt, die
auf dem Gesicht lag, und versteckte mich wieder in der Nische.
Der Mann, der jetzt eintrat, war Milburgh. Er drehte mir den
Rücken zu. Als er den andern aufhob, konnte ich dessen Gesicht
nicht erkennen. Milburgh riß hastig etwas aus der Schublade und
band es um die Brust des Mannes. Ich sah noch, wie er ihm Rock
und Weste auszog, aber dann verließ er plötzlich fluchtartig die
Wohnung. Ich kam wieder aus meinem Versteck hervor, trat zu
der Gestalt und erkannte nun plötzlich, daß ich den mir so teuren
Mr. Lyne getötet hatte.

Ich wurde halb wahnsinnig vor Schmerz und Trauer und
wußte nicht mehr, was ich tat. Ich dachte nur noch daran, daß es
irgendeine Möglichkeit geben müßte, Thornton Lyne zu retten.
Er konnte und durfte nicht tot sein! Ich wollte ihn sofort in ein
Krankenhaus bringen.

Wir hatten schon früher einmal den Plan besprochen, daß wir
zusammen in die Wohnung des Mädchens gehen wollten, und
dabei hatte er mir gesagt, daß er für diesen Fall seinen Wagen in
die Hinterstraße stellen würde. Ich eilte durch den hinteren Ausgang hinaus und sah das Auto draußen.

Ich ging in das Schlafzimmer zurück, hob Thornton Lyne auf,
trug ihn in seinen Wagen und setzte ihn auf die Polster.

Ich fuhr zum Krankenhaus St. Georg und hielt an der Park-
seite, da ich nicht wollte, daß mich die Leute sehen sollten. An
einer dunklen, verlassenen Stelle brachte ich den Wagen zum
Stehen und sah mich nun nach Thornton Lyne um. Als ich ihn
aber betastete, fühlte ich, daß er bereits tot war.

Dann saß ich ungefähr zwei Stunden lang neben ihm im Wagen und weinte, wie ich noch nie in meinem Leben geweint habe.
Endlich nahm ich mich zusammen und trug ihn auf einen Seitenweg hinaus. Ich hatte noch so viel Überlegung zu wissen, daß es
mir schlecht gehen würde, wenn man mich in seiner Nähe fand.

ihn noch nicht verlassen, und nachdem ich seine
... ast gefaltet hatte, saß ich noch ein oder zwei
...nm. Er lag so kalt und allein dort auf dem Rasen,
...rz blutete. Als der Morgen heraufdämmerte, sah ich,
...em Beet in einiger Entfernung gelbe Narzissen standen.
...ückte ein paar ab und legte sie auf seine Brust, weil ich ihn
...sehr liebte.«

Tarling blickte auf und sah Whiteside an.

»Das ist das Ende des Geheimnisses der gelben Narzissen«,
sagte er langsam. »Allerdings eine sehr einfache Erklärung. Und
zufällig wird unser Freund Milburgh dadurch entlastet.«

Eine Woche später gingen zwei Menschen langsam über die
Dünen am Strand des Meeres. Sie waren eine lange Strecke
schweigend nebeneinander hergewandert.

»Ich habe heute morgen in der Zeitung gelesen, daß du das
große Warenhaus Lyne verkauft hast«, sagte Odette plötzlich.

»Ja, das stimmt«, entgegnete Tarling. »Aus vielen Gründen
möchte ich das Geschäft nicht weiterführen. Ich will auch nicht
länger in London bleiben.«

Sie sah ihn nicht an.

»Wirst du wieder nach Übersee gehen?« fragte sie.

»Ja, wir gehen zusammen.«

»Wir?« Sie schaute ihn erstaunt an.

»Ja, ich spreche von mir und einem Mädchen, dem ich in Hertford meine Liebe erklärte.«

»Ich dachte, du wärst nur traurig und besorgt um mich gewesen und hättest mir deshalb eine Liebeserklärung gemacht. Ich
glaubte, du wärst nur lieb zu mir, weil du mich in einem so hoff-
nungslosen Zustand sahst.«

»Ich habe dir alles nur gesagt, weil ich dich über alles liebe.«

»Wo wirst du – wo werden wir denn hingehen?«

»Nach Südamerika – wenigstens für ein paar Monate. Dann
während der kalten Jahreszeit nach meinem geliebten China.«

»Warum wollen wir denn nach Südamerika?«

»Ich habe einen Artikel über Gartenkultur gelesen – darin
stand, daß in Argentinien keine gelben Narzissen wachsen.«